विष्णुकान्त शास्त्री

जन्म : 2 मई 1929, कलकत्ता।

शिक्षा : एम.ए., एल-एल.बी.।

वृत्ति : 1953 से कलकत्ता विश्वविद्यालय के हिन्दी विभाग में प्राध्यापक से आचार्य के पद से मई 1994 को अवकाश ग्रहण।

मौलिक कृतियाँ : कवि निराला की वेदना तथा अन्य निबन्ध, कुछ चंदन की कुछ कपूर की, चिन्तन मुद्रा, अनुचिन्तन (साहित्य समीक्षा), तुलसी के हिय हेरि (तुलसी केन्द्रित निबन्ध), बांग्लादेश के सन्दर्भ में 'रिपोर्ताज), स्मरण को पाथेय बनने दो, सुधियाँ उस चन्दन के वन की (संस्मरण एवं यात्रा वृत्तान्त), अनंत पथ के यात्री : धर्मवीर 'भारती' (संस्मरण), भक्ति और शरणगति (विवेचन), ज्ञान और कर्म (ईशावास्य प्रवचन), जीवन पथ पर चलते-चलते (काव्य)।

गतिविधियाँ : देश-विदेश की विविध साहित्यिक संस्थाओं में व्याख्यान, विविध साहित्यिक संस्थाओं में व्याख्यान, विविध साहित्यिक सम्मानों एवं पुरस्कारों से समादृत। 1944 से राष्ट्रीय स्वयंसेवक संघ से सम्बद्ध, 1977 से सक्रिय राजनीति में प्रवेश। जनता पार्टी के सदस्य के रूप में पश्चिम बंगाल विधानसभा में विधायक (1977-1982), पं. बंगाल प्रदेश भाजपा के दो बार अध्यक्ष, भाजपा के राष्ट्रीय उपाध्यक्ष (1988-1993), संसद सदस्य-राज्ययसभा (1982 से 1998), 2 दिसम्बर 1999 को हिमाचल प्रदेश के राज्यपाल नियुक्त, 24 नवम्बर 2000 से 2 जुलाई 2004 तक उत्तर प्रदेश के राज्यपाल।

निधन : 17 अप्रैल, 2005

सुधियाँ उस चन्दन के वन की

विष्णुकान्त शास्त्री

लोकभारती पेपरबैक्स

इस रूप में लोकभारती पेपरबैक्स में
प्रथम संस्करण : 2021
तृतीय संस्करण : 2025

लोकभारती पेपरबैक्स : उत्कृष्ट साहित्य के लोकप्रिय संस्करण

लोकभारती प्रकाशन
पहली मंजिल, दरबारी बिल्डिंग, महात्मा गाँधी मार्ग,
प्रयागराज

वेबसाइट : www.lokbhartiprakashan.com
ईमेल : info@lokbhartiprakashan.com

शाखाएँ : 1-बी, नेताजी सुभाष मार्ग, दरियागंज, नई दिल्ली-110 002
अशोक राजपथ, साइंस कॉलेज के सामने, पटना-800 006 (बिहार)
1, अनमोल सोराबजी संतुक लेन, मरीन लाइंस, मुम्बई-400 002

सुपर माधव ग्राफिक
प्रयागराज द्वारा मुद्रित

मूल्य : ₹ 160

SUDHIYAN US CHANDAN KE VAN KI
by Vishnukant Shastri

ISBN : 978-93-90625-18-5

जिनसे साहित्य को न केवल समझने की
बल्कि सिरजने की भी प्रेरणा मिली
उन
आचार्य हजारीप्रसाद द्विवेदी
एवं अज्ञेय जी
की पावन स्मृति को

अनुक्रम

भूमिका

तुलसीदास ने सन्तों-सज्जनों को चन्दन-तरु के सदृश कहा है, जो अपनी सुगन्ध पात्र-अपात्र का विचार न कर सबको बाँटते रहते हैं। इसी परम्परा में पद्माकर की एक विलक्षण पंक्ति याद आ रही है, 'कहै पद्माकर सुगन्ध की तरंग जैसो पायो सतसंग फेरि पाइबो कहा रह्यो!' सत्संग की सुगन्ध की तरंग किसमें कितनी बस पायी यह बात अलग है किन्तु यह तो स्पष्ट है ही कि श्रेष्ठ जनों का साहचर्य सुवासित करता ही है।

मैं इस दृष्टि से भाग्यवान् हूँ कि मुझे विविध क्षेत्रों के सत्पुरुषों का स्नेह-सौहार्द मिलता रहा है। जिन विशिष्ट व्यक्तियों के सम्पर्क से या स्थानों के भ्रमण से जीवन समृद्ध हुआ है, उनकी याद बार-बार आती ही है। हर बार लगता है कि उस याद ने अपनी सुगन्ध से जीवन को पुनः सुरभित कर दिया। वस्तुतः घटनाएँ जब घटती हैं तब उनका प्रभाव किन-किन स्तरों पर कितनी गहराई से पड़ रहा है, इसका सम्यक् बोध नहीं हो पाता। उन प्रीतिकर स्मृतियों का रोमन्थन ही स्पष्ट करता है कि उन व्यक्तियों या घटनाओं ने जीवन को कितनी प्रेरणा और स्फूर्ति प्रदान की थी। उनके प्रति कृतज्ञता-बोध ही मुझे उनकी स्मृतियों को लिपिबद्ध करने को उत्साहित करता रहा है। इस तरह ये संस्मरण लिखे जाते रहे और कालान्तर में संकलित हो पुस्तक का रूप धारण कर बैठे। चन्दन-तरु-सदृश विविध असाधारण प्रतिभाशालियों की स्मृतियों का संकलन इस कृति में है, इसका ध्यान आते ही कविवर गिरिजाकुमार माथुर की एक पंक्ति मन में कौंधी, 'सुधियाँ उस चन्दन के वन की!' और वही पंक्ति इस पुस्तक की संज्ञा बन बैठी। गिरिजाकुमार माथुर जी का ऋण स्वीकारता हूँ।

यह भी सच है कि इनमें से अधिकांश संस्मरण न लिखे जाते यदि मेरी पुत्री भारती और डॉ. धर्मवीर भारती, श्री अशोक वाजपेयी, श्री विश्वम्भर नाथ द्विवेदी जैसे यशस्वी पत्र-सम्पादक मुझे संस्मरण लिखने के लिए प्रेरित न करते रहते।

इन सबके प्रति मैं आभारी हूँ।

—विष्णुकान्त शास्त्री

श्रद्धा और विवेक के ज्योतिवाही
स्वामी अखण्डानन्द सरस्वती

"दलीय राजनीति का सबसे बड़ा दोष यह है कि अपनी पार्टी के दुष्ट व्यक्तियों और गलत नीतियों का भी समर्थन करना पड़ता है एवं दूसरी पार्टी के विशिष्ट व्यक्तियों और अच्छाइयों का भी विरोध करना पड़ता है। यह भी एक प्रकार का भाई-भतीजावाद ही है। यही कारण है कि कोई भी पार्टी टिकाऊ नहीं होती, बदलती रहती है। पार्टी मुख्य नहीं है, नर-नारायण मुख्य हैं। पार्टी के द्वारा उन्हीं की सेवा होनी चाहिए।"

मेरे एम.एल.ए. हो जाने पर आशीर्वाद देते हुए मुझे इन शब्दों से सावधान किया था स्वामी अखण्डानन्द सरस्वती ने। सोचता हूँ कितने सारपूर्ण हैं स्वामी जी के ये उद्‌गार, क्योंकि मत या दल के प्रति सम्मान की भावना होने पर उसकी अनुगामिता स्वाभाविक है। यह अनुगामिता उस समय घातक हो जा सकती है जब वह व्यक्ति, मत या दल अपना अस्तित्व बनाये रखने या स्वार्थ सिद्ध करने के लिए अपने वास्तविक साध्य नर-नारायण के, सबों के कल्याण के विरुद्ध व्यवहार करने लगे। अतः अनुगमन भी बुद्धिपूर्वक होना चाहिए। किन्तु क्या केवल बुद्धि ही निर्भर-योग्य पथ-निर्देशिका हो सकती है? आस्था के बार-बार प्रवंचित होने पर आधुनिक युग में अनास्था को ही एक बड़े मूल्य के रूप में प्रचारित कर रही है बुद्धि, जिसके फलस्वरूप आधुनिक व्यक्ति अधिकाधिक अहं-केन्द्रित एवं आत्म-निर्वासित होता जा रहा है। बुद्धि को परिशुद्ध किये बिना उसे अवलम्बन बनाने का दुष्परिणाम है उत्तरोत्तर बढ़ती स्वार्थपरता और आधारहीनता। भारतीय संस्कृति की उज्ज्वल परम्परा के अनुरूप ही स्वामी अखण्डानन्द सरस्वती अन्धी अनुगामिता को श्रद्धा में एवं स्वार्थ-पर बुद्धि को विवेक में रूपान्तरित कर देना चाहते थे।

श्रद्धा श्रत् (अर्थात् सत्) को धारण करनेवाली वृत्ति है। चूँकि सत् कई बार कुछ परोक्ष, कुछ अप्राप्त-सा रहता है, अतः इस स्थिति को व्यंजित करने के लिए सत् में रेफ लगाकर 'श्रत्' बना लिया गया है। जिसमें सत्त्व दिखता है, उसके प्रति 'श्रद्धा' सहज ही होती है। वास्तविक श्रद्धा सत् का अनुगमन ही नहीं, अनुभव भी कराती है। सत् का अनुभव कराने की यह क्षमता ही उसे अन्धी अनुगामिता से पृथक् करती है।

जीवन के उदात्त मूल्यों के प्रति यदि श्रद्धा न हो तो व्यक्ति स्वार्थ-त्याग क्यों करेगा, सामाजिक हित के लिए कष्ट वरण क्यों करेगा? सच्ची बात तो यह है कि कोई भी मनुष्य बिना श्रद्धा के विकास के पथ पर चल ही नहीं सकता। इसीलिए स्वामी जी की मान्यता थी कि, "चारों पुरुषार्थों में साध्य-साधनविषयक विपर्यय-रहित निश्चय को श्रद्धा कहते हैं। यह सभी साधनों में मूर्द्धन्य है।"

दूसरी ओर स्वामी जी यह भी मानते थे कि 'पवित्रता की ओर, सुख-शान्ति की ओर ले चलने के लिए यह विवेक सर्वोपरि साधन है' क्योंकि इसी के द्वारा पाप-पुण्य, राग-द्वेष, पक्षपात, हिंसा आदि से बचा जा सकता है और समग्र सृष्टि को परब्रह्म परमात्मा के रूप में देखा जा सकता है। सूक्ष्मता से विचारा जाये तो यह स्वीकार करना पड़ेगा कि साध्य-साधन के सम्बन्ध में सही निश्चय करने के लिए भी विवेक अर्थात् सत्य-असत्य, कर्त्तव्य-अकर्त्तव्य तथा ग्राह्य-त्याज्य का निर्णय करनेवाली और सत्य-कर्त्तव्य को स्वीकार करने की प्रेरणा देनेवाली शुद्ध बुद्धि आवश्यक है अर्थात् श्रद्धा में भी विवेक का पुट होता है या होना चाहिए।

इसी तरह विवेक को भी यदि श्रद्धा से सम्पुटित किया जा सके तो तत्त्व का अनुभव करने में सुगमता होती है। स्वामी जी के अनुसार केवल श्रद्धा उपासना है और केवल विवेक असंगतता की स्थिति। विवेक बहुत विरल है, अतः सामान्य लोग श्रद्धा के द्वारा दूसरे के विवेक से लाभान्वित हो सकते हैं। फिर भी श्रद्धा में परावलम्बन है, अपने विवेक के अभाव में निर्णायक क्षणों में पतन सम्भव है। स्वामी जी परमार्थ के इस पहलू को स्पष्ट करने के लिए एक बहुत व्यावहारिक उदाहरण देते थे। वे कहते थे कि महात्मा गाँधी के नेतृत्व में जिन नेताओं ने आजादी की लड़ाई में बड़े-बड़े त्याग किये, कठोर तपस्या की, गद्दी पर बैठते ही उनमें से अनेक की स्वार्थ-भावना प्रबल हो गयी, त्याग-भावना शिथिल हो गयी क्योंकि वह विवेकजन्य न होकर अनुकरणजन्य, श्रद्धाजन्य थी। जिन नेताओं का स्वयं का विवेक काम करता रहा, वे बाद में भी ईमानदार बने रहे। इससे स्पष्ट है कि श्रद्धा को विवेक अवलम्ब देकर ही उसे उदात्त, निर्भर-योग्य एवं सुरक्षित बनाया जा सकता है।

आध्यात्मिक क्षेत्र में स्वामी अखण्डानन्द सरस्वती इसीलिए एक ओर श्रीमद्भागवत, नारदीय भक्तिसूत्र आदि का, दूसरी ओर उपनिषदों, गीता, ब्रह्मसूत्र, अपरोक्षानुभूति, विवेक चूड़ामणि आदि का प्रवचन कर श्रद्धा और विवेक को साथ-साथ परिपुष्ट करना चाहते थे, जिससे साधकगण ब्रह्मात्मैक्य का अनुभव कर सकें। मध्य युग की जो विरासत पारम्परिक रूप से भारतीय मानस को मिली है उसमें भक्ति की अर्थात् भगवान् के प्रति श्रद्धा और प्रेम की प्रधानता रही है। आधुनिक युग में उपनिषदों एवं वेदान्त-ग्रन्थों के प्रति नवजागरण के पुरोधाओं का प्रबल आकर्षण रहा है किन्तु वेदान्त के मूल ग्रन्थों के शास्त्रीय दृष्टि से प्रामाणिक एवं आधुनिक

दृष्टि से भी उपयोगी भाष्य बहुत कम हुए हैं। स्वामी अखण्डानन्द जी ने हिन्दी के माध्यम से इस आवश्यकता की बड़ी हद तक पूर्ति की है। दर्शन और साधना के गम्भीर संस्कृति-ग्रन्थों का सरल, सर्वज्ञ एवं ग्राह्य विवेचन करने की स्वामी जी की अद्भुत क्षमता के कारण ही उत्तर प्रदेश सरकार की संस्कृत अकादमी ने स्वामी जी को पन्द्रह हजार रुपयों की विशिष्ट भेंट अर्पित की थी। बहुत-से सम्मान्य विद्वानों की दृष्टि में स्वामी जी का सबसे बड़ा कार्य वेदान्त को बिना विकृत किये सामान्य जन तक पहुँचा देना ही है।

मुझे इसमें सिर्फ एक बात जोड़नी है। उन्होंने अपने विवेचन में पुराने सत्यों के आधार पर ऐसे नये संकेत भी दिये हैं जो आज की समस्याओं के समाधान में भी सहायक होते हैं। आधुनिक युग में व्यक्ति और समाज, जाति और जाति, राष्ट्र और राष्ट्र के बीच जो द्वन्द्व और संघर्ष है उसका मूल कारण स्वामी जी के मतानुसार है—परिच्छिन्न, सीमित, छोटी-छोटी वस्तुओं में हमारे 'मैं' का जुड़ जाना और 'मैं-तू' के भेद को अन्तिम सत्य मान बैठना। अद्वैत के विवेक के आधार पर ही इस परिच्छिन्नता-सीमितता की जड़ काटी जा सकती है। स्वामी जी के शब्दों में, "जाति कोई हो, उसमें आत्मा एक है। चाहे मजहब कोई हो, उसमें आत्मा एक है। चाहे प्रान्त कोई हो, उसमें भारत एक है। चाहे राष्ट्र कोई हो, उसमें विश्व एक है। अलग-अलग उपनिषदों-ब्राह्मणों में परब्रह्म परमात्मा एक है। राग-द्वेष की आत्यन्तिक निवृत्ति के लिए तत्त्वज्ञान से बढ़कर कोई ज्ञान नहीं है, कोई वस्तु नहीं है।"

सिर्फ इतना ही नहीं, आत्मा को अर्थात् अपने वास्तविक स्वरूप को सत् चित् आनन्द अद्वय मानने के व्यावहारिक परिणाम की ओर भी इंगित करते हुए उन्होंने जीवन जीने की अत्यन्त विधायक कलाओं का विकास किया था। अगर हम सचमुच मानते हैं कि आत्मा सत् है तो इसका अर्थ है कि हम अब तक न कभी मरे हैं, न आगे मरेंगे। फिर मृत्यु का भय क्यों? हमें निर्भय होकर अच्छे काम करने चाहिए, दूसरों को भी मृत्यु के भय से मुक्त करना चाहिए। जीवित रहने और रखने के साधनों—यथा, निवास-स्थान, अन्न, वस्त्र, औषध आदि—की सुविधा की सुव्यवस्था करनी चाहिए। आत्मा चित्-चेतन है तो अज्ञानी बनने और बनाने से हमें इन्कार करना चाहिए। ज्ञान प्राप्त करने के लिए योग्य शिक्षालय, वाचनालय आदि का प्रबन्ध सबके लिए होना ही चाहिए। आत्मा आनन्दस्वरूप है तो दुखी होने और करने के स्थान पर सुखी रहने और रखने के साधनों का—साहित्य, संगीत एवं विविध कलाओं का—विकास करना ही चाहिए। आत्मा अद्वय है तो सभी अपने ही हैं बल्कि आत्मस्वरूप ही हैं, फिर अलगाव की गुंजाइश ही नहीं रह जाती। तत्त्वज्ञान को व्यवहार से जोड़कर ही कथनी और करनी को निकट लाया जा सकता है, नहीं तो वागाडम्बर या कोरी लफ्फाजी से कुछ बनता नहीं, बिगड़ता जरूर है।

पुराने शब्दों के नये व्यावहारिक अर्थ वे इस सरलता से करते थे कि सुननेवाला चकित रह जाता था। गीता पर चर्चा करते हुए मैंने एक बार उनसे पूछा कि आज का आदमी यज्ञ और तप कैसे करे भला? उन्होंने कहा, ''इन शब्दों के रूढ़ अर्थ ही क्यों लेते हो, उनकी व्याप्ति कहाँ तक हो सकती है, इस पर भी विचार करो। अपने ऊपर कम-से-कम खर्च करना ही तप है और इस प्रकार न्यायोपार्जित धन को दूसरों के हित के लिए व्यय कर देना ही यज्ञ है। क्या आज के युग में इस प्रकार का तप और यज्ञ नहीं चल सकता?''

उदाहरण देकर समझाने की कला भी उनकी निराली थी। वे बराबर कहते थे कि, ''क्रोध नहीं करना चाहिए क्योंकि क्रोध का अर्थ ही है—कं सुखं रोधयति अर्थात् क-रूपी सुख का जो रोध करे, जिसमें रुकावट डाले, वही क्रोध है। जिस पर क्रोध आता है उसे तो वह बाद में जलाता है, पहले क्रोध करनेवाले को ही जला देता है, फिर उससे गलत काम करवाता है। क्रोध आने पर शत्रु के दुर्गुणों, दुष्ट कार्यों का ही ध्यान बना रहता है। जो लोग पड़ोसी के गन्दे नाले को अपने आँगन में बहने नहीं दे सकते, वे ही लोग उसके दुर्गुणों, दुर्वृत्तों के गन्दे नाले को अपने मन के आँगन में बहाते रहते हैं, इससे बढ़कर आश्चर्य और क्या हो सकता है! अनुचित बात का प्रतिकार भी संयत रहकर ही सही ढंग से किया जा सकता है।'' एक बार मैंने उनसे पूछा, 'नाम-जप करते समय मन इधर-उधर भटक जाता है, जप में लगता ही नहीं, क्या करूँ?' वे बोले, ''मन को भटकने दो और नाम-जप करते रहो। कभी अपने अड्डे पर बैठी बुलबुल को देखा है? उसके पैर में एक डोरी बँधी रहती है जिसका दूसरा सिरा उसी अड्डे से बँधा होता है बुलबुल जब उड़ने के लिए फड़फड़ाती है तो कभी इधर जाती है, कभी उधर जाती है किन्तु डोर से बँधी होने के कारण उड़ नहीं पाती, फड़फड़ाते-फड़फड़ाते जब थक जाती है तो उसी अड्डे पर बैठ जाती है। इसी तरह मन को नाम-जप की डोर से बाँध दो। फिर भले ही वह कुछ दिनों तक इधर-उधर फड़फड़ाता रहेगा किन्तु अन्त में नाम के अड्डे पर ही आकर बैठेगा, इसमें कोई सन्देह मत रखो।'' कैसा सटीक उदाहरण है!

छोटों के प्रति उनकी वत्सलता भी अद्भुत थी। कई वर्ष पहले की बात है। मेरी बेटी भारती उस समय एम.ए. में पढ़ती थी। मेरे साथ वह भी स्वामी जी की कथा सुनने जाती थी। कथा के बाद उसने एक-दो बार स्वामी जी को प्रणाम किया। संयोग से स्वामी जी का ध्यान उस ओर नहीं गया। उन्होंने कोई प्रत्युत्तर नहीं दिया। एक दिन कथा के बाद भारती ने उनसे उन्हीं की शिकायत करते हुए कहा, 'हम तो आपको प्रणाम करते हैं और आप ध्यान ही नहीं देते, यह क्या बात हुई?' स्वामी जी मुस्कराकर बोले, 'अरे ऐसा हो गया, अच्छा!' दूसरे दिन कथा के बाद जब भारती उनके निकट आयी तो वे स्वयं बोल उठे, 'जय जय भारती देवी!' उनका ऐसा वात्सल्य पाकर भारती पुलकित हो उठी और सब हँस पड़े। इसी तरह एक शोध-छात्र अपने शोध-कार्य के सम्बन्ध में उनसे कुछ प्रश्न पूछना चाहता था किन्तु निर्धारित दिन पर वह प्रश्नों की

तालिका नहीं बना सका। स्वामी जी ने मुस्कराकर कहा, "सच तो यह है कि प्रश्न तुम्हारे मन में ही नहीं उठे हैं। जब वस्तुतः प्रश्न उठते हैं तो शान्त बैठने नहीं देते। जो शोध-कार्य ऐसे गहरे प्रश्नों से जुड़े रहते हैं वे ही सार्थक होते हैं।" प्रश्नकर्त्ताओं के प्रति उनकी सहिष्णुता भी असाधारण थी। दूसरों की दृष्टि में कोई प्रश्न बेतुका हो सकता है लेकिन प्रश्नकर्त्ता के लिए तो वह अत्यन्त महत्त्वपूर्ण है, फिर स्वामी जी उसकी अवज्ञा या उपेक्षा कैसे कर दें। सहानुभूतिपूर्वक वे प्रश्न सुनते थे और आश्वासन-भरे उत्तर देते थे। कथा में भी वे भारी-भरकम शब्दों का प्रयोग नहीं करते थे। उनकी मान्यता थी कि समझाने के लिए ही नहीं, ठीक-ठीक समझने के लिए भी यह जरूरी है कि पारिभाषिक शब्दों के स्थान पर उनके सरल अर्थ को बतानेवाले शब्द-समूह का प्रयोग कर उस प्रत्यय या धारणा को स्पष्ट कर लिया जाये। बोलनेवाले की अपनी धारणा यदि अस्पष्ट है तो वह बहुत बार कठिन शब्दों के आवरण में अपनी कमजोरी को छिपाना चाहता है। यह भी एक प्रकार का बौद्धिक छल है। इससे बचने का परामर्श स्वामी जी अपने स्नेह-भाजनों को बराबर देते रहते थे।

मुझे लगता है कि तुलसी का यह सिद्धान्त कि रचना 'बुध बिश्राम सकल जन रंजनि' होनी चाहिए, स्वामी जी को भी मान्य था। उनके प्रवचनों एवं लेखों में गम्भीर विषयों को सरलतापूर्वक समझने योग्य तो बनाया जाता था किन्तु उनकी गम्भीरता के साथ उथला खिलवाड़ नहीं किया जाता था। इसीलिए विषय के ज्ञाता विद्वान् भी और साधारण समझदार भी उनके प्रवचनों से लाभान्वित होते थे। सामान्य 'नर-नारायण' तक भारतीय चिन्तन एवं साधना का मंगलमय सन्देश पहुँचना चाहिए, इसी विचार से प्रेरित हो लगभग दस वर्षों तक वे अवैतनिक रूप से 'कल्याण' के सम्पादकीय विभाग में काम करते रहे। उनके सरस और ज्ञानवर्द्धक लेख 'कल्याण', संकीर्तन', 'परमार्थ' जैसी धार्मिक पत्रिकाओं में निरन्तर निकलते रहे। 'कल्याण' के श्रीमद्भागवतांक, साधनांक, योगांक आदि महत्त्वपूर्ण वार्षिकांकों के सम्पादन में उनका अत्यधिक योगदान रहा था। सत्साहित्य प्रकाशन ट्रस्ट, गीता प्रेस, स्वामी अखण्डानन्द सरस्वती सेवा संस्थान आदि संस्थाओं से उनके पचास से अधिक ग्रन्थ प्रकाशित हुए हैं। पचहत्तर वर्ष की अवस्था में भी वे निरलस भाव से उपनिषद्, गीता, भागवत, रामायण आदि ग्रन्थों पर प्रश्नोत्तर के माध्यम से प्रवचन करते हुए निरन्तर भारत-भ्रमण करते रहे। गुरुजनों की कृपा एवं अपनी साधना से जो कुछ उन्होंने पाया उसे मुक्त हृदय से वे बाँटते रहते थे। सम्प्रदायों की संकीर्णता उन्हें नहीं बाँध पायी। भारत में उपजे धर्मों का ही नहीं, यहूदी, ईसाई और इस्लाम धर्मों का भी उन्होंने अध्ययन-मनन किया था। अद्वैत वेदान्त के प्रति निष्ठावान् होते हुए भी वे अन्य धर्मों का समादर करते थे और उनके ग्रहणीय तत्त्वों का भी व्याख्यान करते थे। इसीलिए उनके पास भिन्न-भिन्न मतों, दलों के लोग आते रहते थे और अपनी-अपनी भूमिका के अनुरूप उनका सत्परामर्श लेते रहते थे।

किसी भी बड़े कार्य से जुड़े व्यक्ति को सच्चरित्र होना चाहिए अन्यथा उसके व्यक्तिगत दोषों के कारण कार्य की भी बदनामी होती है, क्षति होती है। फिर साधना के स्तर पर तो सच्चरित्रता अनिवार्य है। अपनी गलतियों को प्रभु को निवेदित कर उनसे बचने का दृढ़ संकल्प करना चाहिए। मनुष्य को ऐसे काम नहीं करने चाहिए जिनसे वह अपनी आँखों में स्वयं गिर जाये। इस प्रसंग में वे कठोपनिषद् की यह उक्ति कई बार दुहराते थे—

नाविरतो दुश्चरितान्नाशान्तो नासमाहितः।
नाशान्तमानसो वापि प्रज्ञानेनैनमाप्नुयात्।।

(अर्थात् बुरे कामों से मुँह मोड़े बिना, इन्द्रियों और मन पर काबू किये बिना, चित्त को अशान्ति से मुक्त किये बिना कोई केवल प्रज्ञान से आत्म-तत्त्व की उपलब्धि नहीं कर सकता।)

मैंने इस प्रसंग में उनसे कहा था, 'ऐसा तो भगवान् की कृपा के बिना हो ही नहीं सकता। तो क्या हम लोग उनकी कृपा की प्रतीक्षा ही करते रहें?' वे बोले, "भगवान् की कृपा की प्रतीक्षा नहीं, समीक्षा—सम्यक् रूप से ईक्षा (दर्शन)—करनी चाहिए। प्रभु की कृपा तो हम पर बरस ही रही है। यह सोचना कि हमारे मनोनुकूल कार्य होने पर ही उनकी कृपा होती है, बचपना है। अपने मन के प्रतिकूल होनेवाले कार्यों में भी प्रभु की कृपा को प्रत्यक्ष करने का अभ्यास डालना चाहिए। हमारे कर्मों के फलों का भोग करवाकर वे हमें कर्मों से मुक्त कर रहे हैं, यह भी तो उनकी कृपा है। फिर प्रतिकूलताओं से जूझने का साहस तथा अपनी त्रुटियों कमियों को दूर कर लक्ष्य की ओर बढ़ने की प्रेरणा भी तो वे ही देते हैं। अनुकूलता-प्रतिकूलता दोनों में प्रभु की कृपा देखनेवाले को कृपा की अधिकाधिक अनुभूति होती जाती है। देखो, भागवत में स्पष्ट कहा गया है—

तत्तेऽनुकम्पां सुसमीक्षमाणो
भुञ्जान एवात्मकृतं विपाकम्।
हृद्वाग्वपुर्भिर्विदधन्नमस्ते
जीवेत् यो मुक्तिपदे स दायभाक्।

अर्थात् प्रभु! जो तुम्हारी अनुकम्पा—"कृपा को सर्वत्र भली-भाँति देखता हुआ, अपने ऊपर आनेवाले सुख-दुःखों को कर्मों का फल मानकर उन्हें सहज रूप से भोगता हुआ, हृदय, वाणी एवं शरीर से तुम्हें नमस्कार करता हुआ जीता है, मुक्ति उसे अनायास ही विरासत के रूप में मिल जाती है। तो कृपा की प्रतीक्षा नहीं, समीक्षा करने का अभ्यास करो!"

सच तो यह है कि स्वामी जी की अमृत-वाणी को सुनते-सुनते तृप्ति नहीं होती थी, अधिकाधिक सुनने की प्यास बनी रहती थी।

खण्ड-खण्ड फिर भी अखण्ड
स्वामी अखण्डानन्द सरस्वती

मृत्यु का आघात किसी की भी पांचभौतिक सत्ता को खण्ड-खण्ड कर दे सकता है किन्तु क्या वह चिन्मयी सत्ता को स्पर्श भी कर सकता है? जिसने यह उपलब्ध कर लिया हो, 'न मैं नाम-रूप हूँ, न ये नाम-रूप मेरे हैं; मैं अखण्ड, अद्वैत, सच्चिदानन्द ब्रह्म हूँ', मौत उसका क्या बिगाड़ सकती है? वह फिर भी ज्यों-का-त्यों अखण्ड-का-अखण्ड रह जाता है। घड़े के फूटने से आकाश नहीं फूट जाता। वह न तो घड़े का बन्दी था, न उसका मुखापेक्षी। नाम और रूप की मिथ्या ग्रन्थियों से छूटकर वह अपने अखण्डानन्द-स्वरूप में स्थित हो जाता है। यही उस ब्रह्मविद्वरिष्ठ के लिए भी सत्य है जिसे जगत् अनन्तश्री अखण्डानन्द सरस्वती के नाम से जानता था।

हाँ, मर्मभेदी अन्तर आ गया है हम लोगों के लिए, उनके उन अबोध शिष्यों के लिए जिन्होंने वेदान्त का सत्य उनके मुँह से सुना तो कई बार, किन्तु जो उन शब्दों में निहित अर्थ को बोध के स्तर पर, उपलब्धि के स्तर पर अपनी अपात्रता के कारण ग्रहण नहीं कर पाये। हमारे लिये वे ही नाम-रूप विशिष्ट, वे ही परम आश्रय थे। मैं अपनी ही बात कहूँ। जब-जब भवभुजंग के दंशनों से मैं छटपटा उठता था, तब-तब उनके प्रशान्त, प्रफुल्ल मुख का ध्यान, उनके ग्रन्थों का अनुशीलन या उपदेशों का मनन करता था और मुझे शान्ति मिलती थी। मैं अपने जीवन के उन दिनों को धन्य मानता हूँ जो उनकी सन्निधि में बीते। आज मुझे इस बात का बेहद अफसोस है कि ऐसे सद्गुरु को पाकर भी मैं उनका बहुत कम सत्संग कर पाया। जिन तथाकथित महत्त्वपूर्ण कार्यों में उलझे रहने के कारण मैं गुरु जी के पावन सत्संग के लिए अधिक समय नहीं निकाल पाया, आज वे अत्यन्त तुच्छ प्रतीत होते हैं। आज लगता है कि पारस मिला था पर अपने आवरणों के कारण मैं ही उसके दिव्य स्पर्श से वंचित रह गया! लोहा कंचन नहीं बन सका।

मरण को भी चुनौती देता है स्मरण! उसकी कुछ शक्ति ध्वनित होती है घनानन्द की इस पंक्ति में, 'दीठि आगे डोलो, जो न बोलो कहा बस लागै, मोहि

तो वियोग हूँ में दीसत समीप हो!' यह स्मरण ही है जो दूर गये को पास ला देता है, विगत को स्वगत कर देता है। भगवान् का भी तो लोग स्मरण ही करते हैं। कैसा अद्‌भुत है भक्तों का विश्वास जो मानते हैं कि भगवान् नहीं, भगवान् की स्मृति सब विपत्तियों को दूर कर देती है, 'हरिस्मृतिः सर्वविपद्विमोक्षणम्।' हम लोग भी अब गुरु जी को अपनी स्मृतियों या उनकी कृतियों में ही पा सकते हैं। मेरा विश्वास है कि उनकी स्मृति भी उन्हीं के समान कल्याणकारिणी है। हम शिष्यों के लिए यह उचित ही है कि हम सब उनका स्मरण करें और एक-दूसरे को स्मरण करायें, 'स्मरन्तः स्मारयन्तश्च।'

नवम्बर 1974 मेरे लिये राम-कृपा का मास बनकर आया। श्री बसन्तकुमार बिड़ला एवं श्रीमती सरला बिड़ला के आमन्त्रण पर स्वामी अखण्डानन्द सरस्वती ने कृपापूर्वक उनके आवास-स्थान पर 16 नवम्बर से 30 नवम्बर तक गीता प्रवचन करना स्वीकार कर लिया था। सम्मान्य रमणलाल बिन्नानी के उद्योग से मुझे भी उस प्रवचन माला को सुनने का सौभाग्य मिला। पहले दिन ही मुझे लगा, 'जिसे खोजता था वर्षों से अब जाकर उसको पाया।' प्रातःकालीन पवित्र शान्त परिवेश, बिड़ला उद्यान का सुरम्य वातावरण, स्वामी जी की भव्य, प्रसन्न, सौम्य मुख-मुद्रा, मर्मस्पर्शी, अमृतमयी वाणी में समस्त उपनिषदों की सारभूता गीता का वैदुष्यपूर्ण विवेचन! मेरी ही तरह सभी श्रोता सम्मोहित हो गये। एक घण्टे का समय कैसे बीत गया, पता ही नहीं चला। दिन-प्रतिदिन आकृष्ट होता चला गया मैं। पहली बार लगा कि तृप्ति और अतृप्ति का युगपत् अनुभव कैसे होता है। सुनते समय लगता गीता का मर्म परत-दर-परत उद्‌घाटित होता चला जा रहा है। पलक झपकते एक घण्टा बीत जाता और अधिकाधिक सुनने की गहरी प्यास लेकर घर लौटता। घर में भी और बाहर भी सुने हुए की चर्चा करता। मेरे बड़े भाई रमाकान्त जी ने प्रेरणा दी कि मुझे स्वामी जी से दीक्षा ले लेनी चाहिए। मैंने संकोचपूर्वक भाई जी पं. देवधर जी शर्मा से इसकी चर्चा की। उन्होंने उल्लासपूर्वक इसका समर्थन किया और स्वयं वे मुझे स्वामी जी के पास ले गये। मेरी प्रार्थना स्वामी जी ने अनुग्रहपूर्वक स्वीकार कर ली। 25 नवम्बर को प्रातःकाल पत्नी के साथ मैंने उनसे दीक्षा ग्रहण की। तुलसी की उक्ति मेरे मन में कौंधी—

सन्त विसुद्ध मिलहिं परि तेही। राम कृपा करि चितवा जेही।।

सच, राम-कृपा से ही मुझे सद्‌गुरु की प्राप्ति हुई। उसी दिन से मैं उनका और वे मेरे हो गये।

फिर तो 1986 तक प्रति वर्ष गुरु जी दीपावली के बाद कलकत्ता पधारते रहे करीब एक पखवारे के लिए। बिड़ला जी तथा अन्य भक्तों के घरों में गीता, उपनिषद्, भागवत, नारदीय भक्तिसूत्र, जीवन-व्यवहार, गृहस्थ-धर्म आदि पर उनके

प्रवचन होते। उस ज्ञान-गंगा में अवगाहन कर अपनी-अपनी पात्रता के अनुरूप हम लोग जीवन को शुद्ध और समुन्नत करने का उपदेश-सम्बल ग्रहण करते, भले हम लोग सब-कुछ न समझ पाते या समझकर धारण न कर पाते। (जीवन में उसे उतार पाना तो और भी दुष्कर लगता!) किन्तु सुनते समय और उसके बाद भी लगता कि जीवन जैसा चलता आया है, वैसा नहीं चलना चाहिए; उसमें धर्म, भक्ति और ज्ञान का संयोजन कर उसे आध्यात्मिकता की ओर उन्मुख करना चाहिए। गुरु जी की कृपा से निश्चय ही हम लोगों के कुछ कलुष दूर हुए। रास्ता तो गुरु जी ने दिखा दिया है, अब यह तो हममें से प्रत्येक व्यक्ति पर निर्भर करता है कि वह लक्ष्य की ओर बढ़ने के लिए कितना उद्योग करता है। जितना उसका उद्योग होगा, उतनी ही उन्नति होगी।

प्रवचन से भी अधिक प्रीतिकर सत्र होता वार्त्तालाप का। उसी में लोग प्रश्न भी पूछते। प्रवचन के बाद उनके कुछ भक्तजन उन्हें घेर लेते। गुरु जी प्रेमपूर्वक उनकी बातें सुनते, उनके परिजनों के बारे में पूछते। सचमुच आश्चर्य होता था यह देखकर कि गुरु जी को कितने लोगों के नाम याद थे। लोग तरह-तरह की बातें सुनाते, कुछ बातें ऐसी भी होतीं जो हम लोगों को स्तरीय नहीं लगतीं किन्तु गुरु जी धैर्यपूर्वक सबकी बातें सुन लेते, कभी-कभी कुछ परामर्श भी देते। गुरु जी की मान्यता थी कि भारतीय धर्माचार्यों ने बुद्धि को जितना महत्त्व दिया है, उतना अन्य देशों के धर्माचार्यों ने नहीं दिया है।

गुरु जी स्वयं अपने शिष्यों को केवल श्रद्धा का ही नहीं, प्रज्ञा का भी अवलम्बन ग्रहण करने की प्रेरणा देते थे। इसका एक परिणाम यह भी था कि वे अपने शिष्यों को प्रश्न करने की पूरी छूट देते। अवश्य ही वे यह भी इङ्गित करते थे कि प्रश्न केवल प्रश्न पूछने के लिए या परीक्षा के लिए नहीं किये जाने चाहिए। जानने के लिए जीवन या साधना-क्रम से उठे हुए प्रश्न श्रद्धापूर्वक पूछने चाहिए, तभी उनसे वास्तविक लाभ होता है। सुसंगत और अच्छे प्रश्न करनेवालों से गुरु जी बहुत प्रसन्न होते थे। मेरी बेटी भारती उनसे बहुत प्रश्न किया करती थी। कई बार कुछ लोगों को लगता था कि वह प्रश्नों का अतिरेक कर रही है किन्तु गुरु जी ने उसे कभी निरुत्साहित नहीं किया, उलटे वे उसे प्रोत्साहित किया करते थे कि वह और प्रश्न पूछे।

एक दिन किसी ने उनसे कुछ पूछा ही नहीं तो वे बोले, 'आज क्या भारती नहीं आयी है?' तब लोगों को लगा कि भारती के प्रति उनके मन में कितना वात्सल्य था। कलकत्ते में ही नहीं, वृन्दावन में भी भारती प्रश्नों की झड़ी लगा देती थी। स्वभावतः वहाँ भी कुछ लोग खीज उठते थे किन्तु गुरु जी ने उसे अभय दे रखा था, अतः उसके अन्तहीन प्रश्न चलते ही रहते। सिर्फ एक बार कलकत्ते में

गुरु जी ने उससे कहा, 'भारती कभी-कभी चुप भी रहना चाहिए।' अगले दिन भारती ने कोई प्रश्न नहीं पूछा। उसके दूसरे दिन गुरु जी ने ही उससे कहा, 'क्या बात है भारती! कल और आज अभी तक तुमने कोई प्रश्न ही नहीं पूछा?' उसने बिना झिझक कह दिया, 'आप ही ने तो चुप रहने के लिए कहा था, सो मैं चुप हूँ।' गुरु जी हँसने लगे, बोले, 'नहीं-नहीं! तुम प्रश्न पूछो।' और उसके प्रश्न फिर चालू हो गये! सोचता हूँ कितने गुरु ऐसे होंगे जो छोटों को इतनी छूट देते हों, उनके प्रश्नों को इतना महत्त्व देते हों!

पहली बार कुछ लम्बे समय तक गुरु जी के साथ रहने का सौभाग्य मिला नवम्बर, 1976 में चाकुलिया में। प्रियवर प्रभुदयाल झुनझुनवाला ने विष्णुयज्ञ का आयोजन किया था। गुरु जी के अभिन्न मित्र और शिष्य श्री सुदर्शन सिंह जी 'चक्र' के वे कृपा-भाजन थे। चक्र जी ने गुरु जी से अनुरोध किया कि आप सात दिनों के लिए चाकुलिया पधारें। गुरु जी ने पूछा, 'यह चाकुलिया है कहाँ, कभी इसका नाम भी नहीं सुना।' इसके उत्तर में चक्र जी ने जो कहा वह मेरे लिये अविश्वास्य था। वे बोले, 'जंगल में हो तो भी क्या, मेरी प्रार्थना है कि आप वहाँ चलें।' बिना कुछ और पूछे गुरु जी ने हामी भर दी। कैसा अद्भुत प्रेम-सम्बन्ध था दोनों में! मुझे भी आज्ञा हुई कि मैं भी चलूँ। मेरी क्या मजाल थी कि मैं ना करता! आन्तरिक कृतज्ञता के साथ चक्र जी को प्रणाम करता हूँ कि उनकी कृपा से मुझे गुरु जी के सत्संग का अद्भुत सुयोग मिला। चाकुलिया में जिस बगीचे में गुरु जी ठहराये गये थे वह बस्ती से दो-ढाई मील दूर था। सुबह साढ़े छह बजे गाड़ी से उनके लिए दूध जाता था। हम पति-पत्नी नहा-धो कर तैयार रहते और उसी गाड़ी से वहाँ चले जाते। कैसे आनन्द में बीतते तीन-साढ़े तीन घण्टे! उस समय वहाँ और लोग नहीं आ पाते थे।

गुरु जी के साथ बगीचे में टहलता—एक तरफ प्रबुद्धानन्द, दूसरी तरफ मैं। कितने मधुर और प्रेरक प्रसंग छेड़ते थे गुरु जी! वहीं गुरु जी ने मुझे समझाया था कि सुबह उठते ही शय्या पर ही बैठकर कुछ देर भगवान् का नाम लेना चाहिए, ध्यान करना चाहिए, तब कुछ और काम करना चाहिए। इसी तरह रात को सोने के पहले भी भगवान् का नाम लेना चाहिए। इससे दिन अच्छा बीतेगा, रात को भी दुःस्वप्न नहीं आयेंगें। मेरी पत्नी उनसे कुछ भी पूछने में संकोच नहीं करती थी। गुरु जी ने ही उसे कुछ पूछने को कहा तो उसने जप करने की पद्धति पूछी, ध्यान करने का तरीका पूछा। शिष्यों की योग्यता के अनुसार उनके मंगल का मार्ग बताने के लिए गुरु जी सर्वदा तत्पर रहते थे। सायंकाल को स्वयं प्रवचन करने के लिए पहले गुरु जी मुझे कुछ बोलने का आदेश देते थे। गुरु जी के सामने बोलने में मुझे बहुत संकोच था किन्तु उन्होंने मेरी झिझक छुड़ा दी और सातों दिन उनके पहले

मुझे थोड़ी-थोड़ी देर बोलना पड़ा। बाद में तो महराई, वृन्दावन में भी उन्होंने मुझसे कई बार प्रवचन करवाये। यह उनकी कृपा थी कि उन्हीं से सुनी हुई बातों को अपने शब्दों में बोलने के संकोच-भरे प्रयासों को भी वे सराहते और मुझे आशीर्वाद देते कि मैं अच्छा बोलने लगूँगा। वहीं उन्होंने मुझे यह आज्ञा भी दी कि गीता, मानस आदि पर प्रवचन करने के लिए किसी से कोई दक्षिणा मत लेना। प्रभु-कृपा है कि उनके इस आदेश का मैं निष्ठापूर्वक पालन कर रहा हूँ। बात प्रवचन की चल रही है तो एक बात और लिख दूँ।

बम्बई में गुरु जी एक प्रवचन देने जा रहे थे। जाने से पहले गुरु जी ने उड़िया बाबा के चित्र को सम्बोधित कर कहा, 'चलो बाबा, कथा कह आओ।' मैं वहीं था। मैंने कौतूहल-भरे शब्दों में गुरु जी से पूछा, 'गुरु जी! कथा आप कहते हैं कि उड़िया बाबा ?' वे हँसे, बोले, 'उड़िया बाबा ही कथा कहते हैं।' इसका मर्म तो गुरु जी ही जानें लेकिन तब से मैंने भी यह नियम बना लिया है कि गीता, मानस, भागवत आदि पर बोलने के पहले गुरु जी, का ध्यान कर लेता हूँ। इतनी हिम्मत तो मेरी नहीं पड़ती कि कह सकूँ, चलिये गुरु जी, कथा कह आइये, पर उनका स्मरण करने के बाद ही बोलना शुरू करता हूँ। मेरी निष्ठा है कि इससे इन विषयों पर बोलना मेरे लिये सुगम हो जाता है।

चाकुलिया में ही आनन्दमयी माँ और गुरु जी के परस्पर सद्भाव को देखकर मैं मुग्ध हो गया था। दोनों एक-दूसरे की प्रतिष्ठा के प्रति अत्यन्त सजग थे। गुरु जी यदि उन्हें 'माँ' कहकर पुकारते थे तो माँ उन्हें 'बाबा' कहती थीं और वैसा ही सम्मान देती थीं। 22-5-81 को आनन्दमयी माँ के जन्मोत्सव में सम्मिलित होने के लिए गुरु जी गंगालहरी के कनखल गये थे और वहाँ मातृ-तत्त्व पर उनका अद्भुत प्रवचन हुआ था। बड़े सन्तों में इतना सौहार्द बहुत कल्याणकर लगता है।

1977 में मैं सक्रिय राजनीति में चला आया और भगवदिच्छा से एम.एल.ए. भी बन गया। मेरी प्रार्थना पर गुरु जी ने आशीर्वाद तो दिया किन्तु राजनीति की फिसलनों से बचने का निर्देश भी दिया। इस पर उनका बहुत जोर था कि केवल पार्टी के लोगों का नहीं, 'सबका हित हो, इसका ध्यान रखें।' उन्होंने यह भी सिखाया था कि 'स्वयं चारित्र्य के पालन से लोगों का जितना भला होता है, उतना अन्य प्रकार से नहीं।' वे अपने शिष्यों से कहते रहते थे कि बिना स्वयं शुद्ध-पवित्र हुए देश-सेवा करने का दम भरनेवाले बाद में अपनी ही सेवा करने लगते हैं। उनका शिष्य ऐसा न हो जाये, इसकी उन्हें वास्तविक चिन्ता थी।

जब मैंने उन्हें लिखा कि सुबह से ही अपना काम करानेवालों का ऐसा ताँता लग जाता है कि नियमित पूजा-पाठ में भी विघ्न पड़ने लगा है, राजनीति बड़ी सीमा तक मनुष्य को बहिर्मुखी बनाती है, अनचाहे भी उसके दबाव के कारण व्यक्ति एक

सीमा तक भगवद्विमुख हो जाता है, तब तुरन्त उनका हस्ताक्षरित पत्र आया, 'आपकी यह बात समझ में नहीं आयी कि आपको अपना नित्य-नियम करने का पूरा समय नहीं मिलता। आप कठोरता से कह दीजिये—हम इस समय से इस समय तक, एक घण्टे तक किसी से नहीं मिलेंगे। जब लोग लौटने लगेंगे, प्रसिद्ध हो जायेगा तो उस समय आना बन्द कर देंगे। अपने घर के बाहर एक पट्ट लगा दीजिये। कोई बैठा रहे तो उसके बैठने की व्यवस्था कर दीजिये। मन्त्र, पूजा, प्रार्थना के समय पर यह निश्चय कर लीजिये कि—

सत हरिभजन, जगत सब सपना।'

मेरे पत्र से गुरु जी को यह भी लगा होगा कि बेचारा मेहनत से जनता की सेवा कर रहा है, तभी तो उसके पास सभी लोग आते हैं; यह भी कि इसके मन में भी नित्य-पूजन के क्रम का निर्वाह न कर पाने की पीड़ा है और इसे वह अपनी भगवदविमुखता मानने लगा है। अतः उन्होंने मुझे पुचकारा भी। उन्होंने लिखा था, 'आप सच्चे हृदय से जनता-जनार्दन की सेवा करते रहेंगे तो आपकी विमुखता भी ऐसी होगी जैसे कोई बालक अपने पिता की गोद में बैठकर उसकी ओर पीठ किये हुए हो, उसकी ओर मुँह न किये हो।' मुझे बहुत सान्त्वना मिली थी गुरु जी के इन शब्दों को पढ़कर। राजनीति के कुछ कड़वे अनुभवों से व्यथित होकर अपनी मनःस्थिति मैंने उन्हें लिख भेजी थी। उसके उत्तर में उन्होंने लिखा था, 'यदि सच्चा मनुष्य राजनीति में पड़ेगा तो उसको बाद में वैराग्य अवश्य होगा। भले भगवान् भूल जायें, परन्तु नेताओं के दाँव-पेंच इतने दुष्ट होंगे कि वे व्यवहार से ग्लानि उत्पन्न कराये बिना नहीं रहेंगे। अच्छा है, आप उसका अनुभव कर रहे हैं। बिना भोग के राजनीतिक तीक्ष्णता का पता नहीं चलता।' वस्तुतः जो व्यक्ति राजनीतिक मिजाज का न हो, उसके लिए राजनीति बहुत भारी पड़ती है। कालान्तर में या तो वह राजनीति छोड़ ही देगा या मूल्यों पर अधिष्ठित राजनीति के लिए आन्तरिक कष्ट झेलता रहेगा।

कलकत्ता-बम्बई में गुरु जी के साथ किये हुए सत्संग और वृन्दावन के आश्रम में रहकर किये हुए सत्संग में बहुत अन्तर था। एक तो इन महानगरों में रहते समय व्यक्ति अपने कार्यों से इतना बँधा रहता है कि चाहकर भी वह पूरा समय सत्संग के लिए नहीं निकाल पाता। दूसरे, स्वयं गुरु जी इन स्थानों पर, विशेषतः कलकत्ते में, भक्तों के आमन्त्रणों के कारण एवं आतिथेय की सुविधा की दृष्टि से सीमित समय के लिए सुलभ होते थे।

वृन्दावन में तो आत्मीय कुलपति जैसे लगते थे वे। नित्यक्रिया या मौन आदि के निर्वाह के लिए निश्चित किये गये समय के अतिरिक्त वे सब समय अपने शिष्यों से घिरे रहते। वे स्वयं तो मूर्तिमान् आनन्द थे ही, औरों को भी भक्ति, ज्ञान

एवं आनन्द बाँटते रहते थे। एक-एक व्यक्ति की सुविधाओं का ध्यान रखते, एक-एक व्यक्ति की मानसिकता को परखकर उसके लिए हितकर उपदेश करते। सदा मुस्कराते रहते, आये हुओं को आश्वस्त करते, अपना...इस सीमा तक अपना बना लेते कि सबको लगता कि वे मुझसे ही सबसे अधिक प्रेम करते हैं।

मैं तो बहुत थोड़े-थोड़े समय के लिए चार-पाँच बार वृन्दावन जाकर उनके सत्संग का प्रसाद पा सका। कोठी के बड़े कमरे में या बाहर, नृत्यगोपाल के मन्दिर में, उड़िया बाबा के आश्रम में या वृक्षों के तले जहाँ वे होते वहीं सत्संग-सुधा प्रवाहित होती रहती। किसी के प्रश्न की वे अवज्ञा नहीं करते, सहृदयतापूर्वक सुनते, प्रयोजन होने पर स्वयं उसे और स्पष्ट करते और फिर स्पष्ट, स्वच्छ, अनुभव-सिद्ध युक्तियों के द्वारा उसका समाधान करते। कठिन-से-कठिन विषय को सरल बनाकर वे इतनी आत्मीयता-भरी शैली में समझाते कि उस समय तो यही लगता कि विषय हृदयंगम हो गया। बाद में कच्चे घड़े में डाले जल के सदृश वह निकल गया-सा लगता तो इसके लिए जिम्मेदार हम लोग ही थे—क्यों नहीं अपने हृदय-घट को हम लोग पक्का बना पाये! फिर भी उस अमृत का जितना अंश भी जिसके हृदय में रह गया है, उतना ही उसके जीवन को धन्य बनाने के लिए पर्याप्त है।

वृन्दावन में सब सुविधाओं के होते हुए भी भक्तों की बहुलता तो रहती ही। कई बार औरों के सामने कुछ प्रश्न पूछने में झिझक भी होती। राम जी की कृपा से जीवन में दो बार उनके साथ गंगालहरी में रहने का सुयोग मिला। कह नहीं सकता, उन पवित्र दिनों का कितना ऋणी हूँ मैं। हरिद्वार और ऋषिकेश के बीच बिलकुल गंगा जी के तट पर अवस्थित गंगालहरी। दूर-दूर तक बस्ती का नामोनिशान नहीं! सुन्दर उद्यान, समस्त आधुनिक सुविधाओं से युक्त भव्य आवास, भगवती भागीरथी की मधुर कलकल ध्वनि, सामने की छोटी पहाड़ी की रहस्यावृत रमणीयता और पूजनीय गुरु जी का सत्संग! स्वामी प्रबुद्धानन्द, शिवानन्द, हरिश्चन्द्र सतीशबाला जी जैसे इने-गिने गुरु जी के अन्तरंग परिकर और मैं! कैसी-अद्‌भुत दिनचर्या थी वहाँ गुरु जी की! साढ़े चार बजे भोर में गुरु जी गंगा-तट पर भ्रमण करने निकलते। स्वभावतः हम लोग सवा तीन-साढ़े तीन के बीच उठते। उस ब्राह्ममुहूर्त्त में उस दिव्य परिवेश में मन स्वतः शुद्ध हो जाता। गुरु के मौन व्याख्यान में शिष्यों के संशय कैसे उच्छिन्न हो जाते हैं, इसका कुछ-कुछ अनुभव हुआ। भ्रमण के बाद गंगा जी के किनारे ही छह बजे तक गुरु जी बैठते, गंगा के प्रवाह को निहारते रहते। इस समय बातचीत बहुत ही कम होती। फिर 6 से 8-30 तक अपनी नित्यचर्या के बाद वे 11 बजे तक शिष्यों से बातचीत करते, उनकी जिज्ञासाओं का समाधान करते। पहली बार (अर्थात् 8-5 से 12-5-81 तक)

माण्डूक्य-उपनिषद् का मर्म वे मुझे समझाते रहे। मैं उनके माण्डूक्य-प्रवचन का अध्ययन कर रहा था। जाग्रत, स्वप्न, सुषुप्त, तुरीय, विश्व, तेजस्, प्राज्ञ, वैश्वानर, हिरण्यगर्भ, ईश्वर, ब्रह्म, पंचकोश, तीन शरीर, ज्ञान, भक्ति का सम्बन्ध आदि-आदि कितने विषयों की व्याख्या उन्होंने की। उनके प्रिय शिष्य शिवानन्द जी ने भी मुझे बहुत प्रभावित किया। उनका शरीर स्वीडेन का था। विदेशी होते हुए भी उन्हें गुरु जी ने न केवल अपना लिया था, बल्कि उनकी योग्यता का विचारकर उन्हें संन्यास की दीक्षी भी दी थी। कैसी लगन थी उनकी! संस्कृत को उन्होंने आयत्त कर लिया था। शांकरभाष्य के साथ ब्रह्मसूत्र का गम्भीर अध्ययन किया था उन्होंने। गुरु जी जब व्यस्त रहते तो मैं उनके साथ सत्संग करता। दूसरी बार (अर्थात् 24-5 से 31-5-84 तक) मैंने वहीं 'तुलसीदास का मनोरथ' शीर्षक लेख लिखा। गुरु जी ने उसका एक-एक शब्द सुना, उसके अतिरेकों को परिमार्जित किया और तुलसी के अध्ययन की दिशा का संकेत किया। भोजन के बाद गुरु जी कुछ देर विश्राम करते और फिर किसी निश्चित विषय पर लेख लिखा देते। श्रीमद्भागवत, कौषीतक्युपनिषद् जैसे गम्भीर ग्रन्थों पर वे धारा-प्रवाह बोलकर लेख लिखाते। विषय के स्पष्टीकरण या क्रम के निर्धारण के लिए वे लिखाते समय रुकते नहीं थे। सब-कुछ जैसे मस्तिष्क में ढल चुका हो और सहज रूप में वाग्धारा के रूप में प्रकट हो रहा हो। अद्भुत, निश्चयकारिणी प्रज्ञा और विवेचन-क्षमता थी उनकी! शाम को हरिद्वार या ऋषिकेश के कुछ भक्त आ ही जाते थे। परमार्थ निकेतन के स्वामी सदानन्द जी, अहमदाबाद के योगिराज मनुवर्य तथा अन्य संन्यासीगण भी गुरु जी से सत्संग करने आते थे। बहुत ही सुखद, सरस और ज्ञानमय प्रसंग छिड़ते थे। कुछ देर मौन रहने के बाद गुरु जी पुनः गंगा-तट पर भ्रमण करते, हम लोग उनके साथ लगे ही रहते। भोजन के बाद गुरु जी करीब दस बजे शयन करने चले जाते। गुरु जी की इसी दिनचर्या में उनके विश्राम या चिन्तन-मनन के समय स्वामी प्रबुद्धानन्द जी के साथ तैलाभ्यंग कर मैं गंगा-स्नान करता। ब्रह्मद्रव कहा है गंगा को भक्तों ने। उनकी पावन गोद में, शीतल जल-प्रवाह में सन्तरण अत्यन्त प्रीतिकर लगता। 'ऐ रे दगादार मेरे पातक अपार तोहिं गंगा की कछार में पछार छार करिहौं!' पद्माकर की यह उक्ति दुहराता और उत्फुल्ल चित्त से स्तोत्र-पाठ करता! दिन आनन्द में निकलता, आनन्द में ही समाहित रहता और आनन्द में ही विलीन हो जाता। आध्यात्मिकता की जैसी प्रगाढ़ अनुभूति मुझे वहाँ उन दिनों हुई, वैसी और कभी और कहीं नहीं हुई।

जिस प्रकार सूर्य का सहज धर्म है प्रकाश वितरित करना, उसी प्रकार गुरु जी का सहज स्वभाव था ज्ञान वितरित करते रहना। छोटी-छोटी बातों से भी वे शिक्षा देते रहते थे। एक बार एक शिष्य ने पूछा, 'मेरे योग्य कोई सेवा हो तो बताइये।'

गुरु जी हँसकर टाल गये। बाद में उन्होंने हम लोगों से कहा, 'सेवा की जाती है, अपने लायक पूछी नहीं जाती। 'अपने लायक' शब्द-प्रयोग में ही प्रयोक्ता अपने बचाव का विधान कर रखता है। सच्ची भावना हो तो व्यक्ति सेवा किये बिना रह नहीं सकता। ऐसे ही व्यक्तियों को सेवा बतायी भी जा सकती है।

एक बार उन्होंने कहा, 'याद रखना उपासना वाच्यार्थ की ही होती है, लक्ष्यार्थ की नहीं। शालग्राम शिला, शिवलिंग, देवप्रतिमा साक्षात् भगवान् हैं, यही भाव रखना चाहिए। जिस प्रकार पिता की उँगली को पकड़कर चलनेवाले बालक के लिए कहा जाता है कि वह पिता को पकड़कर चल रहा है, उसी प्रकार प्रतिमा-पूजन करनेवाले की भावना यदि दृढ़ है तो वह प्रभु का ही पूजन करता है। इसी प्रकार मन्त्र और देवता में भी अभेद मानना चाहिए। शब्द और अर्थ में ही जब अभेद होता है।

गिरा अरथ जल बीचि सम कहिअत भिन्न न भिन्न।

तब मन्त्र और देवता में अभेद क्यों नहीं होगा? इसीलिए निष्ठापूर्वक मन्त्र-जप करते रहने से इष्टदेव का साक्षात्कार होता है।

गुरु जी भागवत, गीता, उपनिषद् आदि के मर्मज्ञ थे किन्तु तुलसीदास के प्रति उनकी श्रद्धा विलक्षण थी। मानस की चौपाइयों के सहारे ही उन्होंने अक्षर-ज्ञान किया था। मानस का पाठ माँ को सुनाते-सुनाते मार्मिक प्रसंगों में 'सजल नयन गद्गद गिरा' की स्थिति उनकी हो जाती थी। मृत्यु के पूर्व वे अधिकतर मानस का पाठ ही सुना करते थे। मैं 30-5-87 को उनके दर्शन करने बम्बई गया था। उन्हें दुबारा कोबाल्ट कारेडिवेशन दिया गया था। बहुत कष्ट था शरीर को किन्तु मानस-पाठ-श्रवण का क्रम जारी था। उस दिन पाठ सुनने के बाद उन्होंने मुझसे कहा था, 'तुलसीदास का प्रबन्ध-विधान महर्षि वाल्मीकि से भी अच्छा और चुस्त है। वाल्मीकि मूल कथा में अवान्तर कथाओं का बहुत विस्तार कर देते हैं—जैसे विश्वामित्र के परिचय, गंगा की उत्पत्ति आदि प्रकरणों को उन्होंने बहुत बढ़ा दिया है, जबकि तुलसीदास अनुपात और रोचकता का बहुत ध्यान रखते हैं। उनके पुष्पवाटिका-प्रसंग, परशुराम-प्रसंग निश्चय ही अधिक प्रभावशाली हैं। इसी तरह मर्यादा का ध्यान भी तुलसी ने अधिक रखा है। काव्य के बाह्य प्रसंगों में—जैसे ऋतु, वन, पर्वत आदि के वर्णनों में—वाल्मीकि ने अधिक रस लिया है, तुलसी ने काव्य के अन्तरंग के निखार पर अधिक बल दिया है। भागवत की कथाओं में भी वैविध्य और बिखराव है, तुलसी में अधिक कसाव है। ज्ञान और भक्ति के क्षेत्रों में भागवत से काफी प्रभावित होते हुए भी तुलसी ने अपनी विशेषता कायम रखी है। तुलसी की निजी विशेषता यह है कि उन्होंने ब्रह्म को ही इष्टदेव बनाया है, इष्टदेव पर ब्रह्मत्व का आरोप नहीं किया है। वेदान्त-वेद्य विभु ही उनके राम हैं। इससे उनके भक्ति-निरूपण में भी वैशिष्ट्य आया है। भक्ति के क्षेत्र में वे अत्यन्त

उदार थे, बिलकुल अपने राम की तरह। इसीलिए उन्होंने वसिष्ठ की संकीर्णता को दूर करवा कर चित्रकूट में उनसे गुह को गले लगवाया है। यह राम और भरत की उदारता की विजय है।'

मैं बहुत विनम्रतापूर्वक कहना चाहता हूँ कि यह उदारता गुरु जी में भी थी। उनके आश्रम में प्रातः काल गरीबों के लिए जो भोजन बँटता था उसमें हर किसी का स्वागत था। सिकन्दर बख्त और आरिफ बेग जैसे मुस्लिम नेताओं को भी उन्होंने अपने आश्रम में सप्रेम भोजन कराया था। एक बार उन्होंने मुझसे कहा था, 'जो लोग मन्दिरों में हरिजनों के प्रवेश का निषेध करते हैं, वे शास्त्र-विरुद्ध आचरण करते हैं। यदि हरिजनों के मन्दिर-प्रवेश को पाप या अधर्म माना जाता तो उसके लिए प्रायश्चित्त का भी विधान होता किन्तु ऐसे किसी प्रायश्चित्त का कोई उल्लेख धर्म-ग्रन्थों में नहीं है।' गुरु जी धर्म को आज के जीवन से जोड़ना चाहते थे। उनका दृढ़ विश्वास था कि सामाजिक मंगल धर्माचरण से ही सम्भव है कि धर्माचार को वे जड़ नहीं मानते थे। मूल सत्य की रक्षा करते हुए युग की आवश्यकताओं के अनुसार धर्म के आचारों में आचार्यों ने निरन्तर परिवर्तन किये हैं और आज भी किये जाने चाहिए, ऐसी उनकी मान्यता थी। किसी एक ही आचार से धर्म बधाँ हुआ है, ऐसा वे नहीं मानते थे। एक श्लोक वे बार-बार सुनाया करते थे—

यं पृथग्धर्मचरणाः पृथग्धर्मफलैषिणः।
पृथग्धर्मैः समर्चन्ति तस्मै धर्मात्मने नमः।।

(अर्थात् धर्म के उस आत्मस्वरूप को नमस्कार है जिसकी पूजा पृथक्-पृथक् धर्म-फल की कामना करनेवाले, पृथक्-पृथक् धर्माचारोंवाले, पृथक्-पृथक् धर्मों से करते हैं।) किसी एक आचार्य द्वारा प्रवर्तित, किसी एक ऐतिहासिक काल या किसी भौगोलिक सीमा से आबद्ध आचरण ही धर्म है, ऐसा मानना तो संकीर्णता है। इसी के चलते धर्म के नाम पर इतनी खूनखराबी हुई है। गुरु जी मानते थे कि अपने-अपने कर्त्तव्य-कर्म में व्यापक ईश्वर-दृष्टि का अवतरण ही धर्म है। दुखी को सुख देना, अज्ञानी को ज्ञान देना और भयभीत को अभय बनाना ऐसे ही धर्म के द्वारा सम्भव है। धनी और गरीब के बीच बढ़ते हुए अन्तर से भी वे व्यथित थे। 'साधु और राष्ट्र-सेवा' शीर्षक अपने निबन्ध में उन्होंने स्पष्ट लिखा है, "यदि गरीबों के बच्चों को बीमारी में दवा नहीं मिलेगी, पहनने को कपड़ा नहीं मिलेगा, रहने के लिए मकान की व्यवस्था नहीं होगी, शिक्षण और लौकिक उन्नति-प्रगति की सुविधा समान रूप से नहीं मिलेगी तो केवल उन्हें भावना के बल पर धर्मात्मा बनाये रखने में सफलता नहीं मिल सकती।

हमारे साधुओं का यह काम है और इस शिक्षा में उनके लिए अच्छा अवसर है कि वे धनियों और गरीबों के बीच आयें, धन को हस्तान्तरित करने में सहयोग

दें। गरीबों के लिए विद्यालय, चिकित्सालय, रोजगार और लौकिक उन्नति के अवसर उपस्थित करें।" धर्म की यह उदार व्याख्या और उसकी सेवामूलक व्यावहारिक प्रेरणा गुरु जी की बहुत बड़ी विशेषता थी।

गुरु जी किसी की निष्ठा को खण्डित या परिवर्तित भी नहीं करते थे। उनका कहना था, "जो जहाँ है, उसकी साधना वहीं से शुरू होगी। उस भूमिका की साधना का ठीक-ठीक निर्वाह होने पर उन्नत भूमिका की प्राप्ति स्वतः होगी और इस स्थिति में उच्चतर सत्य को वह स्वयं ग्रहण कर लेगा।" वे संन्यासियों और गृहस्थों के लिए अलग-अलग उपदेश करते थे और गृहस्थाश्रम को बहुत महत्त्वपूर्ण मानते थे। 17 से 18 अक्टूबर, 1987 तक मैं वृन्दावन में उनके दर्शनार्थ गया हुआ था। 19 अक्टूबर को प्रातःकालीन सत्संग में मैंने उनसे कहा, 'बचपन में ही मैंने एक श्लोक कण्ठस्थ कर लिया था—

अधमाः धनमिच्छन्ति धनं मानं च मध्यमाः।
उत्तमाः मानमिच्छन्ति मानो हि महतां धनम्।।

(अर्थात् अधम व्यक्ति केवल धन की कामना करते हैं, मध्यम कोटि के व्यक्ति धन और मान दोनों चाहते हैं किन्तु जो उत्तम व्यक्ति होते हैं, वे मान की ही कामना करते हैं। उत्तम जनों का धन मान ही है।)

इस श्लोक से प्रभावित होने के कारण मेरे मन में मान प्राप्त करने की इच्छा जगी। भगवान् की कृपा से थोड़ा-बहुत मान मिला भी किन्तु ग्रन्थों में लिखा है कि मान सुरापान के सदृश दोषावह है, उसे त्यागकर ही सुखी हुआ जा सकता है। मेरी क्या मानेच्छा सर्वथा त्याज्य है? यदि हाँ, तो उससे कैसे बचा जाये? गुरु जी का उत्तर जितना सुसंगत था, उतना ही आश्वस्तकारी भी। वे बोले, "मध्यकाल में हिन्दू समाज का नेतृत्व बाबा जी लोगों के हाथों में आ गया था। चाहे वे संन्यासी रहे हों, चाहे विरक्त भक्त, दोनों की दृष्टि निवृत्ति-प्रधान थी। उन्होंने मुक्ति या भक्ति पर ही बल दिया और सामाजिक प्रतिष्ठा आदि की उपेक्षा की। मोक्ष-कामियों या निष्काम भक्तों के लिए निवृत्ति की ही बात ठीक है किन्तु प्रवृत्तिपरायण गृहस्थों के लिए वैदिक उपदेश धर्म, अर्थ और काम के त्रिवर्ग को सिद्ध करने का रहा है। इसी के अन्तर्गत मान प्राप्त करने का विचार भी आता है। सामाजिक सम्मान उसे ही प्राप्त होता है जिसने अपने क्षेत्र में कोई विशिष्ट उपलब्धि की हो। उसके लिए अपने आचरण को संगत, व्यवहार को विश्वसनीय बनाकर बड़े-बड़े अच्छे काम करने पड़ते हैं। इससे मनुष्य का विकास होता है। अतः गृहस्थों के लिए मानेच्छा शुभ है। धर्मपूर्वक मान प्राप्त करने की चेष्टा में कोई दोष नहीं है। इसके लिए तुम्हें अपराध का बोध नहीं होना चाहिए। हाँ, जब सर्वत्यागी संन्यासी बनने की सच्ची प्रेरणा होगी तब मानेच्छा भी अपने-आप छूट जायेगी। किन्तु आज की स्थिति तो

यह है कि धन, मान, अधिकार पाने के लिए ही लोग संन्यास ले रहे हैं। संन्यास की सच्ची वृत्ति तो लुप्त-सी हो गयी है। गृहस्थों को प्रभु पर आश्रित रहकर अपने धर्म का निर्वाह करते रहना चाहिए। इससे उन्हें मान भी प्राप्त होगा। मानेच्छा से पीड़ित होकर अकरणीय कार्य करना उचित नहीं है, उससे अन्ततोगत्वा मान-हानि ही होगी। सीधी बात है, अच्छे काम करते हुए मान प्राप्त हो तो उसका स्वागत है, मान प्राप्त करने के लिए ही तरह-तरह के काम करना ठीक नहीं है, उससे बचना चाहिए।'' मुझे इस उपदेश से बहुत शान्ति मिली। संयोग से यह मेरे लिये उनका अन्तिम उपदेश था।

गुरु जी अपने व्रत का पालन करने में कितना कष्ट उठाते थे, इसके भी दो-चार अनुभव मुझे हुए हैं। कलकत्ते में एक बार तीन दिनों तक ज्वरग्रस्त स्थिति में ही उन्होंने प्रवचन किये थे। एक दिन उन्हें 103° बुखार था, फिर भी वे प्रवचन करने गये। हाँ, आरम्भ में कुछ देर तक मुझे बोलने की आज्ञा दी। कैन्सर जैसी पीड़ादायक व्याधि से ग्रस्त होने पर भी डेढ़ वर्ष तक वे अपने कार्यक्रमों का यथासम्भव निर्वाह करते रहे। कलकत्ता, बनारस, बम्बई, वृन्दावन में उन दिनों मैंने देखा है कि दोपहर-भर कराहते रहने पर भी शाम के प्रश्नोत्तर-सत्रों को वे प्रायः अन्त तक चालू रखते रहे। 17 नवम्बर के सायं प्रवचन के बाद उनकी अस्वस्थता बढ़ गयी और 18 नवम्बर, 1987 की रात्रि को उन्होंने शरीर छोड़ दिया। जिस ब्रह्मवेत्ता के लिए कर्म करने का अपना कोई प्रयोजन ही नहीं था, वह लोक-मंगल के लिए अन्त समय तक प्रवचन करता रहा, जिज्ञासुओं को कल्याण का मार्ग दिखाता रहा।

अपनी उदारता और बहुज्ञता के कारण जिस प्रकार सभी सम्प्रदायों के आचार्यों और अनुयायियों को वे अपने लगते थे, उसी प्रकार विविध राजनीतिक दलों के नेता भी उनके पास आते रहते थे। साहित्यकारों का भी एक बड़ा वर्ग उनके प्रति गम्भीर आस्था रखता था।

संस्कृत के बड़े-बड़े विद्वान् (केवल हिन्दीभाषी नहीं, महाराष्ट्री, गुजराती, बंगाली, दक्षिण भारतीय भी) उनसे सत्संग करने आते थे। पारम्परिक वैदुष्य और साधना के क्षेत्रों में उनकी मान्यता अखिल भारतीय थी। हिन्दी के कई बड़े साहित्यकार और चिन्तक उनके प्रति श्रद्धालु थे। सेठ गोविन्ददास, जैनेन्द्र, वियोगी हरि, डॉ. हजारीप्रसाद द्विवेदी, डॉ. नगेन्द्र, डॉ. विद्यानिवास मिश्र, यशपाल जैन, डॉ. नामवर सिंह, डॉ. लक्ष्मीनारायण लाल, डॉ. निर्मला जैन, डॉ. मोहन अवस्थी जैसे श्रेष्ठ कृतिकार और विचारक की उनसे विचार-विमर्श करने या अपनी समस्याओं के समाधान पाने के लिए उनके पास आया करते थे। वे जितने गम्भीर ज्ञानी थे, उतने ही भावुक थे; जितने श्रेष्ठ वक्ता थे, उतने ही सहृदय मनुष्य थे।

एक बार उनके सम्पर्क में आने का अर्थ था—उनसे जुड़ जाना. अपनी-अपनी राहों पर चलते हुए भी उनसे आलोक प्राप्त करते रहना। जो सबका होता है, वह संकीर्ण अर्थ में किसी का नहीं होता। गुरु जी स्वरूप से असंग होते हुए भी स्वभाव से इतने कोमल और करुणामय थे कि सबको अपने लगते थे।

मृत्यु ने उनके भौतिक शरीर को भले हमसे दूर कर दिया हो किन्तु उसी के कारण भाव-जगत् में वे हमारे और निकट आ गये हैं। उनके विचारों के अनुशीलन, उनके सत्संग में बिताये दिनों के भावपूर्ण स्मरण के द्वारा वे हमारे हृदयों में और गहरे उतर गये हैं। रत्नाकर की गोपियों की यह उक्ति बिलकुल सच है—

ज्यौं-ज्यौं बसे जात दूरि-दूरि प्रिय प्रान-भूरि,
त्यौं-त्यौं धँसे जात मन-मकुर हमारे में।

दीप बुझ गया, शिखा अमर है
महादेवी वर्मा

"अब मेरा परमधाम जाने का समय आ गया है, अब मैं जीना नहीं चाहती। जब केवल तन अस्वस्थ होता था तब जीने की चाह बनी रहती थी, अब मेरा मन भी अस्वस्थ हो चला है—देश की वर्तमान स्थिति को देख-देखकर। देखो, आज ही के अखबार के मुखपृष्ठ पर टोकरियों में धरे सैकड़ों बमों के चित्र छपे हैं। पहले मैं उन्हें लड्डू समझ बैठी थी। ये बम किन पर चलेंगे, निर्दोषों और गरीबों पर ही तो। आदमी आदमी को मार रहा है। बचानेवाले अब नहीं रह गये हैं। ऐसे वातावरण में जी कर क्या होगा? शरीर अब ऐसा नहीं रह गया कि इस सबके विरोध में सक्रिय रूप से कुछ कर सकूँ। तुम लोग कुछ करते नहीं, क्या हो गया है?"

ये पीड़ा-भरे वाक्य महादेवी जी ने मुझसे 6 अगस्त, 1986 को कहे थे। इलाहाबाद में हुए दंगे के बाद वहाँ एक अवैध बम-फैक्ट्री पकड़ी गयी थी। बरामद हुए बमों के चित्र को देखकर महादेवी जी विचलित हो उठी थीं। विघटनवादी शक्तियों के द्वारा देश में फैलायी जाती हिंसा और अस्थिरता को देख-देखकर उनका देशभक्त, मानवतावादी मन उसके प्रतिकार के लिए कुछ ठोस कदम उठाना चाहता था किन्तु उनका रोग-जर्जर शरीर उन्हें इसकी इजाजत नहीं देता था। असहाय दर्शक की भूमिका उनके लिए असह्य थी। फलतः किसी भी स्थिति से द्रवित या क्षुब्ध होने पर वे इसी टेक पर लौट-लौट आती थीं कि अब मेरा परमधाम जाने का समय आ गया है।

पिछले वर्ष राखी के बाद भी मैं उनसे मिला था। वे अपने दिवंगत भाइयों की स्मृति में डूबी हुई थीं। विस्तार से उन्होंने मुझे बताया था कि कैसे उन्होंने पहली बार दद्दा (मैथिलीशरण गुप्त) को राखी बाँधी थी। "वे चार भाई थे और परिवार संयुक्त था। फिर बहन एक की ही कैसे बनती? चारों भाइयों ने मुझसे राखी बँधवायी। सबसे छोटे थे हल्के भैया। वे मुझे लेने इलाहाबाद आये थे। मैं बदरीनाथ से लौटी थी। वहाँ से लाये भोजपत्र से मैंने राखियाँ बनायी थीं। चिरगाँव पहुँची तो सारा परिवार मेरे स्वागत के लिए एक पाँव से खड़ा था। मैंने चारों भाइयों को राखी बाँधी। अब उसी परिवार में कितना विवाद उठ खड़ा हुआ है! दद्दा के अतिरिक्त मैं निराला, पन्त, इलाचन्द्र जोशी और

सीताराम सेकसरिया को भी राखी बाँधा करती थी। वे लोग परमधाम में मेरी राह देख रहे हैं। अब वहाँ जाकर उन्हें राखी बाँधूँगी।'' मुझे तभी लग गया था कि महादेवी जी अब अधिक दिनों तक नहीं चल पायेंगी। न केवल देश की बदली हुई, बिगड़ती हुई परिस्थिति उन्हें पीड़ित कर रही थी बल्कि उन्हें अपने बिछुड़े हुए स्वजनों-सहयोगियों की याद भी मथ रही थी। उन्हें बार-बार लगता था कि वे अकेली पड़ गयी हैं। जिन अरमानों को लेकर वे चली थीं, जिन आदर्शों के लिए उन्होंने संग्राम किया था। वे क्षत-विक्षत होकर बिखरते जा रहे थे। उन्हें अपनी ही पंक्ति सालती होगी—'अन्त के तम में बुझे क्यों आदि के अरमान मेरे।' किन्तु वे बुझते जा रहे थे और इसीलिए 'परमधाम' जाने की उनकी इच्छा बलवती होती जा रही थी।

महादेवी जी के साथ मेरा सम्बन्ध पारिवारिक था। मेरे पिता पं. गांगेय नरोत्तम शास्त्री उन्हें अपनी बहन की तरह मानते थे। स्वभावतः मैं उन्हें बुआ जी कहा करता था। उनसे पहली बार मिलने की याद अब भी ताजा है। मैं दसवीं कक्षा का विद्यार्थी था। 1944 के अन्त की बात होगी। मैं अपने विद्यालय से मिले गृह-कार्य के अन्तर्गत महादेवी जी की ही एक कविता की व्याख्या लिख रहा था। अचानक बाबू जी के साथ महादेवी जी घर आयीं। मुझे लिखते देखकर उन्होंने पूछा, 'क्या लिख रहे हो?' मैं तो सिटपिटा गया, महादेवी जी को सामने देखकर। जब उन्हें पता चला कि मैं उन्हीं की कविता की व्याख्या लिख रहा हूँ तब वे खूब हँसीं। हँसना तो उनकी आदत थी। बाद में मैंने अनेक कठिन प्रसंगों में भी उन्हें हँसते देखा था। उनकी वह शुभ्र निष्कलुष हँसी मन का मैल बहा ले जाती थी; निराशा, क्रोध-विक्षोभ को हतप्रभ कर देती थी। मुझे उनका स्नेह तब से बराबर मिलता रहा। वे कलकत्ते आतीं तो सीताराम जी सेकसरिया के घर ही ठहरतीं। वह घर भी मेरे लिये अपना ही घर था। मैं उन्हें ताऊ जी कहता था और उनके सहज वात्सल्य का भाजन था। शायद ही कभी ऐसा हुआ हो कि महादेवी जी कलकत्ते आयी हों और मैं उनसे न मिला होऊँ। जब मेरी भतीजी जया विवाह के बाद इलाहाबाद चली गयी, तब इलाहाबाद जाना मेरे लिये अधिक सुगम हो गया और महादेवी जी के घर जाकर प्रसाद पाने का मेरा सौभाग्य बढ़ गया। भाई राम जी पाण्डेय ने अन्तिम वर्षों में महादेवी जी की सेवा पुत्र के रूप में ही की थी। वे मुझे बड़े भाई की तरह मानते हैं। अतः महादेवी जी से मिलने में मुझे कभी असुविधा नहीं हुई है।

आँखों के सामने तैर रही हैं कितने ही प्रसंगों पर देखी हुई उनकी ममतामयी, करुण, कोमल, तेजोद्दीप्त छवियाँ। उन सबको शब्दों में बाँध पाना क्या सम्भव है? उनकी ही एक पंक्ति है, 'सुधि मेरे आगम की जग में, सुख की सिहरन हो अन्त खिली।' मैं उनकी सुधि के सुख की सिहरन का पीड़ा-मिश्रित अनुभव तो कर रहा हूँ किन्तु वह मेरे शब्दों में कहाँ तक खिल पायेगी, नहीं जानता।

सितम्बर, 1953 में कलकत्ते में महाकवि निराला का अभिनन्दन था। उसकी व्यवस्था भले ही स्थानीय साहित्यकारों और हिन्दी-प्रेमियों ने की थी, किन्तु उसका सूत्र-संचालन कर रही थीं महादेवी जी। वे ही अपने विक्षिप्तप्राय भाई महाकवि निराला को इलाहाबाद से अपने साथ कलकत्ते लायी थीं और वे ही उनके अतिरेकों को नियन्त्रित कर सार्वजानिक कार्यक्रमों में उनकी उपस्थिति और सहभागिता को सम्भव बना रही थीं। निराला जी के लिए उनके मन में अपार ममत्व था। उनकी प्रतिभा को विशृंखल होने से बचाने के लिए समाज और सरकार को जो करना चाहिए था, उसके न किये जाने पर उन्हें तीव्र क्षोभ था। अपने व्याख्यान में एक ओर जहाँ उन्होंने निराला जी के उदात्त साहित्यिक कृतित्व का कवित्वपूर्ण भाषा में मूल्यांकन किया था, वहीं दूसरी ओर उनके सर्वत्यागी व्यक्तित्व का सहृदयतापूर्ण परिचय भी दिया था। इस महान् प्रतिभा को सर्जनारत रहने के लिए आवश्यक सुविधाएँ प्रदान करना सामाजिक कर्त्तव्य है, इसकी ओर भी उन्होंने श्रोताओं का ध्यान आकृष्ट किया था। संघर्षरत साहित्यकार बन्धुओं के सहकार के लिए उन्होंने 'साहित्यकार संसद' की स्थापना भी की थी किन्तु वह कतिपय समस्याओं से उलझ कर अभीष्ट विकास नहीं कर पायीं।

28 मार्च, 1964 को कलकत्ते में 'प्रसाद' की हीरक जयन्ती मनायी गयी। इस अवसर पर महादेवी जी ने अत्यन्त मार्मिक व्याख्यान दिया था। उसके सम्बन्ध में मैंने अपनी डायरी में लिखा था, "महादेवी जी के व्याख्यान का सारांश लिख पाना करीब-करीब असम्भव है। उसका आनन्द उन्हीं की भाषा में है। अपनी भाषा में उनके विचारों को लिखना उन्हें बौना बना देना है। महादेवी जी की भाषा, उसमें बह कर आयी स्वाभाविक उपमाएँ, उनकी बिम्ब-विधायिनी शैली, उनका संगीतमय प्रवहमान स्वर, उनका तपःपूत व्यक्तित्व—ये सब मिल कर उनके विचारों को अभिव्यक्त करते हैं। वे व्याख्यान नहीं देतीं, कविता ही बोलती हैं। उसका सारांश-रूपी कंकाल लिख कर क्या होगा! हो सकता है यह एक मुग्ध हृदय की अतिरंजना-सी उन्हें लगे जिन्होंने महादेवी जी के व्याख्यान न सुने हों, किन्तु मैं आज भी इन भावों को दुहराता हूँ। हिन्दी में उनसे बढ़कर मर्मस्पर्शी किन्तु विचारपूर्ण भाषण देनेवाला कोई नहीं हुआ। पिछले दिनों में गले में हुए ऑपरेशन के कारण उनकी आवाज की मधुरता बहुत कम हो गयी थी, यह दुर्भाग्य की बात थी।"

दिसम्बर, 1968 में 'अनामिका' अपने नाटक 'मनमाने की बात' तथा 'एवं इन्द्रजित्' लेकर इलाहाबाद गयी थीं। हम लोगों की प्रसन्नता का पारावार नहीं रहा जब हम लोगों ने पाया कि प्रयाग के प्रायः सभी सम्मानित साहित्यकारों के साथ-साथ सुमित्रानन्दन पन्त और महादेवी वर्मा भी हमारे दर्शकों के रूप में उपस्थित हैं। 'अनामिका' के अध्यक्ष की हैसियत से उस दिन मुझे उन दो महाकवियों के बीच बैठने का सौभाग्य मिला था। मैं सच कह रहा हूँ कि आज भी उस स्थिति की स्मृति आती

है तो मैं पुलकित हो उठता हूँ। प्रदर्शन के बाद पन्त जी और महादेवी जी हमारे कलाकारों से मिले। उन लोगों ने उन्हें बधाई दी, उज्ज्वल भविष्य के लिए शुभकामनाएँ दीं। महादेवी जी किस आत्मीयता के साथ अपने छोटों के बीच बैठकर उनकी बातें सुनती थीं, अपनी सुनाती थीं, इसके कई प्रसंग मुझे याद हैं। उनसे सुने हुए कुछ प्रेरक आख्यान आपको भी सुनाऊँ।

एक बार प्रश्न-मुद्रा में उन्होंने महात्मा गाँधी के संस्मरण सुनाने शुरू किये। उन्होंने बताया कि, ''बापू पर कविता लिखकर मुझे एक बार चाँदी का कटोरा पुरस्कार में मिला। जब बापू ने यह सुना तो उन्होंने कटोरा मुझसे माँग लिया। मैं जब उन्हें वह कविता सुनाने लगी तो बापू ने कविता सुनी ही नहीं। वे बोले 'मैं कविता नहीं समझ पाता।' मैंने कहा, 'बापू', आपका प्रिय भजन है—वैष्णव जन तो तेने कहिए जे पीर पराई जाणे रे। यही तो कवि का भी लक्षण है—दूसरों की पीड़ा को जानना। आप कैसे वैष्णव हैं जो कविता नहीं समझते!' बाद में मुझे बापू के ही हाथों 'सेकसरिया पुरस्कार' मिला। उन दिनों थाल में चाँदी के रुपये रखकर पुरस्कार में दिये जाते थे। बापू बोले, 'महादेवी, तू ये रुपये भी मुझे दे दे।' मैंने कहा, 'बापू, यदि आप कविता समझते होते तो मैं ये रुपये आपको दे देती, पर आप तो कविता समझते नहीं, समझना भी नहीं चाहते, अब तो मैं ये रुपये महिला विद्यापीठ को ही दूँगी।'' यह कहानी सुनाते-सुनाते महादेवी जी अपनी उस चटुलता को स्मरण कर हँस पड़ीं और देर तक हँसती रहीं।

बापू के प्रति उनकी निष्ठा असाधारण थी। उन्होंने ही मुझे बताया कि, ''बापू अंजलि बाँधकर श्रोताओं के बीच से अर्थ-संग्रह करते हुए निकलते थे। जहाँ अंजलि भर जाती थी, वहीं छोड़ देते थे, पर क्या मजाल कि एक पैसा भी इधर-से-उधर हो जाये। एक बार उनकी छोड़ी हुई अंजलि में कान का एक ही बुन्दा मिला। बापू ने कहा, 'हो नहीं सकता कि देनेवाली ने एक ही बुन्दा दिया हो, दूसरा भी होगा, ध्यान से देखो।' सचमुच दूसरा बुन्दा दरी के नीचे दब गया था। एक बार उन्हें किसी ने एक पैसा दिया। बापू बोले, 'उस बेचारे के पास एक ही पैसा रहा होगा। यह बहुत पवित्र है।' उन्होंने उसका नीलाम किया तो वह कई सौ रुपयों में बिका।'' महादेवी जी ने बताया था कि बापू कहा करते थे कि जिस तरह अजगर मनुष्य को लपेट कर तोड़ देता है, उसी तरह धन भी अपनी लपेट में आये हुए मनुष्य को तोड़ देता है। ज्यादा धन-संग्रह आदमी के लिए अच्छा नहीं। गृहस्थों के लिए कबीर का आदर्श ही ठीक है कि इतना पास हो कि 'मैं भी भूखा न रहूँ, साधु न भूखा जाये।'

महामना मदनमोहन मालवीय के प्रति भी महादेवी जी के मन में अपार श्रद्धा थी। एक बार उन्होंने मुझसे कहा था, ''मन का अच्छा होना बहुत कठिन है। बुद्धि बहुतों की तीक्ष्ण होती है किन्तु मन बहुत कम लोगों का अच्छा होता है। मालवीय जी गरीब विद्यार्थियों के मंगल के लिए सदा सचेष्ट रहते थे। काशी के पण्डितों के विरोध के

बावजूद उन्होंने हरिजनों को राम-मन्त्र की दीक्षा दी थी। उनकी इसी उदारता की आज भी बहुत आवश्यकता है।''

मुझे लगता है कि गाँधी जी और मालवीय जी के आदर्शों के अनुरूप ही उन्होंने 'महिला विद्यापीठ' का उन्नयन किया था। एक साधारण-सी स्थानीय शिक्षा-संस्था महादेवी जी का पारस-स्पर्श पाकर अखिल भारतीय महत्त्व की बन गयी। उसमें गरीब छात्राओं के प्रति यदि मालवीय जी के आदर्श को महादेवी जी रूपायित करती थीं, तो राष्ट्रीय आन्दोलनों के समय नेताओं और कार्यकर्त्ताओं के जेल चले जाने पर उनके परिवार की महिलाओं के लिए गाँधी आश्रम के सदृश वह आश्रम-स्थल बन जाती थीं। छायावादी कवयित्री समझकर कुछ अनजान, नासमझ आलोचक उन्हें पलायनवादी भी कह दिया करते हैं। वे नहीं जानते कि किस कर्मठता और दायित्व-बोध के साथ भीख माँगकर महादेवी जी ने 'महिला विद्यापीठ' का संचालन किया था। जिन्होंने 'शृंखला की कड़ियाँ' पढ़ी हैं, वे जानते हैं कि महादेवी जी ने भारतीय नारी की असहायता और समस्या-संकुलता को कितनी गहराई से समझा था। 'महिला विद्यापीठ' के माध्यम से वे उन समस्याओं से व्यावहारिक स्तर पर रचनात्मक दृष्टि-भंगि से जूझ रही थीं। मुझे उस संस्था को देखने का सौभाग्य मिला है और मैं जानता हूँ कि अपनी छात्राओं से महादेवी जी प्रत्याशा करती थीं कि पुरुषों की होड़ में वे पुरुष न बनें, आधुनिकता के सम्मोहन में पश्चिमी आदर्श न स्वीकारें, भारतीय नारी बनी रहकर ही आत्म-गौरव का अनुभव करते हुए परिवार, समाज और देश के प्रति अपनी सेवाएँ अर्पित करें।

बाँगलादेश मुक्ति-आन्दोलन के विनम्र सहायोगी के रूप में मैंने धारावाहिक रूप से बाँगलादेश के मुक्ति-युद्ध के सम्बन्ध में 'धर्मयुग' में रिपोर्ताज लिखे थे। उनके साथ-साथ मैंने बाँगलादेश की संग्रामी कविताओं का संग्रह भी किया था और उनमें से कुछ का हिन्दी में काव्यानुवाद भी किया था। बाद में भारतीय ज्ञानपीठ ने उन कविताओं और मेरे काव्यानुवाद को 'संकल्प, सन्त्रास, संकल्प' के नाम से प्रकाशित किया। 29-1-72 को श्रद्धेय पण्डित उमाशंकर शुक्ल ने 'हिन्दुस्तानी एकेडेमी' में कविवर सुमित्रानन्दन पन्त की अध्यक्षता में एक गोष्ठी का आयोजन कर मुझे उन कविताओं और उनके अनुवाद के पाठ के लिए आमन्त्रित किया था। अस्वस्थ होने के कारण उसमें महादेवी जी नहीं आ सकीं किन्तु उन्हें उसका पूरा समाचार मिला। दूसरे दिन जब मैं उन्हें प्रणाम करने गया तो उन्होंने कुछ कविताएँ सुनीं और अपने दोनों हाथ मेरे सिर पर रखकर हृदय से मुझे आशीर्वाद दिया। उन्होंने कहा, ''बंगाल के अकाल के समय 1943 ई. में हिन्दी कवियों की तरफ से मैंने एक काव्य-संकलन प्रकाशित किया था और कविता लिखी थी 'बंग भू शत वन्दना ले।' चीन के निर्लज्ज आक्रमण के प्रतिवाद में हिन्दी कवियों की प्रतिरोध-वाणी का संकलन मैंने 'हिमालय' नामक काव्य-संग्रह में किया था। अब बाँगलादेश के मुक्ति-युद्ध में धर्मवीर भारती ने और तुमने जो रचनात्मक कार्य किया है, वह उसी परम्परा

को आगे बढ़ाता है। हिन्दी की चेतना इसी प्रकार न्याय के पक्ष में और अन्याय के विरोध में मुखरित होती रहे।'' उनका आशीर्वाद मेरा बहुत बड़ा सम्बल है।

बड़े-बड़े मंचों पर बड़े-बड़े व्यक्तित्वों के समक्ष मैंने महादेवी जी को निर्भयता और शालीनता के साथ सत्य का उद्घोष करते हुए सुना है। जनवरी 1975 में नागपुर में आयोजित हुआ था—प्रथम विश्व हिन्दी सम्मेलन। देश-विदेश की विभूतियों के समक्ष 13 जनवरी की अपराह्न गोष्ठी में उन्होंने द्विधाहीन शब्दों में कहा था, ''संस्कृति तब तक गूँगी रहती है जब तक राष्ट्र की अपनी वाणी नहीं होती, राष्ट्रभाषा नहीं होती। राजनीतिक पराधीनता की हमारी हथकड़ी-बेड़ी जरूर कटी है किन्तु अँगरेजी और अँगरेजियत के रूप में हमारे मनोजगत् में जो दासता के चिह्न विद्यमान हैं, उन्होंने हमें निष्क्रिय बना रखा है। भाषा परिधान नहीं, राष्ट्र का व्यक्तित्व है। जीवन के हर क्षेत्र को सम्हालने में समर्थ होने के कारण हिन्दी को राष्ट्रभाषा के रूप में स्वीकार किया गया है। केवल संविधान में लिख देने मात्र से यह बात पूरी नहीं हो जाती, इसे राष्ट्र के जीवन में प्रतिष्ठित करना होगा, अन्यथा स्वतन्त्रता का क्या मूल्य है? विश्व-चेतना जगाने के पहले अपने देश में राष्ट्रभाषा की चेतना जगायें। हमारी संस्कृति में दिशा-निर्देशक दूसरे होते थे और शासक दूसरे। अब शासक ही दिशा-निर्देश देने लगे हैं। इसीलिए दिशा नहीं मिल रही है।'' अनेकानेक केन्द्रीय मन्त्रियों, मुख्यमन्त्रियों और प्रादेशिक मन्त्रियों की उपस्थिति में ऐसा चुभनेवाला सत्य कहना महादेवी जी के ही बूते की बात थी।

जग-जाहिर बात है कि महादेवी जी इमर्जेन्सी की विरोधी थीं। उन्होंने अपने प्रभाव का उपयोग कर इमर्जेन्सी में बन्दी बनाये गये देशभक्तों और उनके परिवारों की मदद की थी। स्वाधीनता के बाद भारतीय राजनीति जिस दिशा की ओर मुड़ती जा रही थी, उससे वे खिन्न थीं। उसकी बढ़ती हुई आदर्शहीनता, दुर्नीति-परायणता, परमुखापेक्षिता उन्हें व्यथित कर रही थी। बहुत पीड़ित मनःस्थिति में स्वाधीन भारत के सम्बन्ध में उन्होंने ये पंक्तियाँ लिखी होंगी—''यह व्यथा की रात का कैसा सवेरा है?/पंक-सा रथचक्र से लिपटा अँधेरा है।'' आपात्काल में वह अँधेरा सर्वग्रासी बन गया था। अपने मिलने-जुलनेवालों से वे अपनी व्यथा प्रकट करती रहीं और परिवर्तन की प्रतीक्षा करती रहीं।

जनता सरकार से भी वे बहुत आश्वस्त हुई हों, ऐसा नहीं लगता। एक अवसर पर व्यक्त हुए उनके सात्त्विक रोष का मैं साक्षी हूँ। अप्रैल 1978 में चित्रकूट में आयोजित रामायण मेले के उद्घाटन-समारोह की अध्यक्षा थीं महादेवी जी और उद्घाटनकर्त्ता थे प्रधानमन्त्री मोरारजी भाई। उस छोटे-से अरण्यतीर्थ में प्रधानमन्त्री के साथ केन्द्रीय प्रशासकों और सुरक्षा-अधिकारियों की ऐसी भीड़ वहाँ पहुँची कि सुरक्षा के नाम पर घोर दुर्व्यवस्था फैला गयी। डॉ. रामकुमार वर्मा जैसे वरिष्ठ साहित्यकार को

मंच पर नहीं जाने दिया गया। स्वयं महादेवी जी उपेक्षिता के समान एक ओर बैठी रहीं। मोरारजी भाई के मंचासीन हो जाने के बाद लोगों को उनकी सुधि आयी। महादेवी जी ने अध्यक्षीय भाषण में अपनी बाँकी शैली में शासकों को स्मरण दिलाया कि, "चित्रकूट तो वह पावन स्थान है जिसमें प्रवेश करने के पूर्व महाराजाधिराज जनक ने भी रथ से उतरकर पैदल चलना उचित समझा था। संस्कृति पर शासन-क्षमता को हावी नहीं होना चाहिए। यही इसका सन्देश है।" दूसरे दिन उन्होंने लिखित वक्तव्य देकर दुर्व्यवस्था की भर्त्सना की थी।

इससे भी अधिक दुर्व्यवस्था और चाटुकारिता का परिवेश था इन्दिरा सरकार द्वारा नयी दिल्ली में आयोजित तृतीय विश्व हिन्दी सम्मेलन में। महादेवी जी ने 30-1-83 के अपने व्याख्यान में सरकार को कस कर फटकारा था कि राष्ट्रभाषा के नाम पर ऐसे प्रदर्शन कर लेने से व्यवहार में हिन्दी को शासन-कार्य से बहिष्कृत रखने का उसका पाप धुल नहीं जाता।

बहुत विलम्ब से ही सही, भारतीय ज्ञानपीठ के संचालकों ने महादेवी जी को 'ज्ञानपीठ पुरस्कार' अर्पित कर अपने को सम्मानित किया। 28-11-83 के उस आयोजन में ब्रिटेन की प्रधानमन्त्री श्रीमती मार्गरेट थैचर के हाथों महादेवी जी को उक्त पुरस्कार दिलाया गया। दो अलग-अलग क्षेत्रों में शीर्ष बिन्दुओं पर अधिष्ठित दो महीयसी महिलाओं का मिलन चिरस्मरणीय रहेगा। श्रीमती थैचर ने अत्यन्त शालीनता के साथ कहा कि, "मैं अपने को सौभाग्यशालिनी समझती हूँ कि भारतीय संस्कृति और कविता की प्रतिमूर्ति श्रीमती महादेवी वर्मा के सम्मान में सम्मिलित हो सकी।" महादेवी जी ने भी गरिमापूर्वक उन्हें अपनी शुभकामनाएँ दीं। यह दिवालोक की भाँति स्पष्ट है कि महादेवी जी का महिमा-मण्डित रूप इन बड़े व्यक्तित्वों की सन्निधि में भी सहज और आश्वस्त बना रहता था।

अब फिर लौट आऊँ कुछ मधुर घरेलू प्रसंगों की ओर। बन्धुवर डॉ. रामस्वरूप चतुर्वेदी के साथ 10-4-84 को मैं उनसे मिलने उनके घर पहुँचा। उस दिन रामनवमी थी। महादेवी जी भीतर व्यस्त थीं। राम जी पाण्डेय उनका सन्देश लाये कि हम दोनों रुके रहें और प्रसाद लेकर ही जायें। मध्याह्न के कुछ पूर्व उनका पट खुला। घण्टे-घड़ियाल और शंख की मंगल ध्वनि से सूचना दी कि प्रभु श्रीराम का आविर्भाव हुआ है। कलात्मक सज्जा के साथ श्रीराम-जन्म समारोह का पालन उन्होंने किया था। प्रसाद देते हुए महादेवी जी बोलीं, "यह सब देखकर कोई क्या मानेगा कि मैं निर्गुण की उपासिका हूँ?" मैंने कहा, "इन दोनों में विरोध कहाँ है? तुलसीदास ने साफ कहा है,

हिय निर्गुन, नयनन्हि सगुन, रसता राम-सुनाम।
मनहु पुरट-संपुट लसत, तुलसी ललित ललाम।।

(अर्थात् हृदय में प्रभु का निर्गुण रूप हो, नेत्रों में सगुण रूप और जिह्वा पर उनका सुन्दर नाम हो तो ऐसा लगता है मानो सोने की डिबिया में बहुमूल्य हीरा रखा हो।)

आपको आर्यसमाजी पिता से निराकार ईश्वर की और राम-भक्त माता से सगुण साकार राम की भक्ति का संस्कार मिला है। काव्य में भले आपने निराकार प्रभु के प्रति प्रणय-निवेदन किया हो, जीवन को समृद्धतर बनाने के लिए यदि आप रामनवमी, जन्माष्टमी आदि के त्योहार मना लेती हैं तो उचित करती हैं।'' महादेवी जी हँसने लगीं। वही मातृत्व छलकाती, अन्तर को आप्यायित करती हुई स्निग्ध हँसी। वे बोलीं, ''अच्छा, अब राम जी पैदा हो गये हैं तो दुष्टों का नाश भी करें, उनकी संख्या दिनोंदिन बढ़ती जा रही है।''

मैंने उनके आखिरी दर्शन किये 16-9-86 को। साहित्य अकादमी के सहयोग से हम लोग भारतीय भाषा परिषद् की तरफ से दिसम्बर में कलकत्ते में बड़े पैमाने पर 'मैथिलीशरण गुप्त शतवार्षिकी समारोह' मनानेवाले थे। हम लोगों की प्रार्थना थी कि महादेवी जी उसमें पधारें। उन्होंने सहर्ष स्वीकृति दे दी किन्तु यह भी कहा, ''मालूम नहीं तब मेरा स्वास्थ्य कैसा रहेगा। मैं यहीं इलाहाबाद में अस्वस्थता के कारण दद्दा की शतवार्षिकी में नहीं जा सकी।'' उनकी शिकायत थी कि, ''दद्दा के नाम पर आयोजन तो कई हुए पर ठोस काम कुछ भी नहीं हुआ। न उनकी समस्त कृतियों का अल्पमोली संस्करण प्रकाशित किया जा सका, न कोई स्थायी महत्त्व का सर्वाङ्गीण दृष्टि से उनका मूल्यांकन करनेवाला कोई ग्रन्थ ही निकला। कलकत्ते से एक बार उनके योग्य अभिनन्दन-ग्रन्थ प्रकाशित हुआ था, इस बार भी कलकत्तेवाले कोई ठोस योजना क्रियान्वित करें।'' मैंने अनुरोध किया कि आप मार्ग-दर्शन करें, हम लोग भरसक प्रयास करेंगे। उन्होंने आश्वासन भी दिया था एक योजना प्रस्तुत करने का किन्तु सम्भवतः उनकी अस्वस्थता आड़े आ गयी। न वे कलकत्ते आ सकीं, न योजना ही भेज पायीं।

उसी समय संयोग से एक पत्रकार बन्धु भी वहाँ आ गये। वे हँसते हुए बोलीं, ''मैं आजकल के पत्रकारों का बिलकुल भरोसा नहीं करती। वे लोग कुछ-का-कुछ छापकर अपने लेखन को चटपटा बनाते रहते हैं। पुराने लोग अर्थात् भारतेन्दु, बालकृष्ण भट्ट, महावीरप्रसाद द्विवेदी आदि लेखक पहले थे, पत्रकार बाद में। आजकल लोग पत्रकार ही होते हैं, उनमें लेखकीय सहृदयता नहीं होती।'' मेरी इच्छा हुई कि मैं पूछूँ, क्या आजकल के लेखकों में सहृदयता होती है, पर चुप ही रह गया, उन्हें छेड़ना उचित नहीं लगा।

महादेवी जी के सम्बन्ध में कई कार्य हम लोगों को करने चाहिए किन्तु जिसकी ओर सबसे अधिक और तुरन्त ध्यान दिया जाना चाहिए, वह है उनकी अप्रकाशित तथा प्रकाशित किन्तु अग्रन्थित रचनाओं के संग्रह का। 'दीपशिखा' के बाद उनकी आरम्भिक रचनाओं के संकलन 'प्रथम आयाम' के अतिरिक्त महादेवी जी की कोई नयी काव्यकृति

प्रकाशित नहीं हुई। 1970 में सेतु प्रकाशन, झाँसी से 'महादेवी साहित्य' के तृतीय खण्ड के रूप में उनका जो काव्य-संकलन निकला था उसमें 'नीहार', 'रश्मि', 'नीरजा', 'सान्ध्यगीत' और 'दीपशिखा' में संकलित कविताओं के अलावा 'कुछ स्फुट कविताएँ शीर्षक के अन्तर्गत कुल 12 कविताएँ संगृहीत हैं। उसी संकलन की भूमिका में महादेवी जी ने 'प्रभा' और 'अन्तरंग' शीर्षक अपने दो अप्रकाशित काव्य-ग्रन्थों की चर्चा की है। 1970 से अब तक निश्चय ही उन्होंने काफी कविताएँ लिखी होंगी, जिनमें से कुछ 'धर्मयुग', 'साप्ताहिक हिन्दुस्तान' आदि में प्रकाशित भी होती रही हैं। यह हमारा अनिवार्य कर्त्तव्य है कि हम उनकी कविताओं तथा अन्य रचनाओं का प्रामाणिक संग्रह करें और उन्हें महादेवी जी के गौरव के अनुरूप साज-सज्जा के साथ प्रकाशित करें।

मैं मानता हूँ कि महादेवी जी संचारिणी दीपशिखा थीं। दुरतिक्रम काल ने वह मंगल दीप तो बुझा दिया है किन्तु उसकी शिखा अमर है। वह उनके तपोमय जीवन की भास्वरता है जो उनकी स्मृतियों और कृतियों के माध्यम से सदा प्रकाशित रहेगी और अन्धकार को ललकारती रहेगी। केवल उनके अमूर्त प्रियतम के लिए ही नहीं, समस्त विश्ववासी साहित्य-प्रेमियों के लिए उनकी यह उक्ति सच है, 'उनके हित मिट-मिटकर लिखती, मैं एक अमिट सन्देश रही।'

आलोक-छुआ अपनापन

अज्ञेय

अज्ञेय को जानना अरण्य को जानने के समान ही सहज भी था और दुष्कर भी। वे मिलते सभी से सहज भाव से थे, पर खुलते किससे कितना थे, यह कहना कठिन है। उनके अन्तरंगतम वृत्त के लोग भी उन्हें क्या जान सके थे? उन्हें जान लेने का गुमान करनेवालों से भी क्या उनके बारे में बड़ी-बड़ी गल्तियाँ नहीं हुईं? मैं तो खैर, उस वृत्त की परिधि को भी शायद नहीं छू पाया था। कितनी सटीक, सन्तुलित उक्ति है अज्ञेय की अपने बारे में :

मैं सभी ओर से खुला हूँ
वन-सा, वन-सा अपने में बन्द हूँ
शब्द में मेरी समाई नहीं होगी
मैं सन्नाटे का छन्द हूँ।

किन्तु शब्दों के अतिरिक्त और कोई माध्यम भी तो नहीं है मेरे पास उनके सम्बन्ध में अपनी स्मृतियों को दूसरों तक यथासम्भव सजीव रूप में पहुँचा पाने का। जानता हूँ, इन शब्दों में कभी दूर, कभी पास से दिखी उनकी कुछ झलकियाँ ही अंकित हो पायेंगी पर समग्र को उजागर करने में अंशों का भी कुछ-न-कुछ योगदान होता ही है। अतः संकोचपूर्वक किन्तु अकुण्ठित चित्त से प्रवृत्त हो रहा हूँ इस स्मृति-मन्थन में, इस प्रतिज्ञा के साथ कि जितना मेरा सच है, उतना ही कहूँगा।

मुझे याद है, उस दिन 1959 की 14 जनवरी थी। धर्मतल्ले में घूमते हुए अचानक डॉ. धर्मवीर भारती और कान्ता जी से भेंट हो गयी। उस समय मुझे सचमुच बहुत आनन्द और आश्चर्य हुआ जब उन्होंने कहा, 'आइये, आपको अज्ञेय जी से मिलायें।' अज्ञेय जी उन दिनों हिन्दी साहित्य में मध्याह्न-सूर्य की तरह तप रहे थे। कौन ऐसा हिन्दी साहित्य-प्रेमी था जो उनसे मिलना न चाहता। मैं उल्लसित भाव से भारती जी के साथ हो लिया। ग्रैण्ड होटल के नीचे अज्ञेय जी से भेंट हुई। गरिमा-मण्डित भव्य व्यक्तित्व जो अनायास सामनेवाले को प्रभावित कर देता था। संयत, शालीन भाव से वे मुझसे मिले। हम लोगों ने साथ-साथ 'नीरा' में कॉफी पी। ज्यादा बात भारती जी ही

करते रहे। अज्ञेय जी बहुत कम बोले किन्तु उनकी थोड़ी-सी बातों में भी अध्ययन और असाधारणता की छाप थी। उनका व्यंक्तित्व भी प्रभावी था और व्यवहार भी। मिल कर भी न मिलने का-सा, तटस्थता, असम्पृक्त-सा भाव! मुझे पहले लगा, शायद नया परिचय होने के कारण वे मुझसे कम खुले, फिर लगा कि शायद वे खुलकर—अधिक ठीक कहना होगा अपने को खोलकर—मिल ही नहीं सकते। उन्हें अपने असामान्य व्यक्तित्व का आभास था। जो उनके स्तर तक उठकर उनसे मिल सकता था, शायद उसी से कुछ मात्रा तक वे खुल सकते थे। उनके संक्षिप्त उत्तर और दीर्घ मौन हम लोगों के उस दिन के वार्त्तालाप के प्रमुख अंश थे। उठते समय मैंने उनसे कहा, "महादेवी जी की हँसी और आपका मौन क्रिया में विपरीत होते हुए भी फल में एक जैसे हैं—औरों से अलग रहने के वर्म जैसे!" उत्तर में मिली एक मधुमिश्रित मुस्कान!

अपनी उस यात्रा में मेरे आमन्त्रण और विभागाध्यक्ष प्रो. कल्याणमल लोढ़ा के आग्रह पर अज्ञेय जी कलकत्ता विश्वविद्यालय के हिन्दी विभाग के प्राध्यापकों और विद्यार्थियों के समक्ष नयी कविता पर बोले। भारतीय संस्कृति संसद् में जापान की संस्कृति पर भी उन्होंने एक विचारपूर्ण व्याख्यान दिया। मुझे लगा कि वे अपनी बातें बड़ी मर्यादा और आत्म-विश्वास के साथ कहते हैं और श्रोताओं पर गहरा प्रभाव डालते हैं। विद्यार्थियों के प्रश्नों के उत्तर भी वे स्नेहपूर्वक देते रहे। तीखे प्रश्नों के उत्तर भी उन्होंने अनुत्तेजित ढंग से दिये। एक प्रश्न था, "क्या आप फ्रायड से प्रभावित हैं?" उनका उत्तर था, "फ्रायड को पढ़ना कोई दोष तो नहीं है। जब अपनी दृष्टि-शक्ति क्षीण हो तो चश्मे की सहायता लेनी पड़ती है। उसी तरह जगत् के व्यापारों को समझने के लिए बड़े मनीषियों की कृतियों का अध्ययन गौरव का विषय है, लज्जा का नहीं। व्यक्ति यदि किसी का अध्ययन करता है या किसी के निकट सम्पर्क में रहता है तो उससे किसी-न-किसी रूप में प्रभावित होगा ही। साहित्यकार की रचना में यह प्रभाव बाहरी, ऊपरी अथवा आरोपित प्रतीत हो तो यह दोष है अन्यथा यदि वह सहज होकर आया है तो उसे दोष नहीं कहा जा सकता।" व्यापक दृष्टि एवं देश-विदेश के ज्ञान-विज्ञान से समृद्ध, आत्मविश्वास से युक्त उनके व्याख्यानों ने मुझ पर गहरी छाप छोड़ी।

उसी यात्रा में एक बार उनके साथ 'नीरा' में कॉफी पीने का सुयोग मिला श्री लक्ष्मीचन्द्र जैन के सौजन्य से। अज्ञेय जी के मौन के वर्म को भेदने के लिए मैंने एक युक्ति की। मुझे उनकी कई कविताएँ याद थीं। मैं मैंने उनसे कहा, "मैं आपकी कविताएँ कभी-कभी मित्रों-छात्रों को सुनाता रहता हूँ। मैं नहीं जानता, मेरा काव्य-पाठ उन कविताओं के भावों-विचारों के अनुरूप होता है या नहीं। क्या आप अपनी कविताओं का पाठ सुनकर पाठ-शैली में प्रयोजनीय संशोधन करना उचित समझेंगे?" वे कुछ चकित भी हुए और प्रसन्न भी। उनकी मौन अनुमति पाकर मैंने उन्हें उनकी दो-तीन कविताएँ सुनायीं। वे सन्तुष्ट हुए, बोले, "मेरे पढ़ने का ढंग कुछ अलग हो

सकता है पर आप भी अपने ढंग से अच्छा काव्य-पाठ करते हैं।'' मेरा विश्वास है कि उसके बाद मैं उनका स्नेह-भाजन बन गया— अवश्य ही एक सीमा तक ही।

उसी वर्ष नवम्बर में श्री शिक्षायतन कॉलेज की तरफ से 'हिन्दी साहित्य में आधुनिक बोध' विषय पर एक अखिल भारतीय विचार-गोष्ठी हुई। अज्ञेय, डॉ. देवराज, डॉ. धर्मवीर भारती, डॉ. नामवर सिंह जैसे सर्जक और विचारक पहले दो दिनों की गोष्ठियों में बोल चुके थे। तीसरे दिन मुझे भी बोलने के लिए आमन्त्रित किया गया। मैंने कुछ आक्रामक शैली में कहा कि आधुनिकता के अतिरेक में अपनी परम्परा के स्वस्थ तत्त्वों से भी कटना आत्मघाती प्रवृत्ति है। संकीर्ण व्यक्तिवादिता और अभिव्यक्ति में अस्पष्टता तथा चौंकाने के लिए की गयी लटकेबाजी का भी मैंने विरोध किया। श्रोताओं ने मेरे वक्तव्य का इतना स्वागत-समर्थन किया कि आयोजकों ने मेरे अभियोगों का उत्तर देने के लिए नामवर जी को पुनः आमन्त्रित किया। वैचारिक मतभेद के बावजूद उस व्याख्यान के कारण मुझे उन सभी वक्ताओं का स्नेह-सम्मान मिला, इसका मुझे बार-बार अनुभव हुआ। अज्ञेय जी ने अपनी स्वाभाविक गम्भीरता के साथ मुझसे बाद में कहा था, ''क्या भारतीय काव्यशास्त्री भी नहीं कहते कि काव्य का अर्थ कुछ प्रकट, कुछ छिपा हुआ होना चाहिए? आप उसके बिलकुल स्पष्ट होने की माँग कैसे कर सकते हैं?'' मैंने उनकी बात के औचित्य को स्वीकार करके भी कहा था, ''अभिव्यक्ति की सांकेतिकता, गहराई और सूक्ष्मता का विरोध मैं नहीं करता किन्तु नयेपन के नाम पर कविताओं को अनबूझ पहेली बना देने का समर्थन भी नहीं किया जा सकता।'' जो हो, उस प्रसंग से मैं उनके कुछ और निकट ही आया। उसके बाद वे जब कलकत्ते आये या मैं दिल्ली गया तो मैं उनसे प्रायः मिलता रहा।

मेरे विद्यार्थी और हिन्दी के उभरते हुए लेखक शरद देवड़ा ने अप्रैल 1966 में, 'अवन्तिका' की ओर से एक बड़ा आयोजन किया था—'आज का हिन्दी साहित्य' समारोह। आमन्त्रितों में थे अज्ञेय, प्रभाकर माचवे, देवेन्द्रनाथ शर्मा, नेमिचन्द्र जैन, भारतभूषण अग्रवाल, नामवर सिंह, मोहन राकेश, सुरेश अवस्थी आदि। मुझे प्रत्यक्ष अनुभव हुआ कि मार्क्सवादी खेमा अज्ञेय का प्रकट-अप्रकट विरोध करने के लिए कटिबद्ध है। योजना बनायी गयी कि पहले वक्ता अज्ञेय हों जिससे बाद में उनका खण्डन किया जा सके। उस खेमे की रणनीति के मुकाबले में अज्ञेय निस्पृह जैसे लगे! उन्होंने सहज ही बोलना स्वीकार कर लिया। मैंने इस गोष्ठी का विस्तृत विवरण 'अणिमा' पत्रिका में प्रो. शशांक के नाम से प्रस्तुत किया था, जिसकी प्रामाणिकता की दाद नामवर जी ने अपने एक पत्र में मुझे दी थी। अज्ञेय जी के महत्त्वपूर्ण वक्तव्य के जिस अंश ने मुझे सर्वाधिक छुआ, वह इस प्रकार था, ''आज का हिन्दी साहित्य अर्थात् एक बड़ी सीमा तक आज का भारतीय साहित्य! इस स्पष्टीकरण का महत्त्व इसलिए है कि आज का हिन्दी साहित्यकार विश्व का होना चाहता है, भारतीय नहीं।

मेरा सौभाग्य है कि मैं आज का भी हूँ और भारतीय भी। पिछला बोध मुझे भी कुछ देर से हुआ। धीरे-धीरे मुझे लगा कि मुझे भारतीय होना है। हमारे सांस्कृतिक चिन्तन में अतीत, वर्तमान और भविष्य में विरोध नहीं है। वे आपस में घुले-मिले हैं। बदली हुई परिस्थितियों का वर्णन करते हुए अपनी नयी दृष्टि से पुराने का वर्णन करना भी जिस प्रकार नया है, उसी प्रकार पुरानी दृष्टि से ही किया गया नये का वर्णन भी एक सीमा तक नया है। और दोनों का संघात भी क्या नया नहीं है? बदली चेतना से धर्म को समझने का और उन दोनों के सम्बन्ध को पाठक तक ले जाने का प्रयास भी जरूरी है।'' अज्ञेय जी अर्थात् हिन्दी में आधुनिकता के सबसे बड़े मसीहा के मुँह से यह बात सुनकर मेरे पारम्परिक मन को बहुत अच्छा लगा। मैं उनकी ओर और अधिक आकृष्ट हुआ। यह भी स्वीकार करूँ कि मार्क्सवादियों के उनके प्रति अनुचित विरोधी रवैये ने भी मुझे उनकी ओर जाने के लिए, एक सीमा तक उनका पक्ष लेने के लिए प्रेरित किया।

एक दिलचस्प सवाल अज्ञेय के बारे में यह भी उठा था कि वे मूलतः क्या हैं—कवि या उपन्यासकार? डॉ. नगेन्द्र तथा अन्य कई आलोचक उन्हें मुख्यतः उपन्यासकार घोषित करते रहे हैं, अनेकों की दृष्टि में वे मूलतः कवि हैं—हिन्दी की प्रयोगशील नयी कविता-धारा के प्रवर्तक और सर्वाधिक शक्तिशाली प्रतिनिधि। 'शेखर : एक जीवनी' के प्रकाशित होते ही वे हिन्दी के श्रेष्ठ उपन्यासकार के रूप में प्रतिष्ठित हो गये थे, जबकि कवि के रूप में उनकी स्थिति आरम्भ में तो (अर्थात् 'भग्नदूत', 'चिन्ता' के काल में) उपेक्षित-सी रही, फिर ('तार सप्तक','इत्यलम्, 'हरी घास पर क्षण भर' के काल में) विवादास्पद रही। 'बावरा अहेरी', 'इन्द्रधनु रौंदे हुए ये', 'अरी ओ करुणा प्रभामय' तक आते-आते उनकी कवि-प्रतिभा का लोहा उनके कटु आलोचकों को भी मानना पड़ा। अतः मेरे मन में यह जानने का कौतूहल था कि स्वयं अज्ञेय जी अपने को मूलतः क्या मानते हैं। 1968 की फरवरी में दिल्ली में एक शाम अज्ञेय जी के साथ बिताने का सुयोग मुझे मिला। जब बातचीत कुछ जमी तो मैंने अपनी उक्त जिज्ञासा व्यक्त की। वे मुस्कराये, बोले, ''कृतिकार की बातों का कम, उसकी कृतियों का अधिक विश्वास करना चाहिए। कृतिकार का अपना मूल्यांकन सब समय सही नहीं होता। उसे एक सीमा तक सहायक-भर माना जा सकता है। यह काम तो मुख्यतः आलोचकों का है। आप लोगों को ही इस प्रश्न का उत्तर देना चाहिए।'' फिर भी जब मैंने अपना अनुरोध जारी रखा, तब वे बोले, ''पहले मैं अपने को मूलतः कवि मानता था। फिर लगने लगा कि मैं मूलतः उपन्यासकार हूँ। अब फिर मुझे लगता है कि नहीं, मैं कवि ही हूँ। उपन्यास, कहानी, नाटक भी मैं कवि के रूप में ही लिखता हूँ। वास्तव में मैं समाज से कुछ दूर पला-बढ़ा हूँ; जंगल, दूरदराज स्थान, कारावास और फिर अधिकतर एकान्त! मैं जिस सत्य को जानता हूँ या जान सकता हूँ वह मूलतः व्यक्ति के चिन्तन या अनुभव पर आधारित है। यह स्थिति कवि के अधिक अनुकूल है। मैं अमृतलाल

नागर से भिन्न प्रकृति का व्यक्ति हूँ। किसी प्रकृति की श्रेष्ठता की नहीं, केवल भिन्नता की बात कर रहा हूँ। सामाजिक सन्दर्भों के विशेष अनुभव न होने के कारण भी मैं अपने को मुख्यतः उपन्यासकार नहीं मानता क्योंकि वह बात वैसा होने के लिए बहुत महत्त्वपूर्ण है।''

उस दिन मैंने उनसे यह भी पूछा था, ''आप लिखते कैसे हैं?'' उन्होंने प्रति प्रश्न किया, ''क्या आप मेरा इण्टरव्यू लेने पर तुले हुए हैं?'' मैंने कहा, ''नहीं, मैं आपको यानी आपके सर्जक-रूप को समझना चाहता हूँ।'' वे बोले, ''तो फिर सुनिये! मैं किसी भी अनुभव के बाद तुरन्त लिखने नहीं बैठ जाता। मेरे मन में कोई बात बरसों तक चुभती रहती है, मैं उस पर सोचता रहता हूँ। जब तक मुझे लगता है कि कहीं अस्पष्ट हूँ, कुछ अधूरा है, तब तक लिखना शुरू नहीं करता। जब करीब-करीब उसकी पूरी-तस्वीर मन में उभर आती है तब लिखना या लिखाना शुरू करता हूँ और फिर रुकता नहीं, इधर-उधर उलझता नहीं, बिलकुल निर्विघ्न एकान्त चाहता हूँ। 'अपने-अपने अजनबी' कुल तीन दिनों में लिखा गया उपन्यास है। 'नदी के द्वीप' सात दिनों के बीच के अन्तराल को छोड़कर दस दिनों में पूरा हो गया था। लिखते समय मैं बिलकुल काट-छाँट नहीं करता। प्रतिलिपिकर्त्ताओं की असावधानी के कारण प्रतिलिपियों में काट-छाँट हो सकती है, मूल पाण्डुलिपि में नहीं। जब तक मुझे सन्तोष नहीं होता तब तक मैं अपनी कोई कृति प्रकाशनार्थ नहीं देता। 'शेखर : एक जीवनी' का तीसरा भाग लगभग पूर्ण हो चुका है। केवल कुछ स्थलों, कुछ बातों के बारे में सन्तोष नहीं हुआ, अतः पड़ा हुआ है। उसका प्रकाशन कब होगा, कहा नहीं जा सकता।'' और भी बहुत-सी बातें हुईं। बैठक काफी लम्बी चल गयी। मैंने अपराधी-भाव से कहा, ''आज मैंने आपका बहुत समय नष्टकर दिया।'' वे बोले, ''नहीं, नहीं। समय आखिर होता किसलिए है! हम लोगों ने तो सार्थक प्रश्नों पर ही बातचीत की है। आप जब दिल्ली आयें, आपका स्वागत है।'' मुझे लगा, उन्होंने आलोक-छुआ अपनापन मुझ पर बरसा दिया है और मैं उससे भीग गया हूँ। प्रायः मौन रहनेवाले उस चिन्तक, सर्जक को इतना मुखर कर पाना निश्चय ही बड़ी उपलब्धि थी।

अज्ञेय ने केवल कृतियों की सर्जना नहीं की है, बहुत बड़ी संख्या में उन्होंने हिन्दी लेखकों को भी सिरजा है। उन्हें जिस किसी में थोड़ी भी सम्भावना दिखायी पड़ी उसे उभारने और माँजने में उन्होंने अपना पूरा सहयोग दिया। मैं अपनी ही बात कहूँ। मैं वाक्शूर और लेखनीभीरु रहा हूँ। धर्मवीर भारती और नामवर जी की ही तरह अज्ञेय जी को भी लगा कि मुझे लिखना चाहिए। 'नया प्रतीक' के लिए जब उन्होंने मुझे कुछ लिखने का आदेश दिया तो मैं सहम गया। भारती जी और नामवर जी की फर्माइशों के बाद भी कई बार कन्नी काट जाता रहा हूँ किन्तु अज्ञेय जी को तो टाला नहीं जा सकता था। मैंने निर्धारित समय के भीतर ही सद्यः दिवंगत मोहन राकेश पर संस्मरण

लिखकर भेज दिया। तुरन्त अज्ञेय जी का पत्र आया। पहले उन्होंने पीठ ठोकी थी, "आपका पत्र मिला, साथ में लेख भी। इस मुस्तैदी से बहुत प्रभावित हूँ। मैं तो कल आपको याद्द दिलाने के लिए पत्र लिखनेवाला था कि लेख आ ही गया।" फिर लेख की सराहना करते हुए भी बहुत आत्मीयता के साथ उसकी त्रुटियों की ओर संकेत किया था उन्होंने, "संस्मरण जून अंक में ही दे रहा हूँ। कल मई अंक छपकर तैयार हुआ और आज से जून का काम शुरू है न! रायल्टीवाला पत्र मार्के का है। और भी संस्मरण चरित्र को उजागर करते हैं। दो-एक छोटे परिवर्तन कर लेने की अनुमति चाहता हूँ। एक तो तारीखों का ब्योरा कुछ कम कर दिया है, 'मोटी-मोटी' सूचनाओं तक ही सीमित कर दिया है। हाँ, दो-एक जगह तारीख ही रहने दी है। दूसरे, राकेश के संस्मरण में वही निरन्तर मंच के मध्य में रहे, इस ख्याल से दूसरे नामों की बार-बार आवृत्ति से बचना उचित मानकर कहीं-कहीं नाम काटकर 'अन्य अतिथि' या ऐसा कुछ कर दिया है। सभी नाम कम-से-कम एक बार पूरे कर दिये हैं, क्योंकि यह कैसे मान लिचा जाय कि नेमिचन्द्र जैन सभी के लिए 'नेमि जी' हैं या कि 'इन्दुजा जी' कहने से सब जान जायेंगे कि वह डॉ. सुरेश अवस्थी की पत्नी हैं—(या कि सुरेश जी विवाहित भी हैं?) आशा है, ये आपको ग्राह्य होंगे। मेरा तो विश्वास है कि इससे लेख उन लोगों के लिए भी अधिक पठनीय हो जायेगा जो इनर सर्किल के नहीं हैं। सामान्य हिन्दी पाठक हैं।" इतना बड़ा कृती साहित्यकार सम्पादन-धर्म को इतनी निष्ठा से निभाता है और लेख को अधिक पठनीय बनाने के लिए किये गये उचित परिवर्तनों के लिए भी अपने से बहुत कनिष्ठ लेखक की सहमति चाहता है, यह अनुभव अज्ञेय की महत्ता के प्रति मुझे और विनम्र बना गया।

पत्र का समापन करते हुए उन्होंने मेरे बतरसलोभी स्वभाव को जैसा प्रोत्साहन दिया वह उनकी उदारता के अनुरूप ही है, "आपसे भेंट बहुत थोड़ी देर की रही—बल्कि वह भी अधिकांश राह चलते ही। यह तो है कि 'यायावर' का सही परिचय पथ पर ही मिलेगा। फिर भी कुछ देर बैठकर बात करते तो बहुत अच्छा लगता। अब की बार सही—आयें तो अवश्य सूचना दें। मैं तो कलकत्ते आने की सोचता ही रहता हूँ—आ कब पाता हूँ, देखें।" यह पत्र 14-5-74 का है। मुझे यह जानकर आन्तरिक हर्ष हुआ कि अज्ञेय जी को मुझसे बातचीत करना सच-मुच अच्छा लगता है; कि वे मुझे, मेरे प्रश्नों को, मेरी 'माथा-चटौवल' को झेलते नहीं, पसन्द करते हैं।

सम्पादक अज्ञेय को मेरी लेखकीय सीमाओं का पता शीघ्र ही चल गया। कई बार एक-एक लेख के लिए उन्हें तगादे के तीन-तीन पत्र भेजमे पड़ते थे, फिर भी वे मुझसे कुछ-न-कुछ लिखवाते ही रहते थे। पर उनकी सम्पादकीय शालीनता बराबर बरकरार रही। उनके आदेश पर आखिरी लेख मैंने लिखा था—'उत्तर भागवत भूमि यात्रा' पर। कई तगादों के बाद मैंने जो लेख भेजा उसमें उनसे सम्बद्ध संस्मरण में स्मृति-दोष के

कारण तथ्य-सम्बन्धी दो गलतियाँ रह गयी थीं। उन्होंने अपने 23-12-85 के पत्र में लिखा, "हाँ, दो पृष्ठों की फोटो-कापी भेज रहा हूँ—पृ. 13 और 17 की—क्योंकि इन दोनों में मैंने थोड़ा-सा परिवर्तन किया है मुझसे सम्बद्ध संस्मरण में। यह तथ्य की दृष्टि से ही किया गया है, फिर भी एक बार आप इसे देखकर ओके कर दें तो निश्चिन्त रहूँगा।" अपने से छोटों की भी लेखकीय गरिमा को सुरक्षित-सम्मानित रखनेवाली यह सम्पादकीय शालीनता मेरी समझ में तो हिन्दी में अद्वितीय है। इसीलिए उन्हें इतना व्यापक लेखकीय सहयोग मिलता रहा।

अपनी उचित प्रशंसा से भी वे संकोच का अनुभव करते थे। इसी पत्र में उन्होंने लिखा था, "आपका लेख मुझे बहुत अच्छा लगा है, उसके बारे में अधिक नहीं कहूँगा। हाँ, मेरे बारे में जो कुछ है, वह असमंजस का कारण है, पर सब काट भी नहीं सकता।"

उनकी शालीनता ही नहीं, दृढ़ता भी अनुकरणीय थी। वे जिसे सही मानते थे, उस पर अडिग रहते थे। जनवरी 1975 में नागपुर में हुए प्रथम विश्व हिन्दी सम्मेलन की एक घटना मुझे याद आ रही है। उस सम्मेलन की प्रमुख साहित्यगोष्ठी में बोलने के लिए आयोजकों ने अज्ञेय जी को पहले से नहीं कहा था। गोष्ठी शुरू होने के कुछ पहले ही अज्ञेय जी मण्डप में आ गये थे। तब आयोजकों ने मंच पर बैठने और उस अवसर पर कुछ बोलने का अनुरोध उनसे किया। अज्ञेय जी का दो-टूक जवाब था, "मुझसे पहले से नहीं कहा गया था इस गोष्ठी में बोलने के लिए, अतः मैं नहीं बोलूँगा। और जब बोलना नहीं है तो मंच पर भी क्यों जाऊँ?" अब एक अच्छी-खासी दृष्टिकटु स्थिति पैदा हो गयी। लल्लन प्रसाद व्यास, अनन्त गोपाल शेवड़े भी उनसे अनुरोध करके, पहले से न कह पाने के लिए क्षमा माँगकर हार गये किन्तु अज्ञेय जी बोलने के लिए तैयार नहीं हुए। मैंने उनसे प्रार्थना की 'आप मंच पर तो चले जाइये, भले मत बोलियेगा।' वे तमाशा नहीं बनाना चाहते थे, अतः इस पर राजी हो गये किन्तु उस गोष्ठी में कुछ नहीं बोले। मैंने कई प्रतिष्ठित लेखकों को बोलने का अवसर देने के लिए आयोजकों को चिरौरी-विनती करते वहाँ देखा किन्तु अज्ञेय जी से चिरौरी-विनती करते वे लोग थक गये, फिर भी वे बोलने के लिए तैयार नहीं हुए। उनकी मान्यता थी कि राष्ट्रीय एवं अन्तरराष्ट्रीय विद्वानों के समक्ष बिना पूरी तैयारी किये बोलना नितान्त अनुचित है। अपनी मान्यता पर अडिग रहना उनका स्वभाव था।

विश्व हिन्दी सम्मेलन से असन्तुष्ट होकर वे लौटे। 27-1-1975 के अपने पत्र में उन्होंने मुझे लिखा, "मैं विश्व हिन्दी सम्मेलन से अत्यन्त निराश हुआ। मुझे न केवल हिन्दी का कोई विश्व-रूप वहाँ नहीं दीखा बल्कि यही खतरनाक भ्रान्ति दीखी कि कुछ विदेशियों को अच्छी हिन्दी बोलते देख-सुनकर (हम) कितने स्वप्नाविष्ट हो जा सकते हैं। अंग्रेजी की बात छोड़िये क्योंकि उसे साथ गुलामी के भी सन्दर्भ हैं, पर कोई

भारतीय फ्रेंच या रूसी बोल लेता हो (ऐसा भारतीय जो भारत में ये भाषाएँ पढ़ा रहा हो) और फ्रान्स या रूस जाये, तो क्या वहाँ के लोग जम्हूरे की तरह जगह-जगह घुमाकर बुलवायेंगे कि देखो यह अच्छी फ्रेंच/रूसी बोलता है, जिससे सिद्ध होता है कि फ्रेंच/रूसी विश्व-भाषा हो गयी! विदेशी लोग इस अपमानजनक प्रदर्शन से दुखी ही होकर गये हैं, कह भी गये हैं कि यह हिन्दी की immaturity (अपरिपक्वता) का ही प्रमाण है कि उसे दूसरों को हिन्दी बोलते देखकर विस्मय होता है। (मेरी समझ में ठीक ही कह गये हैं।)

विश्व सम्मेलन न केवल हमें विराट् स्वप्न में भरमाता है, वरंच देश में हिन्दी की दुरवस्था के प्रति भी अन्धा करता है और सरकार की बढ़ती हुई प्रतिकूलता के प्रति भी। और मेरा अनुमान है कि इसने अन्य भाषा-प्रदेशों में भी हिन्दी-विरोधी मनोभाव को बढ़ावा ही दिया है। वह आगे गुल खिलायेगा। यों उदासीनता/विरोध का वातावरण फिर हिन्दी को जमा कर वहाँ खड़ा करे जहाँ से उसे वास्तव में शक्ति मिलेगी तो यह भी कोई बुरा परिणाम न होगा—पर वह सम्मेलन का उद्दिष्ट न होगा, उसके विपरीत ही परिणाम होगा।'' इतिहास ने साबित किया कि अज्ञेय जी का मूल्यांकन सही था। केन्द्रीय सरकार हिन्दी-प्रेमियों को भरमाकर हिन्दी को उसके प्राप्य से वंचित करती रही, अंग्रेजी को सर्वाधिकार सौंपे रही, फिर भी कुछ अहिन्दी-प्रदेशों में हिन्दी-विरोध की ज्वाला सुलगती ही रही। विश्व सम्मेलनों के प्रदर्शनों से नहीं, लोक सम्मेलनों के निर्णयों के क्रियान्वयन से ही हिन्दी को वास्तविक शक्ति मिल सकती है।

26 जून, 1975 को आपात्काल घोषित हुआ। चिन्तन और अभिव्यक्ति की स्वतन्त्रता के मौलिक अधिकार पर यह क्रूर आघात था। जैसा अपेक्षित था, अज्ञेय जी ने अपनी साहित्यिक मर्यादा के भीतर इसका विरोध किया। सरकार ने उन्हें गिरफ्तार तो नहीं किया किन्तु उनकी गतिविधियों पर, 'नया प्रतीक' पर, कड़ी नजर रखी जाने लगी। अपनी छोटी-सी सीमा में मैं भी आपात्काल का विरोध कर रहा था। वे मेरे इस रवैये से प्रसन्न थे। अपने विश्वासों की कीमत चुकाने से वे कभी नहीं कतराते थे। वे चाहते थे कि दूसरे भी ऐसा करें।

हम लोगों ने कलकत्ता विश्वविद्यालय में बिड़ला व्याख्यानमाला देने के लिए उन्हें आमन्त्रित कर रखा था। नवम्बर 1975 के तीसरे सप्ताह में वे कलकत्ते पधारे। उनके अपने आकर्षण के साथ विभागाध्यक्ष लोढ़ा जी की सुव्यवस्था के कारण उनकी व्याख्यानमाला कलकत्ते की चिरस्मरणीय साहित्यिक घटना बन गयी। विषय उन्होंने गहन चुना था—'काल की अवधारणा।' पूर्व और पश्चिम के विद्वानों के विचार-मन्थन के सन्दर्भ में इस कठिन विषय को यथासम्भव स्पष्ट करने का उनका प्रयास अतिशय स्तुत्य था। तीनों दिन कलकत्ता विश्वविद्यालय का दरभंगा हॉल कलकत्ते के हिन्दी साहित्यिकों और साहित्य-प्रेमियों से खचाखच भरा रहा। लोढ़ा जी ने संचालन का

दायित्व मुझे सौंप दिया था। स्वभावतः 4-5 दिन प्रायः अज्ञेय जी के साथ ही बीते। स्वीकृत कार्य को सुसम्पन्न करने के लिए वे अपनी तरफ से पूरी लगन से चेष्टा करते थे, इस व्याख्यानमाला के क्रम में मैंने इसका प्रत्यक्ष अनुभव किया।

अज्ञेय जी नास्तिक बुद्धिवादी के रूप में ही विख्यात रहे हैं। उनके काव्य में आस्था के, उत्सर्ग के मिलनेवाले प्रसंगों की व्याख्या भी मानवीय भविष्य और मंगल के सन्दर्भ में ही की जाती रही है। पर उनकी 'कितनी नावों में कितनी बार', 'क्योंकि मैं उसे जानता हूँ', 'सागर मुद्रा', 'पहले मैं सन्नाटा बुनता हूँ' सदृश परवर्ती कविता-पुस्तकों में भक्ति-चेतना के संकेत भी मुझे मिले। सितम्बर-अक्टूबर 1976 में राजस्थान विश्वविद्यालय के हिन्दी विभाग में हिन्दी प्राध्यापकों के पक्षव्यापी अध्ययन-शिविर के अपने व्याख्यान में जब यह बात मैंने कही तो विश्वम्भरनाथ उपाध्याय, परमानन्द श्रीवास्तव, विश्वनाथ प्रसाद तिवारी आदि मित्रों ने मेरे इस कथन को अमान्य ठहराया। पर मैंने अपनी बात साग्रह दुहरायी। लौटना तो दिल्ली होकर ही हम लोगों को था। मुझसे पहले ही परमानन्द श्रीवास्तव और विश्वनाथ प्रसाद तिवारी अज्ञेय जी से मिले। उन्हें एक प्रकार से धक्का-सा लगा। अज्ञेय जी से यह सुनकर कि शास्त्री जी की बात ठीक है। 12-10-76 को मैं अज्ञेय जी से मिला तो उन्होंने स्वीकार किया कि भक्ति-भावना की अभिव्यक्ति उनके इधर के काव्यों में होने लगी है। बाद में (विशेष कर फरवरी, 85 में उत्तर भावगत भूमि यात्रा के समय) उनसे, इला जी से इस विषय पर मैंने और खुलकर बातचीत की।

सच्चाई यही है कि अपने जीवन के कुछ विशिष्ट अनुभवों के कारण अज्ञेय जी आस्तिक हो गये थे। धर्म और अध्यात्म के सम्बन्ध में भी उनके विचारों में उनके अपने विवेक का स्थान था। वे पुनर्जन्म को मानने के पक्ष में नहीं थे किन्तु आत्मा की अमरता को, परमात्मा को मानते थे। वे यह भी मानते थे कि साधना के द्वारा आत्मा का परमात्मा में विलय हो सकता है। इला जी ने मुझे बताया था कि वे भक्ति के स्तोत्रों का पाठ भी करते थे किन्तु फलश्रुति के अंशों को छोड़ देते थे। उनका मत था कि एक स्तोत्र पढ़कर इतना कुछ पाने की इच्छा रखना तो व्यवसाय है, भक्ति नहीं। हो सकता है, इस परिवर्तन में कुछ भूमिका विद्यानिवास जी मिश्र की भी रही हो। मिश्र जी के माध्यम से ही अज्ञेय जी स्वामी अखण्डानन्द सरस्वती से मिले थे। उन्हीं के आश्रम में वृन्दावन में वत्सल निधि का एक शिविर भी अज्ञेय जी ने किया था। मैं स्वामी अखण्डानन्द जी का दीक्षित शिष्य हूँ, यह जानकर उन्हें प्रसन्नता हुई थी। मुझसे शंकराचार्य जी की प्रार्थना-षट्पदी सुनकर अज्ञेय जी ने पाठ करने के लिए उसे लिखवा लिया था। जब मैंने बाद में उन्हें प्रार्थना-षट्पदी पर गुरु जी के प्रवचन की पुस्तिका दी थी तो वे कृतज्ञ हुए थे। वे स्वामी जी से बीच-बीच में मिलते रहते थे। 12-8-85 के अपने पत्र में उन्होंने लिखा था, "मैं एक बार फिर वृन्दावन हो आया—दो दिन स्वामी जी का

सान्निध्य रहा और बड़ी शान्ति मिली।'' गुरु जी दिल्ली आये हुए हैं, यह जानकर 22-10-85 को उन्होंने मेरे साथ जाकर गुरु जी से भेंट की थी। ऐसा प्रतीत होता है कि अपने जीवन के अन्तिम दो दशकों में वे उत्तरोत्तर भागवत सत्ता की ओर अपनी अन्तर्यात्रा में अग्रसर होते जा रहे थे। यद्यपि इसकी मुखर चर्चा से वे विरत रहते थे। यह भी स्मरणीय है कि उनकी आध्यात्मिकता इस जीवन और जगत् की उपेक्षा कर इसके उत्तरदायित्वों से पलायन का रास्ता नहीं खोजती थी। इसी जीवन और जगत् को अधिक सारवान् बनाने की अन्तर्दृष्टि थी वह।

आपात्काल का विरोध करने के क्रम में मैं सक्रिय राजनीति की ओर उन्मुख होता चला गया। इसका एक परिणाम यह हुआ कि जून '77 में मैं जनता पार्टी के टिकट पर पश्चिम बंगाल की विधान सभा का सदस्य चुन लिया गया। मेरे अधिकतर साहित्यिक मित्रों और शुभेच्छुओं ने मेरे इस कदम का समर्थन नहीं किया। अज्ञेय जी उन थोड़े-से लोगों में थे जिन्होंने कहा कि, ''जनता के लोकतान्त्रिक अधिकारों की रक्षा के प्रयास के कारण यदि आपकी साहित्यिक गतिविधि को कुछ क्षति भी हो तो उसे सहना चाहिए। हाँ, हम लोग आपसे यह आशा अवश्य करेंगे कि आप आम राजनीतिक नेता जैसे न हो जायें।'' स्वयं उन्होंने भी उन्हीं दिनों 'नवभारत टाइम्स' जैसे राष्ट्रीय दैनिक पत्र का प्रधान सम्पादक बनकर अपने सर्जक साहित्यकार-रूप को एक सीमा तक क्षतिग्रस्त करना इसी तर्क के आधार पर स्वीकार किया था।

फिर मेरे पाँच साल मुख्यतः विधायक की राजनीतिक भूमिका निभाने में स्वाहा हो गये। इस बीच अज्ञेय जी को 'ज्ञानपीठ पुरस्कार' मिला। उनसे मैं एक-दो बार मिला भी किन्तु साहित्यिक कार्यों में और अज्ञेय जी के साथ निकट सम्बन्ध में भी एक अन्तराल-सा आ गया मेरे जीवन में! इसे अज्ञेय जी ने ही तोड़ा। 12-10-83 को सुबह-सुबह दिल्ली से फोनकर उन्होंने आदेश दिया कि मैं वत्सल निधि द्वारा इसी महीने के अन्त में आयोजित होनेवाले बोधगया शिविर में 'आज की कविता तथा छन्द' विषय पर व्याख्यान दूँ। मैंने विनम्रतापूर्वक हामी भर दी।

अज्ञेय के प्रबन्ध-पटु व्यवस्थापक-रूप का प्रत्यक्ष अनुभव मुझे बोधगया और बरगी के शिविरों तथा 'उत्तर भावगत भूमि यात्रा' में मिला। अवश्य ही धुरी की तरह इनका बोझ इला जी उठाती रहीं किन्तु योजना, व्यवस्था की सूक्ष्म परिकल्पना अज्ञेय ही करते रहे और पूरे उत्साह से सहभागी के रूप में उनमें अंश ग्रहण करते रहे। मुझे याद आता है 29-5-74 के अपने पत्र में उन्होंने लिखा था, ''63 साल के लोग पूरा अवकाश ले लेते हैं और मैं हूँ कि रोज नया काम ओढ़ लेता हूँ—और ओढ़ने को बाध्य भी हूँ।'' मेरा सौभाग्य है कि अक्टूबर, 1983 से उनके प्रयाण-काल तक मुझे उनका अधिकाधिक स्नेह, विश्वास प्राप्त होता रहा। वे अन्त तक युवा स्वप्नदर्शी की तरह योजनाएँ बनाते रहे और पूरी कर्मठता के साथ उन्हें क्रियान्वित करते रहे। कई बार उन्हें

मोटर चलाते हुए मैंने देखा है। वे सधे हाथों स्टियरिंग पकड़ते, तेज मोटर चलाते, दनादन ओवरटेक करते। यात्राओं में वे कोई अतिरिक्त सुविधा नहीं लेते, अपना भारी थैला स्वयं उठाते और जवान सहयात्रियों के साथ कदम मिलाकर चलते। अपनी बढ़ी हुई उम्र और दिल के दौरे पड़ने के बावजूद वे अन्त तक सक्रिय रहे। सूरज डूबते समय तक लाल ही रहता है, इसे उन्होंने अपने जीवन में भी प्रमाणित किया।

हिन्दी की आधुनिक कविता में छन्द की स्थिति से मुझे तीव्र असन्तोष है। मुझे लगता है कि मुक्त छन्द की अतिशयता काव्य-सौष्ठव को क्षतिग्रस्त कर रही है। बहुतेरे नये कवियों में छन्दोज्ञान का शोचनीय अभाव है, इसीलिए अधिकांश समकालीन कवियों के मुक्त छन्द अनगढ़ गद्य बनते जा रहे हैं। मुक्त छन्द भी अपनी आन्तरिक लयवत्ता के लिए विविध मात्राओं/वर्णों के छन्दों का आधार लेने पर ही अधिक प्रभविष्णु बन सकते हैं। पूरी काव्य-रचना मुक्त छन्द में ही हो, यह विकल्पहीन स्थिति कभी काम्य या वांछित नहीं हो सकती। अतः नये कवियों को भी छन्दों की उपयोगिता पर पुनर्विचार करना चाहिए, छन्दोवैविध्य के द्वारा अपनी कविता को समृद्धतर बनाना चाहिए।

अज्ञेय जी मेरी कई स्थापनाओं से सहमत होते हुए भी मानते थे कि मुक्त छन्द की लयवत्ता बलाघात पर भी आधारित हो सकती है। मुक्त छन्द के काव्य-पाठ-कौशल को विकसित करने के पक्ष में वे भी थे। उन्होंने इसी मुद्दे को बरगी शिविर में भी विचार का विषय बनाया। मेरे विचारों से अपनी कई असहमतियों के बावजूद उन्होंने न केवल बरगी शिविर में इस विषय पर और विस्तार से बोलने के लिए मुझे आमन्त्रित किया बल्कि मेरे लेख को अपने द्वारा सम्पादित पुस्तक 'समकालीन कविता और छन्द' में पहले लेख के रूप में प्रकाशित किया। दृष्टि-भेद को सम्मानपूर्वक स्वीकारने में वे अत्यन्त उदार थे। जिस प्रकार अपनी मान्यताओं को वे शालीनता और दृढ़ता के साथ प्रस्तुत करते थे, उसी प्रकार अन्यों के भी इस अधिकार को मानते थे।

अज्ञेय जी की सौन्दर्य-चेतना शिविरों के लिए चुने गये स्थानों में भी परिलक्षित होती थी। मुक्त प्रकृति के साहचर्य में नये-पुराने साहित्यकारों का सहवास, सर्जनात्मक साहित्य का सामूहिक पाठ, खुली चर्चा, तेज-तर्रार बहस के बावजूद सौहार्द उनका लक्ष्य था। सचमुच इन शिविरों/यात्राओं से तरोताजा होकर, आन्तरिक दृष्टि से समृद्ध होकर सहभागी लौटते थे।

बोधगया शिविर की एक अविस्मरणीय स्मृति है—महानो नदी की पतली धारा में घुटनों तक पानी में खड़े-खड़े अज्ञेय जी से कविताएँ सुन पाने की। बाद में कुछ लोगों ने बड़े हल्के ढंग से छींटाकशी की थी इस पर। काश, वे वहाँ होते, उस विलक्षण अनुभव से गुजरते, तब समझ पाते कि यह छींटाकशी कितनी सारहीन है। हम लोगों ने बार-बार अनुरोध कर एक तरह से अज्ञेय जी को विवश कर दिया था कि

युगोस्लाविया में हुए 'स्वर्णमाल' सम्मान के अवसर पर उन लोगों के द्वारा प्रकाशित 'स्वर्णमाल काव्य-संकलन' में से वे हम लोगों को अपनी कुछ कविताएँ सुनायें। एक सीमा तक संकोच व्यक्त करने के बावजूद हम लोगों के आग्रह को उन्होंने स्वीकार किया था। उस शान्त, स्निग्ध, उत्फुल्ल परिवेश में उन कविताओं के पाठ ने हम लोगों को अभिभूत-सा कर दिया था। इसी तरह बरगी शिविर में शरत्-पूर्णिमा की रात को नर्मदा के बाँध के किनारे के जादुई परिवेश में आयोजित काव्य-पाठ-समारोह को मैं कभी नहीं भूल सकता। किसी प्रकार का अंकुश न होते हुए भी एक स्वतःस्वीकृत मर्यादा के अन्तर्गत 'चाँदनी में वह सफेदी है कि जैसे धूप ठण्डी हो गयी है' की अनुभूति करते हुए नर्मदा के पार्श्व-संगीत की पृष्ठभूमि में अज्ञेय, अजित कुमार, कन्हैयालाल नन्दन, रमेशचन्द्र शाह तथा अन्य अनेक उगती हुई प्रतिभाओं की कविताएँ सुन पाना क्या कम सौभाग्य की बात है! इन शिविरों के साथ अविच्छेद्य रूप से जुड़ा वन-विहार का कार्यक्रम अज्ञेय की कवि-प्रतिभा के जीवन्त स्पर्श-सा होता था।

सामान्य हिन्दी पाठकों में अज्ञेय क्रान्तिकारी लेखक के रूप में प्रसिद्ध हैं। इस मान्यता के मूल में यह तथ्य है कि अपने आरम्भिक जीवन में 1929 से 1936 तक वे क्रान्तिकारी दल के सदस्य थे और अपने लेखन में भी उन्होंने पुरानी पद्धति के प्रति विद्रोह कर कथा-साहित्य और कविता दोनों में क्रान्तिकारी परिवर्तन किये थे। बहुत कम लोगों को ज्ञात है कि क्रान्ति के सम्बन्ध में उनकी दृष्टि में बाद में मौलिक परिवर्तन हुआ था। मुझे भी इसका सीधा ज्ञान उन्हीं से बातचीत करते समय 22-10-85 को हुआ। बम्बई की एक संस्था ने मुझे क्रान्तिकारियों पर व्याख्यान देने के लिए आमन्त्रित किया था। संयोग से उसके पहले मुझे दिल्ली आने का सुयोग मिला। मैंने सोचा, इस विषय पर अज्ञेय जी से सार्थक बातचीत हो सकती है और मैं उनके पास पहुँच गया।

मुझे यह जानकर आश्चर्य ही हुआ था कि अज्ञेय अब क्रान्ति के कई पहलुओं से असहमत थे। उनका कहना था कि, "क्रान्ति के मूल में हैं—अपनी वांछित, निश्चित दिशा में त्वरित परिवर्तन की कामना। दूसरे (भले वे बहुसंख्यक ही क्यों न हों) यदि ऐसा न चाहें तो बल-प्रयोग के द्वारा, असहिष्णु हिंसा के द्वारा सत्ता पर अधिकार कर उन्हें उस दिशा की ओर अग्रसर होने के लिए बाध्य करना इसकी प्रकृति में ही है। इसी प्रक्रिया में यह प्रवृत्ति विकसित होती है कि जो हमारे साथ है, वह साथी है और जो साथ नहीं है, वह शत्रु है। क्रान्तिकारी की दीक्षा में ही यह निहित है कि अपने साथियों के प्रति भी रागात्मक सम्बन्ध—व्यक्तिगत सम्पर्क—नहीं पनपना चाहिए। अपने विपथगामी साथी को (भले ही वह अत्यन्त श्रेष्ठ क्यों न हो और असहमति के उसके ठोस कारण क्यों न हों) शत्रु मानकर समाप्त कर देने की मानसिकता भी क्रान्तिकारी-दीक्षा का अंग होती है।" अज्ञेय के ये दोनों मुद्दे बाद में अग्राह्य लगते थे।

उनकी मान्यता के अनुसार परिवर्तन की कामना तो ठीक है, उसके लिए एक सीमा तक अधैर्य भी ठीक है किन्तु दूसरे की इच्छा उसी दिशा में परिवर्तन करने की न होने पर बलात् परिवर्तन करने का अधिकार किसी को कैसे मिल जाता है? हमारी बात ठीक ही है, इस विश्वास के आधार की परीक्षा होनी चाहिए। बहुमत की दृष्टि में (जो कई बार नेता की दृष्टि ही होती है) विपथगामी होने पर किसी आदर्शवादी स्वतन्त्रचेता साथी की हत्या कर देनी चाहिए, यह भी उन्हें अपराध-सा लगता था। हम क्रान्तिकारी हैं, दूसरे जो हमसे असहमत हैं, वे बहुत हुए तो सुधारक-भर हैं, अतः हम अपनी बात को शस्त्र-बल से उन सब पर लाद देने के अधिकारी हैं, यह तर्क अब उन्हें स्वीकार नहीं था। उनके अनुसार क्रान्ति की एक बड़ी सीमा यह भी होती है कि सत्तारूढ़ हो जाने के बाद क्रान्तिकारी स्थितिशील हो जाते हैं। क्योंकि उनकी वृत्ति फिर सत्ता बनाये रखने की हो जाती है, अतः वे यह मानना ही नहीं चाहते कि परिवर्तन करके हम जहाँ पहुँचे हैं, उसके आगे भी परिवर्तन हो सकता है। क्रान्तिकारी दलों और पैगम्बरी धर्मों को निकट लानेवाली बात भी यही है। पहले पैगम्बर होते थे पर हमारे पैगम्बर के बाद अब कोई पैगम्बर नहीं हो सकता, यह धारणा समान रूप से क्रान्तिकारी दलों में भी व्याप्त है। क्रान्तिकारी अपने आवेश में कुछ हद तक अमानवीकृत हो जाता है। मनोवैज्ञानिक दृष्टि से वह आविष्ट-सा होता है। अपनी सैद्धान्तिक प्रेरणाओं (जिनमें स्वयं सत्ता में बने रहकर बलपूर्वक परिवर्तन का निमित्त बनने का भाव भी रहता है) के कारण वह अकथनीय अत्याचार कर सकता है। रूस और चीन दोनों देशों में क्रान्ति के बाद हुए सामूहिक उत्पीड़नों में लाखों की हत्या हुई थी। अब उन दोनों देशों के नेता भी इसकी कटु भर्त्सना करते हैं, इसे 'ब्लण्डर' मानते हैं।

उन्होंने एक और चौंकानेवाली बात कही थी। उनका मानना था कि भारत में रूस-चीन की तरह क्रान्ति नहीं हो सकती क्योंकि यह मूलतः हिन्दू देश है। यहाँ दूसरे मतों के प्रति समादर की भावना स्वतःसिद्ध सत्य के रूप में विद्यमान है। पड़ोसी देशों की तुलना में भारत में लोकतन्त्र के टिकाऊ होने का कारण भी हिन्दू धर्म और संस्कृति की चेतना ही है। सत्ता पर अधिकार किये बिना समाज को बदल देने का संकल्प करनेवालों को आज की राजनीतिक दृष्टि में क्रान्तिकारी नहीं माना जाता। हिन्दू संस्कृति ऐसा संकल्प रखकर अग्रसर होनेवालों को—मन, वाणी और कर्म से परहित या सर्वहित चाहनेवालों को—सन्त कहती है। गाँधी जी भी ऐसे ही थे। कांग्रेस से गाँधी जी का अलगाव भी सत्ता के प्रश्न पर ही हुआ था। तुरत सत्ता चाहनेवालों ने गाँधी जी का साथ छोड़ दिया था। उनके शहीद हो जाने के बाद अपने स्वार्थ के लिए उनका उपयोग वे लोग करते रहे, यह अलग बात है। अज्ञेय जी ऐसे सन्तों को और गाँधी जी को भी व्यापक दृष्टि से क्रान्तिकारी और वास्तविक क्रान्तिकारी मानने के पक्ष में थे।

प्रचलित राजनीतिक दृष्टि से क्रान्ति के मार्ग से असहमति उनकी काफी पुरानी है। इसके प्रमाण में उन्होंने 1954-55 में लिखित और 'पूर्वा' में संकलित अपनी एक चतुष्पदी भी सुनायी, जिसका शीर्षक है 'शक्ति का उत्पात':

क्रान्ति है आवर्त, होगी भूल उसको मानना धारा;
उपप्लव निज में नहीं उद्दिष्ट हो सकता हमारा।
जो नहीं उपयोज्य वह गति-शक्ति का उत्पाद भर है;
स्वर्ग की हो—माँगती भागीरथी भी है किनारा।।

(पूर्वा, पृ. 233)

ऐसा प्रतीत होता है कि क्रान्ति के अग्नि-पथ से गुजरकर, उसकी विकृतियों के सन्दर्भ में हिन्दू संस्कृति की उदार सहिष्णुता का अनुभव कर अज्ञेय अधिक मानवीय बने थे। व्यक्तिगत बन्धुत्व को स्वीकार करने और दूसरे के विवेक को भी सम्पादन देने के कारण उनका विश्वास प्रचलित राजनीतिक क्रान्तिवादिता से हट गया था।

यह भी दिलचस्प बात है कि अज्ञेय जी इसके बावजूद विद्रोह के पक्ष में थे। सामान्यतः वे अनुशासन को स्वीकार कर शुभ बुद्धि से किये गये सामूहिक प्रयास को प्रशस्त मानते थे किन्तु वे यह भी मानते थे कि यदि कोई किसी बात को ईमानदारी से गलत समझे तो उसका प्रतिकार करने का अधिकार उसे है। लेकिन फिर उसे इसके लिए दण्ड सहने को भी तैयार रहना चाहिए। असंयत उच्छृंखलता का वे कतई समर्थन नहीं करते थे। उनकी स्थापना थी कि इकाई समष्टि के प्रति कृतज्ञ तो हो, पर अपने विवेक को कुण्ठित भी न होने दे। मार्क्सवादियों ने उनके विरुद्ध जो धुआँधार अभियान छेड़ा था, उसमें उन पर लगाये जानेवाले आरोपों में शायद सबसे भ्रामक आरोप था अतिशय व्यक्तिवादिता का, संकीर्ण अहंवादिता का। जो व्यक्ति प्राणों की बाजी लगाकर देश की स्वाधीनता और फासिज्म के विरोध के लिए संग्राम कर सकता है, उसे 'समाज-विमुख' कैसे कहा जा सकता है, यह मेरी समक्ष में नहीं आता। कविता में भी उनकी घोषणा रही है, 'तुम्हें धारे हृदय में/ मैं खुले हाथों सदा दूँगा/ बाह्य का जो देय/नहीं गिरने तक कहूँगा/तनिक ठहरूँ/ क्योंकि मेरा चुक गया पाथेय।' यह ठीक है कि वे व्यक्ति के अनुभव और विचार को भी बहुत महत्त्व देते थे। किसी से उधार लिये हुए तथाकथित 'सत्य सिद्धान्त' की वेदी पर उनकी बलि नहीं चढ़ाते थे। उनका विश्वास था कि मुक्त, कुण्ठा-रहित व्यक्तियों के सहयोग से ही शक्तिशाली समाज़ बन सकता है। बड़ा और घना वन जिस तरह बड़े और घने वृक्षों की समष्टि है, उसी तरह उन्नत, स्वतन्त्र और विवेकी व्यक्तियों के आधार पर ही सचमुच बड़ा समाज निर्मित हो सकता है। इस स्थापना से असहमत होने का कोई वस्तुगत कारण मुझे नहीं दिखता।

उनके साथ की गयी 'उत्तर भागवत भूमि यात्रा' मेरे जीवन की अत्यन्त बहुमूल्य स्मृति-धरोहर है। मैंने उस पर लम्बा लेख लिखा है, अतः उन बातों को मैं यहाँ दुहराना नहीं चाहता किन्तु उसमें अनुल्लिखित एक-दो बातों की चर्चा करना उचित समझता हूँ।

अज्ञेय जी को भी कभी-कभी मैं दूसरे बड़े कवियों की रचनाएँ सुनाने की धृष्टता करता रहता था। मैंने सदा पाया कि वे न केवल उन्हें चाव से सुनते थे बल्कि कई बार मुझसे उन्हें लिखवा भी लेते थे। माण्डवी अहमदनगर के प्रसन्न परिवेश में मैंने उनसे कहा कि मेरे पिता (स्व. पं. गांगेय नरोत्तम शास्त्री) क्षेमेन्द्र के एक श्लोक को अपनी आराम-कुर्सी कहा करते थे। विषम परिस्थितियों से घिर जाने पर वे उसके आधार पर अपने मन को समझाते थे कि 'ओ मेरे चित्त! तू क्यों इधर-उधर व्यर्थ भटकता फिरता है, कभी विश्राम भी कर। इसे भली-भाँति समझ ले कि स्वयं जैसा होता है, वैसा ही होता है, अन्यथा नहीं हो सकता। अतः अतीत को स्मरण करना छोड़, भविष्य के भी बाँधनू मत बना, अतर्किक रूप से आते-जाते रहनेवाले भोगों का अनुभव करता चला।'

परिभ्रमसि किं मुधा क्वचन चित्त विश्राम्यतां
स्वयं भवति यद्यथा भवति तत्तथा नान्यथा।
अतीतमननुस्मरन्नपि च भाव्यसंकल्पयन्
अतर्कितगमागमाननुभवामि भोगानहम्।।

अज्ञेय जी ने इस सूक्ति को बहुत सराहा था और मुझसे लिखवाकर इसे अपने पास रख लिया था। सम्भवतः क्षणों में जीने के अपने सिद्धान्त की उन्हें इसमें आंशिक पुष्टि दिखी थी। यह भी स्पष्ट करना चाहता हूँ कि क्षणों को महत्त्व देते हुए भी न अज्ञेय को, न इस सूक्ति को क्षणवादी कहा जा सकता।

इसी तरह एक बार बातचीत में मैंने उनसे कहा कि फ्रायड के बहुत पहले चरक ने अपने इसी भारतवर्ष में यह निरूपित किया था कि अपनी बुद्धि, धृति, स्मृति से विभ्रष्ट होकर जब कोई अशुभ कार्य करता है तो वह 'प्रज्ञापराध'—अपनी ही समझ के विरुद्ध गलत, असंगत आचरण करता है। उसी से उसके सारे मनोदैहिक विकार—आयुर्वेद की भाषा में कफ, वात, पित्त सम्बन्धी त्रिदोष ही नहीं ईर्ष्या, द्वेष, शोक, क्रोध आदि मनोविकार भी प्रकुपित हो उठते हैं। उनका श्लोक इस प्रकार है—

धीधृतिस्मृतिविभ्रष्टः कर्म यत्कुरुतेऽशुभम्।
प्रज्ञापराधं तं विद्यात्सर्वदोषप्रकोपणम्।।

अज्ञेय जी ने यह श्लोक भी लिखवा लिया था और 'प्रज्ञापराध' शब्द की बहुत सराहना की थी।

अज्ञेय जी ने कई बार गोष्ठियों में अच्छा बोलने या निबन्ध-पाठ करने पर मुक्त हृदय से मुझे बधाइयाँ दी थीं, मेरी बातों को महत्त्व देते हुए अपनी असहमति भी दो-तीन बार व्यक्त की थी किन्तु एक बार उन्हें लगा कि मैंने गम्भीर विवेचन करने के स्थान

पर नाम गिनाकर ही आलोचकीय दायित्व पूरा कर दिया है। उस बार उन्होंने मीठी चुटकी लेते हुए कहा था, ''आप कब से प्रभाकर माचवे की तरह नामों की तालिका से काम चलाने लगे?'' विनोद में दी गयी सही, यह सीख मैं कभी नहीं भूलूँगा।

अज्ञेय अन्तिम दिन तक कार्यरत थे। उनका लिखा काफी कुछ अप्रकाशित साहित्य होना चाहिए। 'शेखर : एक जीवनी' के तीसरे भाग का उल्लेख कर चुका हूँ। उन्होंने मुझे बताया था कि सेण्ट फ्रान्सिस के जीवन पर उन्होंने एक गीतिनाट्य लिखा था जो पहले कामुक होने के बावजूद बाद में सन्त हो गये थे। उनके जीवन की जिस विडम्बना को अज्ञेय ने उभारा था, वह यह थी कि सेण्ट फ्रान्सिस तो उत्तर-जीवन में प्रेम को सर्वोपरि महत्त्व देते रहे किन्तु उन्हीं के पट्ट शिष्य ने उन्हीं से कहा, 'मठ केवल प्रेम के आधार पर नहीं, नियमों के आधार पर चलता है।' अज्ञेय जी की इस पर टिप्पणी थी कि 'प्रतिष्ठान का अंग बनने की यही परिणति होती है।' वे कबीर के ऊपर भी एक गीतिनाट्य लिखना चाह रहे थे। नहीं जानता, लिख पाये थे या नहीं।

'जय जानकी जीवन यात्रा' और 'भागवत भूमि यात्रा' की सफल क्रियान्विति के बाद उन्होंने नर्मदा-यात्रा की योजना बनायी थी—नर्मदा के उद्गम से संगम तक के महत्त्वपूर्ण स्थलों की यात्रा के रूप में। अत्यन्त स्नेहपूर्वक उसमें सम्मिलित होने का अग्रिम निमन्त्रण भी उन्होंने मुझे दिया था। उनकी अनेकानेक सृजनधर्मी योजनाओं के समान ही यह भी पूर्ण नहीं हो सकी किन्तु इससे भी उनकी दृष्टि की साहसिक मौलिकता का आभास मिलता है। निरन्तर योजनाबद्ध कार्य करते रहने के प्रति वे इतने समर्पित थे कि उसकी गति के मन्द पड़ने पर व्यथित हो उठते थे। अपने 13-1-84 के मार्मिक पत्र में उन्होंने लिखा था, ''मेरे कार्य की गति कुछ धीमी हो गयी क्योंकि 'दिल ने धोखा दिया।' वह जो कष्ट प्रदर्शनी के दौरान हुआ था, हल्का दौरा ही था। अनन्तर और भी कष्ट हुआ और एक बार उठने के बाद दिसम्बर मध्य में फिर खाट से बाँध दिया गया। फिर भी काम तो चल ही रहा है।''

और एक ऐसा दिन भी आया जब जीवन की धज्जियाँ उड़ानेवाले किन्तु स्निग्ध सपनों का अलस सोना सँजोनेवाले अज्ञेय के दिल ने आखिरी धोखा दिया और उनकी एक मुट्ठी खाक ही रह गयी, समागत काल में उनकी लय-ताल मिल गयी।

उनके स्नेहधन्य आत्मीय जनों को और उनके साहित्य-प्रेमियों को समाश्वस्त करे इस गहरी पीड़ा के क्षणों में भी उन्हीं की वाणी—''लेकिन/फिर आऊँगा मैं लिये झोली में अग्निबीज/धारेगी जिसको धरा ताप से/होगी रत्नप्रसू!''

फूल की पहचान सरस सुवास केवल
हजारीप्रसाद द्विवेदी

आचार्य हजारीप्रसाद द्विवेदी नहीं रहे, यदि यह सच है तो यह इससे भी बड़ा सच है कि वे चिरकाल तक बने रहेंगे। मनुष्य केवल अपनी काया में ही नहीं जीता, वह अपनी कृति में जीता है, कीर्ति में जीता है, सन्तति में भी जीता है। हजारीप्रसाद द्विवेदी जी की कृतियाँ कालजयी हैं, कीर्ति दिगन्त-व्यापिनी है और सन्तति तेजोमय है। आचार्य की सन्तति बिन्दु-परम्परा के अनुसार केवल पुत्र-पौत्र आदि तक सीमित नहीं रहती, नाद-परम्परा के फलस्वरूप शिष्य-प्रशिष्यों तक व्याप्त रहती है। इसमें कोई सन्देह नहीं कि आज हिन्दी-जगत् में मुख्य रूप से और साहित्य-संस्कृति के जगत् में सामान्य रूप से द्विवेदी जी के शिष्य-प्रशिष्य छाये हुए हैं। फिर कैसे माना जा सकता है कि द्विवेदी जी नहीं रहे? फूल की वास्तविक पहचान तो उसकी सुगन्ध है, फूल नहीं। फूल ओझल भी रहे, जब तक उसकी सुगन्ध फैली रहती है, फैलती रहती है, तब तक उसके अस्तित्व को कौन चुनौती दे सकता है? हजारीप्रसाद जी उन बिरले महाभागों में एक हैं जो अपने आविर्भाव-काल में ही विभूति के रूप में स्वीकृत हो जाते हैं और तिरोभाव के बाद भी जिनका बिम्ब वृहत्तर होता चला जाता है। उनका मुख अब भले हम न देख पायें, पर मेरा दृढ़ विश्वास है कि उनके बढ़ते प्रभा-मण्डल की ज्योति साहित्य-पथिकों का पथ आलोकित करती रहेगी। कितना आश्वस्त कर रही हैं जानकीवल्लभ शास्त्री की ये पंक्तियाँ—

फूल की पहचान सरस सुवास केवल,
आज मुख दिखता नहीं, विश्वास केवल।

कैसे सम्हालूँ उनकी स्मृति—सुगन्ध के ये झकोरे! लम्बे सत्ताईस वर्षों में जो उनसे पाया है, सीखा है, कैसे उस सबको उतार दूँ चन्द सतरों में! गुरुजन प्रिय भी हो सकते हैं, वह भी आज के जमाने में, हजारीप्रसाद जी से मिले बिना इसको मानना मुश्किल होता। उनका बड़प्पन जेठ की दुपहरिया के समान नहीं, कार्तिक की चाँदनी के समान था। बच्चन की एक पंक्ति है—'चाँदनी में वह सफेदी है कि जैसे धूप ठण्डी हो गयी

है।' अहंकार के ताप से मुक्त, ज्ञान के प्रकाश से युक्त, वत्सलता की शीतलता बरसानेवाला यानी ठण्डी धूप जैसी चाँदनीवाला उनका व्यक्तित्व सामनेवाले को अनायास अपनी ओर खींच लेता था। मेरे जीवन की कुछ धन्य घड़ियाँ उनके सत्संग में बीती हैं। उनका साहचर्य अत्यन्त सरस, ज्ञानवर्द्धक, आत्मीयतापूर्ण और उज्ज्वल हँसी की आभा से स्निग्ध हुआ करता था। हम लोग उन्हें पण्डित जी कहा करते थे। पण्डित जी जहाँ बैठे हों, वहाँ मायूसी फटक नहीं सकती थी। हँसते-हँसते ज्ञान की ऊँची-से-ऊँची बात को सहज बनाकर इस प्रकार वे कह जाते थे कि सुननेवाले उसे अनजाने ही ग्रहण कर लेते थे। 'चढ़िये हाथी ज्ञान को सहज दुलीचा डारि।' कबीर का यह कथन उन्हें न केवल प्रिय था, बल्कि उनके जीवन का अभिन्न अंग बन गया था। वे कहा करते थे कि, "बड़ा कलाकार ही सरल रेखा खींच सकता है, अपटु हाथों से खिंची रेखाएँ कुछ-न-कुछ टेढ़ी-मेढ़ी अवश्य होती हैं। इसी तरह ज्ञान जब सचमुच आत्मस्थ हो जाता है, तो उसका प्रकाशन सहज हुआ करता है।" लेखन में अस्पष्टता, उलझाव, वागाडम्बर, अन्तर्विरोध अनपचे ज्ञान की खट्टी डकारें हैं उनके मतानुसार! कभी-कभी कुछ बीहड़ लोग उनसे बहस करने लगते। वे उनकी बातें ध्यान से सुनते और कहते कि, "ज्ञान के क्षेत्र में अन्तिम सत्य तक कोई नहीं पहुँचा है, इसका अर्थ ही है कि सबकी बातों में संशोधन हो सकता है। हममें से किसी को हठाग्रही नहीं होना चाहिए।" उनकी उदार मानवतावादी भावना, गतिशील चिन्तन-धारा पुराने और नये का भेदभाव नहीं करती थी। अपने पुरखों की बात है, इसीलिए गलत साबित हो जाने पर भी उससे चिपटे रहेंगे, इस मनोवृत्ति को वे मध्ययुगीन विकृति मानते थे। भारतीय संस्कृति की सत्यनिष्ठा इसके विपरीत है। उसका उद्‌घोष है—'तातस्य कूपोऽयमिति ब्रुवाणाः क्षारं जलं कापुरुषाः पिबंति!' बाबा का खुदवाया हुआ कुआँ है, अतः उसका पानी खारा होने पर भी पीते रहेंगे, ऐसा कहनेवाले कापुरुष हैं, नया कुआँ खोदने के साहस से रहित हैं। किन्तु कोई बात पुरानी होने के कारण ही खराब है, इस मनोवृत्ति को वे आधुनिकता की विकृति कहा करते थे। काल की कसौटी पर खरे उतरे पुरातन का वे बहुत मान करते थे। परम्परा और आधुनिकता का अद्‌भुत सामंजस्य था उनमें।

सच तो यह है कि पुराने को नया बना लेने की कला में वे माहिर थे। महामहोपाध्याय पं. शिवकुमार शास्त्री का एक परम्परानुकूल श्लोक है, जिसका अर्थ है—क्या निःशंक होकर सो रहा है, आयु शेष हो चली, मृत्यु को समागत ही समझ! अथवा तू सुखपूर्वक सोता ही रह, 'निकटे जागर्ति जाह्नवी जननी!' इस श्लोकांश को लेकर उसे जन-जीवन की गंगा का प्रतीक बनाकर द्विवेदी जी ने एक अच्छा लेख लिखा है, जिसमें प्रमादग्रस्त बुद्धिजीवियों की मोहनिद्रा दूर करने का प्रयास किया है उन्होंने। इसी प्रकार काव्यशास्त्रीय प्रतिमानों का भी वे पुनर्नवीकरण करते रहे हैं, किन्तु नये को

पुराना साबित करने के मोह से वे मुक्त थे। 'जर्मनीवालों ने वेद पढ़कर हवाईजहाज बना लिये', जैसी उक्तियों को वे रुग्ण मानस का दयनीय प्रलाप समझते थे।

पुरानों को सम्मान देकर भी हमें अपने युग की आवश्यकताओं के प्रति सचेत रहना चाहिए, तदनुकूल-व्यवहार करना चाहिए, इसके वे बड़े समर्थक थे। एक बार उनकी कक्षा में एक विद्यार्थी ने एक कविता पढ़ी और उस पर उनकी सम्मति माँगी। द्विवेदी जी को लगा कि कविता मैथिलीशरण गुप्त की है और यह विद्यार्थी उन पर छींटाकशी करना चाहता है। वे बोले, "कविता तो अच्छी है, मैथिलीशरण जी की है न!" विद्यार्थी बोला, "पण्डित जी, यह मेरी लिखी हुई है।" पण्डित जी हँसकर बोले, "आज भी आप द्विवेदीयुगीन कविता लिखेंगे। आज की शैली और मुहावरे में आप अपनी बात कहेंगे, तभी वह स्वीकृत और सम्मानित होगी। जिस तरह डाल भले पुरानी हो किन्तु नये पल्लवों के आने पर शोभित होती है, उसी तरह परम्परा भी सामयिक नवीनताओं को स्वीकार करके ही बलिष्ठ होती है।"

पण्डित जी की गोष्ठी जमी हो और लतीफे न हों, यह हो ही नहीं सकता था। और लतीफे भी कैसे-कैसे सुनाते थे वे कि आदमी हँसते-हँसते लोट-पोट हो जाये। एक बार नामों की चर्चा चल पड़ी। पण्डित जी बोले, "शान्तिनिकेतन में साहित्य के एक अध्यापक थे। उनका आग्रह था कि सन्तानों का नाम वे ऐसा रखेंगे कि सुनते ही लगे कि साहित्यिक की सन्तान हैं। अतः नाम में कवित्व लाने के प्रति वे सजग हो उठे। पहली सन्तान लड़की हुई। उसका नाम उन्होंने रखा 'भागीरथी कुल-कुल निनादिनी।' वे समझाया करते थे कि 'कलकल' से भी अधिक कोमल ध्वनि है 'कुलकुल' में। दूसरी सन्तान भी लड़की हुई। उसका नाम उन्होंने रखा, 'जाह्नवी हर जटा विहारिणी।' तीसरी बार फिर लड़की हुई। अब की बार क्रम के अनुसार ही उन्होंने नाम रखा, 'त्रिस्रोतसा त्रिजगत पावन कारिणी।' जब चौथी बार सन्तान के रूप में लड़का हुआ तो वे पुलकित हो उठे। छोटा-सा नाम रखा उसका 'गोपी जन वल्लभपद रेणुदास'।" मैंने छूटते ही कहा, "पण्डित जी भगवान् की कृपा थी कि वे बंगाली थे। यदि कहीं बिहारी भूमिहार होते तो लड़के का नाम होता, 'गोपी जन वल्लभपद रेणुदास प्रसाद नारायण सिंह शर्मा।' इस पर उन्होंने वह ठहाका लगाया कि पूछिये मत। पण्डित जी की हँसी भी बेजोड़ थी—निश्छल, धाराप्रवाह और भास्वर! उसमें किसी के प्रति कटुता, ईर्ष्या का लेश भी नहीं होता था।

एक बार एक सज्जन संस्कृत का आधार लेकर बनाये गये नये पारिभाषिक शब्दों की निन्दा कर रहे थे और बोलचाल के देशज या तद्भव शब्दों के प्रयोग की वांछनीयता पर बल दे रहे थे। पण्डित जी कुछ देर तक तो उनकी बातें सुनते रहे, फिर बोले, "हाँ, कह तो आप ठीक ही रहे हैं, पर कभी-कभी आपको पसन्द आनेवाले शब्द से भी बड़ी गड़बड़ी हो जाती है। अब देखिये, उस दिन मैं दिल्ली के एक बड़े बैंक में एक

काम से गया था। वहाँ एक बहुत बढ़िया साफ-सुथरा शानदार कमरा था, जिसके बाहर लिखा हुआ था 'निपटान घर'। बनारसी संस्कारवालों के लिए उसका जो सहज अर्थ होता है उसे 'क्लियरिंग' से जोड़ पाना बहुत मुश्किल है।'' सब लोग खिलखिलाकर हँस पड़े।

पण्डित जी इन गोष्ठियों में दूसरों की मीठी चुटकियाँ तो लेते ही थे, अपने को भी बाद नहीं देते थे। मुझे मालूम था कि साहित्य अकादमी ने उन्हें अंग्रेजी में हिन्दी साहित्य का इतिहास लिखने का कार्यभार दे रखा है। मैंने उनसे बात-बात में पूछ लिया, ''पण्डित जी, आप कब तक अंग्रेजी में हिन्दी साहित्य का इतिहास लिखकर साहित्य अकादमी को दे रहे हैं, काफी दिन तो हो गये?'' पण्डित जी जरा गम्भीरता से बोले, ''काम तो अब तक कब का हो गया होता, पर बात यह है कि दूसरों का किया हुआ अंग्रेजी अनुवाद मुझे पसन्द नहीं आता और मेरी लिखी अंग्रेजी दूसरों को पसन्द नहीं आती। इसीलिए काम लटका हुआ है।'' और फिर लगाया एक जोरदार ठहाका अपने ही ऊपर।

छोटों से काम करवा लेना उन्हें खूब आता था। मैं लिखने के मामले में महाआलसी और लेखनीभीरु था। अब भी घिर गये बिना कहाँ लिखता हूँ! पण्डित जी चाहते थे कि मैं अपना शोध-कार्य तो पूरा कर ही लूँ। जब मिलते तब तगादा करते, पत्र भी लिखते। उनके पत्रों में विनोद और अपनेपन का बड़ा मीठा पुट हुआ करता था। मैं 'विनयपत्रिका' पर एक विस्तृत पुस्तक लिखने के उद्‌देश्य से काशी और अयोध्या के विद्वानों से परामर्श करने और पुस्तकालयों का उपयोग करने की दृष्टि से मई-जून, 1966 में उक्त दोनों स्थानों में महीना-सवा महीना रहा था। स्वभावतः द्विवेदी जी से मैंने बहुत-कुछ पूछा-जाना था। काशी की प्रचण्ड गर्मी के कारण मैं कुछ अस्वस्थ हो गया और कलकत्ता लौट आया। पण्डित जी को पता लगा तो उन्होंने पत्र लिखा, ''काशी से लौटकर आपको बुखार आ गया, यह जानकर चिन्ता हुई। असल में बुखार अयोध्या का था। काशी में कुछ भी जम कर उभर नहीं पाता, सो उभरा कलकत्ता में। अब 'विनयपत्रिका' का काम जरूर सफलता तक पहुँचेगा। गोस्वामी ज़्री जब-जब अयोध्या से काशी आते थे, तब-तब कुछ-न-कुछ लिख ही डालते थे। सो आप भी ऐसा ही करेंगे।'' कैसा स्नेहपूर्ण प्रोत्साहन है! पर फिर भी मैं शोध-कार्य पूरा नहीं कर सका। हाँ, छिटपुट लेख जरूर लिखता रहा।

अगले वर्ष फिर बनारस में उनसे मिला तो बोले, 'लगता है आपकी प्रतिभा 'लिरिकल' है, 'एपिकल' नहीं। इसीलिए छोटे-छोटे लेख तो अच्छे लिख लेते हैं, किन्तु भारी-भरकम शोध-प्रबन्ध लिखने से कतराते हैं। अच्छा तो आप 'विनय-पत्रिका' पर ही छोटे-छोटे निबन्ध लिखते रहिये, कालक्रम में उसी को शोध-प्रबन्ध का रूप दे दीजियेगा।'' पर वह भी नहीं हो पाया अब तक। सोचता हूँ, होइ न

मृषा देवरिषि भाषा। देवर्षि की वाणी झूठ नहीं हो सकती। कभी-न-कभी वह फलीभूत होगी ही।

पण्डित जी सच्चे मानों में गृहस्थ थे। जिसको अपनाते थे, उसे परिवार का अंग ही बना लेते थे। पिछले कुछ वर्षों से जब कलकत्ता आते तो अपनी पुत्री भारती मिश्र के यहाँ ठहरते। हम लोगों की गोष्ठी बराबर जमती। कई बार वे कृपापूर्वक मेरे घर भी पधारते। मेरी बेटियाँ भारती, जया, विजया और अनुराधा उन्हें घेर लेतीं। वे भी परम तृप्ति के साथ उन लोगों की बातें सुनते रहते, उन्हें मनोरंजक प्रसंग, लतीफे सुनाते। एक बार जया ने उनसे कहा, ''हम लोगों के पाठ्यक्रम में पं. रामचन्द्र शुक्ल की 'चिन्तामणि' और आपकी 'कल्पलता' दोनों हैं। 'चिन्तामणि' बहुत कठिन लगती है और 'कल्पलता' सरस। ऐसा क्यों?'' वे बोले, ''सीधी बात है, चिन्तामणि मणि है यानी पत्थर है और कल्पलता लता है यानी कोमल उद्‌भिज्ज। पत्थर तो कठिन, कठोर होता ही है, और लता कोमल सरस।'' हम सब लोग खूब हँसे।

विजया ने हस्ताक्षर-पुस्तिका उनके सामने रखते हुए कहा, ''आप खाली लिख देते हैं—'खूब पढ़ो और बढ़ो।' मेरी पुस्तिका में आपको कोई कविता लिखनी होगी।'' उन्होंने उसे कबीर का दोहा लिख दिया। मैंने देखा है कि पण्डित जी बड़ों में बड़े, छोटों में छोटे, विद्वानों में विद्वान् और रसिकों में रसिक बन जाते थे। 'हर रंग में पानी-सा समाते देखा' वाली उक्ति उन पर पूर्णतः चरितार्थ होती थी।

नवम्बर, 1970 में मैं भारती के साथ उनसे मिलने बनारस उनके घर गया। वे उन दिनों बीमार थे। हम लोगों को उन्होंने ऊपर ही बुला लिया। भारती उनसे खूब बातें करती रही। उसने उनसे मेरी शिकायत भी की कि बाबू जी दिन भर सभा-समितियों का ही काम करते रहते हैं, न हम लोगों को समय देते हैं, न पढ़ते-लिखते हैं, खासकर लिखते तो बिलकुल नहीं हैं। पण्डित जी बोले, ''मैं बेटियों की सब बातें सही मानता हूँ। आप सचमुच बिगड़ते जा रहे हैं। आपको बेटियों को भी समय ज्यादा देना चाहिए और लिखना भी चाहिए।'' मुझे अपनी गलती माननी पड़ी। मुझे कई फोन करने थे, अतः नीचे आकर फोन करता रहा। कुछ देर माँ जी से भी बातें करता रहा। फिर ऊपर गया तो देखा, भारती उनका माथा चाटे ही जा रही थी। मैंने कहा, ''पण्डित जी, आप अस्वस्थ हैं, पर फिर भी इस बातूनी लड़की ने आपसे बहुत बातें कीं, आराम करने ही नहीं दिया।'' भारती प्रतिवाद करते हुए बोली, ''कहाँ, मैंने पण्डित जी से ज्यादा बातें कहाँ कीं—अभी तो बहुत-सी बातें रह ही गयीं।'' पण्डित जी मुस्कराते हुए बोले, ''मैं बेटियों की सब बातें सही मानता हूँ। वह कह रही हैं कि उसने बातें ज्यादा नहीं कीं, तो ठीक ही कह रही हैं। वैसे...।'' और फिर लगाया उन्होंने एक ठहाका!

पण्डित जी काशी हिन्दू विश्वविद्यालय में रेक्टर भी रहे। इस प्रशासनिक कार्य ने उन्हें बहुत थकाया। शान्तिनिकेतन और चण्डीगढ़ में हिन्दी विभागाध्यक्ष की हैसियत से भी उन्हें थोड़ा-बहुत प्रशासन करना ही पड़ता था, किन्तु पढ़ने-पढ़ाने का भरपूर समय मिलने के कारण उससे ऊब नहीं होती थी। शुष्क शोध की तरह शुष्क प्रशासन भी उनके स्वभाव के विपरीत था। उससे उनकी सहज उत्फुल्लता कुछ-कुछ मेघावृत हो गयी थी। इसी मनःस्थिति में एक बार उन्होंने मुझसे कहा था, 'रेक्टरी बड़ी भारी पड़ रही है। कभी-कभी इच्छा होती है इससे मुक्ति मिले' और इसी पर उन्होंने एक द्विपदी सुनायी :

पढ़ा-पढ़ाया, लिखा-लिखाया, अब क्या करना बाकी।
व्योमकेश! दरवेश चलो, गंगा के तट एकाकी!

जाहिर है कि पढ़ाने-लिखाने के मुकाबले में प्रशासन की सत्ता उन्हें नीरस लगती थी, पर जब वे अपने को दरवेश, फकीर कहकर गंगा के एकाकी तट पर बसने की बात कहते हैं, तब लगता है कि बाहरी हास्य-कलरव के भीतर कहीं कोई रिक्तता, वेदना थी जो उन्हें बेचैन किये हुए थी। बँगला की एक कविता की पंक्ति याद हो आयी, 'बाहिरे जार हांसिर छटा, भेतरे तार चोखेर जल।'' अर्थात् बाहर-बाहर छटा हँसी की, भीतर-भीतर रोना।

अपने शिष्यों को पण्डित जी अपनी तरफ से पूरी छूट देते थे—अपनी-अपनी प्रकृति और मान्यता के अनुसार आगे बढ़ने की। उनके शिष्य उन्हीं की बात का खण्डन करें तो भी उन्हें अच्छा लगता था। पर इसका अर्थ यह नहीं था कि वे अपने मत को खण्डनीय समझते थे। वे उस पर दृढ़ रहते हुए भी दूसरों के मतामत को सहानुभूतिपूर्वक सुनते थे। इसका एक मजेदार उदाहरण मिला 1977 के कुम्भ मेले पर प्रयाग में आयोजित कबीर-स्मृति-समारोह में। पण्डित जी की अध्यक्षता में उन्हीं के शिष्य डॉ. नामवर सिंह ने कहा कि ''चूँकि द्विवेदी ज़ी स्वयं रोमाण्टिक भावबोध के हैं और उनका युग भी मूलतः उत्तर-छायावादी युग रहा, जिसमें 'एक हिलोर इधर से आये, एक हिलोर उधर से आये' वाले कवि नवीन, 'हम दीवानों की क्या हस्ती, हैं आज यहाँ, कल वहाँ चले' वाले भगवतीचरण वर्मा अपनी मस्ती का इजहार कर रहे थे, इसीलिए पण्डित जी ने कबीर को भी अक्खड-फक्कड़ बना दिया। वास्तव में कबीर क्रान्तिकारी प्रगतिशील विचारधारा के थे और प्रगतिवादी आलोचक ही उन्हें ठीक-ठीक पहचान पाये हैं।'' नामवर जी के बाद ही मुझे बोलने का अवसर मिला था और मैंने उनके अतिरेकों का कसकर खण्डन किया था। पर पण्डित जी निर्विकार भाव से हम दोनों की बातें सुनते रहे। अपने व्याख्यान में भी उन्होंने नामवर जी का हवाला देकर उनका खण्डन करना आवश्यक नहीं समझा। पर दूसरे दिन उन्होंने कवि-गोष्ठी में एक विनोदपूर्ण कविता सुनायी, जिसकी पहली दो पंक्तियाँ ही मुझे याद रह गयी हैं—

सन्तो, लगा कुम्भ का मेला
एक हिलोर इधर से आयी
एक हिलोर उधर से आयी
फँसा भँवर में चेला!

यह व्याख्यान पर कहीं भारी पड़ी।

आचार्य द्विवेदी पर कविगुरु रवीन्द्रनाथ के प्रभाव की चर्चा ज्यादा हुई है, किन्तु महामना मदनमोहन मालवीय का प्रभाव भी उन पर कम नहीं था। जब व्योमकेश-रूपी हजारीप्रसाद द्विवेदी जी भीतर-भीतर थक रहे थे, तब भी वे महामना का दिया हुआ मन्त्र दोहरा रहे थे—

उत्थातव्यं जागृतव्यं,
योक्तव्यं भूतिकर्मसु।
भविष्यतीत्येव मनः
कृत्वा सततमव्यथैः।।

मुझे महाभारत का यह श्लोक सुनाते समय उन्होंने कहा था, "यह मालवीय जी से मिला हुआ प्रसाद है, उठो, जागो, व्यथाहीन चित्त से सतत कल्याण-कार्यों में जुटे रहो और मानकर चलो कि वे पूर्ण होंगे ही। यदि इस मन्त्र को भारतीय नवयुवक जीवन में उतार लें तो कौन उनके रास्ते में रोड़े अटका सकता है?" उस दिन उन्होंने मुझे यह भी बताया था कि दिन-भर काम-काज में फँसे रहने पर भी चार-चार, छह-छह पंक्तियाँ लिखकर उन्होंने अपने उपन्यास 'पुनर्नवा' का एक परिच्छेद आज ही पूरा किया। काम थोड़ा-थोड़ा सही, पर सतत करते रहने पर पूरा होता ही है।

द्विवेदी जी ने मालवीय जी महाराज का एक प्रसाद मुझे और दिया है। एक बार पण्डित जी ने मालवीय जी से कहा, "आत्मोन्नतिः परज्यानिः (अपनी उन्नति और शत्रु की हानि) ही वास्तविक नीति है।" मालवीय जी ने उन्हें डाँटा और कहा, "यह तो टुच्ची नीति है। शत्रु की भी हानि क्यों हो, सबकी उन्नति हो वास्तविक नीति हो सकती है।" मुझे लगता है द्विवेदी जी के जीवन पर इस बात की भी गहरी छाप पड़ी थी।

विधायक होने के बाद जब मैं पण्डित जी से मिला तो उनके चरण छूकर मैंने उनका आशीर्वाद माँगा। उन्होंने आशीर्वाद देते हुए कहा, "राजनीति में आ ही गये हैं तो भागने के लिए नहीं कहूँगा, इसका भी स्वाद ले लीजिये, पर यह याद रखियेगा कि इसमें डूबनेवाले की मनुष्यता प्रायः डूब जाती है। उसे बचाये रखियेगा। यह साहित्य ही है। जिसमें डूबकर पार हुआ जाता है। आपका वास्तविक क्षेत्र वही है, इसे भूल मत जाइयेगा।" राजनीति के आवर्त्त में चक्कर काटते हुए भी मैं प्राणपण से चेष्टा कर रहा हूँ कि द्विवेदी जी की इस चेतावनी को सदा याद रखूँ।

'अनामदास का पोथा' लिखकर उन्होंने उपनिषदों के ज्ञान को सर्वजन-सुलभ बना दिया था। उसके बाद भी वे तुलसीदास के श्रीराम पर लिखना चाहते थे। उन्होंने एक बार मुझे स्वरचित दोहा सुनाया था—

केहि के बेधन हेतु प्रिय यह विशाल धनु बान।
अग-जग बेधन में कुशल कम कुछ मुरली तान।।

(श्रीराम ने किसे बेधने के लिए यह विशाल धनुष-बाण धारण किया है, समूचे जग को बेध देने में मुरली की यह तान कुछ कम कुशल तो नहीं है!)

राम और कृष्ण में अभेद मानने और मुरली की महिमा को स्वीकारने के बाद भी धुनर्बाणधारी श्रीराम की लोक-संग्रही छवि उन्हें आकर्षित कर रही थी। उन्होंने एक बार कहा था—"श्रीराम पर लिखकर मैं अपनी लेखनी को विराम दे दूँगा।" पर उसके पहले ही उन्हें चिरविश्राम मिल गया। राम जी की इच्छा!

कितना कुछ कहने को है, पर सब-कुछ क्या एक ही बार में कहा जा सकता है! मुझे रह-रहकर यह पीड़ा साल रही है कि मैं उनके अस्वस्थ होने के बाद उनके दर्शन नहीं कर सका। जब वे ज्यादा बीमार हुए तो मैं विदेश गया हुआ था। लौटा तो समाचार मिला, अब वे कुछ-कुछ अच्छे हो रहे हैं। और फिर तेजी से उनकी तबीयत बिगड़ी और उन्हें दिल्ली ले जाया गया। वहाँ उनका जीवन-प्रदीप बुझ गया, किन्तु बुझने के पहले न जाने कितने दीपकों को वे प्रज्वलित कर गये हैं। प्रवर्तितों दीप इव प्रदीपात्। इस भारतीय मान्यता में कितनी सच्चाई है कि पुस्तकों के निर्जीव माध्यम से नहीं, गुरु के सजीव सम्पर्क से ही ज्ञान की ज्योति से हृदय का दीपक ज्योतित हो उठता है। उनकी दी हुई ज्योति की आभा अमलिन है, अमलिन रहेगी।

व्योमकेश एकाकी चला गया है स्वर्गंगा के तट पर भ्रमण करने, पर यहाँ बहुत-कुछ छोड़ गया है। नर्मदाप्रसाद खरे की पंक्ति दोहरा दूँ—

चरण लोप हो गये,
चरण-चिह्न शेष हैं
जो हमें पुकारते।

पास रहते हुए भी दूर
मेरे पिता पं. गांगेय नरोत्तम शास्त्री

पास दिखे, पर दूर रहे जो, मैं वह क्षितिज नाम का देश।
ध्वस्त हुई, जो ध्वनि में सोयीं, मैं उन संस्कृतियों का शेष।।

अपने पिता पं. गांगेय नरोत्तम शास्त्री के बारे में जब मैं सोचता हूँ तो मुझे उनकी ही लिखी ये दो पंक्तियाँ याद आ जाती हैं। हम चारों भाई उनको बाबू जी कहा करते थे। पिता जी की तुलना में बाबू जी अधिक आत्मीयतापूर्ण सम्बोधन है किन्तु इस निकटता-सूचक सम्बोधन के बावजूद हम लोगों को वे मर्यादा की एक निश्चित दूरी पर रखते थे। और क्या केवल हम लोगों को—जहाँ तक मुझे याद है उनके हजारों परिचितों में कोई ऐसा अन्तरंग नहीं था जो उनसे धौलधप्पा या तुम-तड़ाक कर सकता था। वे सचमुच पास दिखने पर भी दूर रहनेवाले थे। मर्यादा बोध के साथ-साथ आत्म-निर्भरता का भी द्योतक है यह तथ्य। किसी दूसरे के साहचर्य के बिना मेरा जीवन अधूरा या अर्थहीन हो जायेगा, ऐसा वे नहीं मानते थे। औरों के साथ सहयोग सामाजिक जीवन के लिए अनिवार्य है, इसे वे स्वीकारते थे और साहित्यिक, धार्मिक या राजनीतिक क्षेत्रों में समानधर्माओं के साथ सद्भावपूर्ण व्यवहार भी करते थे किन्तु उसकी पहुँच वैयक्तिक जीवन में भी हो, इसे वे आवश्यक नहीं मानते थे। फलतः वे सबके बीच प्रायः अकेले रहा करते थे। घर में भी वे अपना कमरा बन्द रखते थे और जब जिससे बात करना चाहते थे तब उसे बुलवा भेजते थे। उनके दबंग व्यक्तित्व के कारण बचपन में हम लोग उनसे डरा करते थे और जब वे घर से बाहर जाते या भीतर आते तब हम लोग छिप जाया करते थे। उनके प्रति हम लोगों के मन में भय-मिश्रित सम्मान था और हममें से कोई यदि नटखटपन करता या किसी अनुचित बात की जिद करता तो बाबू जी से शिकायत करने की धमकी उसे सही रास्ते पर लाने में प्रायः कारगर हो जाती थी। जैसे परिवार में वैसे ही समाज में भी उनकी धाक थी। उनका वैदुष्य, भव्य रूपाकार, संस्कारी व्यक्तित्व सामनेवाला को अभिभूत कर देता था।

घुँघराले बाल, उज्ज्वल गौरवपूर्ण प्रशस्त ललाट पर शोभित श्री-तिलक, सुरमा लगी प्रभावशाली आँखें, तीखी नाक, भरा चेहरा, छोटी छँटी हुई मूँछ, दोहरा बदन, चौड़ा पुष्ट वक्षःस्थल, रेशमी कुर्ते या लम्बे कोट पर दुपट्टा, दोनों हाथों की उँगलियों में अँगूठियाँ, स्वच्छ धोती, बिना फीते का बढ़िया जूता, हाथ में छड़ी—आभिजात्य, सुरुचि और सम्पन्नता का आभास देनेवाली इस दिव्य आकृति के प्रति प्रथम दर्शन में ही समादर उत्पन्न होना स्वाभाविक था। यह समादर उन्हें जहाँ एक तरफ ऊँचाई देता था, वहीं दूसरी तरफ औरों से अलग भी करता था। इस अलगाव का एक कारण उद्धृत पद की दूसरी पंक्ति में निहित है।

बाबू जी वर्तमान में रहते हुए भी सनातन संस्कृति के उत्तराधिकार के प्रति अतिशय निष्ठावान् थे। यहाँ यह भी स्पष्ट कर दूँ कि उनकी दृष्टि में सनातन का अर्थ मुख्यतः पुरातन मूल्यों का संरक्षण ही था। सन् 1920-21 के आन्दोलन में अंश ग्रहण करने के पीछे जो उनकी प्रेरणा थी वह यही थी कि विदेशी शासन के दुष्प्रभाव ने भारतीय चेतना को कुण्ठित कर रखा है एवं पराधीनता के पाश से मुक्त होकर हम अपनी प्राचीन संस्कृति के अनुरूप अपने जीवन को ढाल सकेंगे। 'मेरा तपोवन' शीर्षक अपनी कविता में उन्होंने अपनी आकांक्षा प्रकट करते हुए लिखा है—

मेरे मन का चिर आकांक्षित मुदमय, शान्त तपोवन हो।
निर्मल, सुन्दर, सजल, सफल नित सहृदय बुध जन जीवन हो।।
प्रवचन औ' स्वाध्याय, यज्ञ, व्रत, जिसमें होते हों अविरल।
'सेवा' जगे, जहाँ पर सोये, भीति, द्वेष, ईर्ष्या प्रतिपल।।
'ओं तत्सत' की ध्वनि मंजुल सुखदायक हो नित्य जहाँ।
सबको सर्वाधिक प्रिय हो वह, उन्नततर साहित्य जहाँ।।

वैदिक युग के तपोवन का स्वप्न था उनकी आँखों में 'बाह्य शान्त हो, शान्त गृहान्तर, पशु-पक्षी हों शान्त जहाँ/ वचन शान्त हो, हृदय शान्त हो, 'आत्मदेव' हों शान्त जहाँ' और रहना पड़ता था उन्हें बीसवीं सदी के पूर्वार्द्ध के कलकत्ते में, जहाँ उन्हीं के शब्दों में, 'प्रण में, प्रिय में, औ' प्राणों में संघर्ष लगा पाषाणों में।' स्वप्न और वास्तव का यह अन्तर 'भूत-भविष्यत् में संघर्ष'-सा उन्हें लगता था। उनकी यह विशेषता थी कि वे संघर्षों से मुँह मोड़कर सिर्फ स्वप्न-विलासी नहीं बने। उनकी सहज स्वीकृति थी, 'संघर्षों की आग अनोखी छूई छिन-छिन जीवन में।' इसी आग ने जलाकर उनके बाहर को कठोर बना दिया था, जिस आवरण के भीतर करुणा और ममता का अक्षय कोष था जो विशिष्ट अवसरों पर छलक उठा करता था। काशी के सुप्रसिद्ध विद्वान् षड्दर्शनाचार्य पं. कृष्णदयालु शास्त्री के द्वितीय पुत्र के रूप में 1900 ई. में उनका जन्म हुआ था। उनके नाना विद्वद्वर पं. नारायण मिश्र थे। उनकी माता श्री रामदेवी भी विदुषी थीं। उनके पितामह या प्रपितामह जम्मू के नगरोटा परमण्डल से काशी आकर

बसे थे। वे डोगरा ब्राह्मण थे और जम्मू के प्रति उनकी प्रीति अन्त तक बनी रही। हम भाइयों के यज्ञोपवीत एवं विवाह-संस्कार उन्होंने जम्मू में ही किये थे।

व्यक्ति के चरित्र के निर्माण में परिस्थितियों का भी बहुत बड़ा योगदान होता है। कैसी अद्भुत और निर्मम परिस्थितियों में पले-बढ़े थे बाबू जी! कुल डेढ़-दो वर्ष के थे जब भीषण नौका-दुर्घटना में मातृहीन हो गये। यही आश्चर्य था कि नाव के टूटे तख्ते पर बहते हुए वे बच कैसे गये? काशी के तत्कालीन सर्वश्रेष्ठ विद्वान् महामहोपाध्याय पं. शिवकुमार शास्त्री ने गंगा मैया की कृपा से बचनेवाले इस शिशु को गांगेय—गंगा का पुत्र कहा। बड़े होकर बाबू जी ने इस आख्या को अपने नाम का पूर्वार्द्ध ही बना लिया। कष्ट ही में पले-बढ़े। वे अभी बालक ही थे जब उनके पिता भी स्वर्गवासी हो गये। पढ़ने-लिखने में अत्यन्त मेधावी थे, फलतः छात्रवृत्तियाँ मिलती रहीं। कुल 18 वर्ष की अवस्था में काव्यतीर्थ हुए, फिर शास्त्री हुए। उनके बड़े भाई पं. पुरुषोत्तम शास्त्री भी व्याकरणाचार्य थे। महामना पं. मदनमोहन मालवीय एवं काशी-नरेश भी उनकी प्रतिभा से प्रभावित थे। कुल 20 वर्ष की अवस्था में काशी हिन्दू विश्वविद्यालय के संस्कृत-विभाग में प्राध्यापक हुए और फिर कुछ ही महीनों बाद उसका परित्याग कर 1920-21 के असहयोग आन्दोलन में कूद पड़े। व्याकरणाचार्य के अन्तिम खण्ड की परीक्षा भी इसी कारण उन्होंने नहीं दी। असहयोग संस्कृत छात्र समिति के अध्यक्ष के रूप में 'तेज प्रचार कर' उन्होंने काशी के तरुण समाज को स्वाधीनता-संग्राम में सम्मिलित होने के लिए उत्साहित किया। उनकी इस क्षमता से प्रभावित होकर डॉ.. भगवानदास ने नवगठित राष्ट्रीय शिक्षा-संस्था 'काशी विद्यापीठ' में उन्हें संस्कृत-हिन्दी का प्राध्यापक नियुक्त किया। करीब-डेढ़-दो वर्ष वहाँ काम करने के बाद वे कलकत्ते चले आये, जहाँ 1923 ई. में पं. विनायक मिश्र के समृद्ध घराने में श्रीमती रूपेश्वरी देवी से उनका विवाह हुआ। उन दिनों उस घराने के वृहत्तर परिवार में घोर अन्तर्कलह चल रहा था जिसके परिणामस्वरूप कुछ ही दिनों बाद सम्पत्ति की रक्षा के लिए उन्हें सात-आठ वर्षों तक कई मामले-मुकदमों में उलझे रहना पड़ा जिनमें दो-दो बार फौजदारी भी हो गयी।। अन्त में एक सम्मानजनक समझौते के अनुसार विवाद हल हुए और तदनन्तर उनकी आर्थिक स्थिति अन्त तक सन्तोषजनक रही।

बचपन से ही अपने पाँवों पर खड़े होने की विवशता और लम्बे समय तक किये कठिन संघर्षों ने उन्हें अपूर्व दृढ़ता प्रदान की थी। वे स्वयं-निर्मित व्यक्ति थे और एक बार निर्णय कर लेने पर उससे डिगते नहीं थे। उस मनस्वी विद्वान् को अपनी विकास-यात्रा में जहाँ महामना मालवीय, डॉ. भगवानदास, श्री श्रीप्रकाश, आचार्य महावीरप्रसाद द्विवेदी, आचार्य रामचन्द्र शुक्ल, डॉ. श्यामसुन्दर दास, राजर्षि पुरुषोत्तमदास टण्डन आदि का स्नेह-सहयोग प्राप्त हुआ था वहीं बहुतों का विरोध-विश्वासघात भी झेलना पड़ा था। दूसरी कोटि के अनुभवों की अधिकता से पीड़ित होकर वे कह उठे थे—

दुनिया के छलछिद्रों से जो ऊब उठा, मैं वह उच्छ्वास।
स्वार्थमयी मित्रों की मति से विचलित जो, मैं वह विश्वास।।

इसकी प्रतिक्रिया उनके व्यवहार में भी हुई थी। वे न तो जल्दी किसी पर भरोसा करते थे, न किसी को अपने मन की बात सहज में बताते थे। कुछ काम-काज की अधिकता, कुछ मर्यादा-बोध, कुछ अकेले रहने के अभ्यास के कारण वे समाज में ज्यादा घुलते-मिलते नहीं थे। कठोरता के इस बाह्य आचरण के भीतर उनका भावुक कवि-मन करुणा, कोमलता, प्रीति और भक्ति से ओत-प्रोत था। इसके प्रमाण उनकी रचनाओं में भी हैं और उनके व्यवहार में भी।

बचपन में माता-पिता के वात्सल्य से वंचित हो जाने की पीड़ा उन्हें बराबर सालती रही। अपनी कविता-पुस्तक 'मालिनी-मन्दिर' उन्होंने अपनी माँ को समर्पित की है। उस छोटे-से समर्पण-लेख में उनकी आन्तरिक भावुकता की मार्मिक अभिव्यक्ति हुई है। 'समर्पण' के अन्त की कविता-पंक्तियाँ हैं—

स्पन्दित करें तुम्हारा अंचल, माँ! मेरे प्राणों के गीत।
इन श्वासों को—उन श्वासों ने कभी किया था जहाँ पुनीत।।

अपने माता-पिता का श्राद्ध भी वे बहुत लगन और श्रद्धा से करते थे। आर्थिक कष्टग्रस्त विद्वानों और साहित्यकारों की सेवा-सहायता भी मुक्त हृदय से किया करते थे। पं. पद्मसिंह शर्मा जब अपनी पुस्तकों के प्रकाशनार्थ कलकत्ते आये थे तो उन्होंने उन्हें अपने यहाँ ही कई महीनों तक ठहराया था। संस्कृत के विद्वानों की सार-सँभार वे बहुत आत्मीयता के साथ करते थे। कलकत्ते में ही नहीं काशी, हरिद्वार, जम्मू आदि जहाँ जाते वहाँ पण्डित-पूजन अवश्य करते थे। कलकत्ते की पण्डित-सभाओं में वे संस्कृत में धारा-प्रवाह व्याख्यान देकर विद्वानों को सांस्कृतिक गरिमा बनाये रखने की बराबर प्रेरणा दिया करते थे। पूजा के बाद स्तुति करते समय प्रायः उनकी आँखों में आँसू आ जाते थे। वे आलवन्दार स्तोत्र के श्लोकों को बहुत मीठी, करुण लय से पढ़ा करते थे। यह श्लोक उन्हें बहुत प्रिय था—

अपराधसहस्रभाजनं, पतितं भीमभवार्णवोदरे।
अगतिं शरणागतं हरे कृपया केवलमात्मसात् कुरु।।

(अर्थात् सहस्त्रों अपराध करनेवाले, भयंकर संसार-समुद्र में पड़े इस निराश्रित शरणागत को हे हरि, केवल कृपा के कारण अपना लीजिये!) उन्होंने करुणामय की केवल कृपा की ही कामना नहीं की थी, प्यार की भी याचना की थी। किन्तु उस प्यार की महिमा यह है कि जिसे उसका स्पर्श मिलता है, वह परदुःखकातर और स्वयं करुणामय हो जाता है। उन्हीं की पंक्तियाँ हैं—

अन्तर-अन्तर की पीड़ा को जो अन्तरवासी जाने।
जिससे छू गांगेय जीव ये जीवन को पावन माने।।

करुणामय ही कर देता जो, सबको बन कर हार।
वह अनुभवमय, मिले सिद्धिमय करुणामय का प्यार।।

अपने आश्रितों के सुख में वे भले शामिल न हों, दुःख में अवश्य शामिल होते थे। परीक्षा आदि में असफल हो जाने पर वे बच्चों को डाँटते-फटकारते नहीं थे, फिर से मेहनत से तैयारी करने के लिए उत्साहित करते थे। उन्होंने अपनी पहली कविता-पुस्तक का नाम 'करुण तरंगिणी' रखा था और उसकी व्याख्या करते हुए संकेत दिया था कि जगत् में व्याप्त विषमता की पीड़ा से द्रवित चित्त की ही कृति है यह। उन्हीं के शब्दों में—

निरख-निरख ऐसी अस्थिरता आयी उन्मन रंगिणी।
सहृदय ममता की आँखों से निकली करुण तरंगिणी।।

साहित्य उनकी साधना का क्षेत्र था। जीवन-संघर्ष की थकान दूर करने के लिए और नये सृजन की प्रेरणा के लिए वे उसका आश्रय ग्रहण करते थे, केवल मनोरंजन या भाषा-शैली के अलंकरण के लिए नहीं। 'कला कला के लिए है और जीवन के लिए भी' यह उनका प्रिय वाक्य था। उन्होंने कई निबन्ध भी लिखे हैं किन्तु मूलतः वे कवि थे। उनकी कविताओं में देशभक्ति, करुणा, साहस, प्रकृति-प्रेम एवं सांस्कृतिक चेतना की मार्मिक अभिव्यक्ति हुई है। द्विवेदी-युग और छायावादी युग की विशेषताएँ उनकी रचनाओं में सहज ही परिलक्षित होती हैं, फिर भी प्रधानता द्विवेदी-युगीन मनोभावों की ही है।

'घायल कोकिल' नामक अपनी एक कविता में अन्योक्ति की शैली पर भारत को 'बाग' के रूप में और अपने को 'घायल कोकिल' के रूप में प्रस्तुत करते हुए देश की पीड़ा को उन्होंने इन शब्दों में प्रकट किया था—

दिन बीत गये गिनते कितने, नहीं आयी बहार यहाँ फिर से।
यह बाग जो सूना हुआ सो हुआ, पनपा, न फला, न सजा चिर से।।
उन व्याधों की टोली से लुण्ठित हो, इसके तरुवृन्द रहे गिर-से।
यह 'घायल कोकिल' देख रहा, युग-नैन हुए अब अस्थिर-से।।

सवैया छन्द में लिखी इस कविता का समापन किन्तु आँसुओं से सिंची आशा में हुआ है, निराशा में नहीं—

इन दीनों की आह दयामय के दरदी श्रवणों में पड़ेगी कभी।
इन आँसुओं से सिंची भूमि में हाँ, वह प्यारी बहार फिरेगी कभी।।

'सुप्त बीजों का जागरण' उनकी एक प्रभावशाली कविता है। भूमि के नीचे दबे बीज जिस तरह अमृत-जल पाकर सारी बाधाओं को अमान्य कर सिर उठाकर खड़े हो जाते हैं, उसी तरह मनस्वी व्यक्ति भी बाधाओं को पछाड़कर साहसपूर्वक ऊपर उठा करते हैं—

भूमि में सुप्त यहाँ पर हम थे
सदा मँडराते ऊपर गम थे
उन्नति के आसार बहुत कम थे
फिर भी साहस से सिर आज उठाते हैं।
अमृत-जल पाते ही अमर बन आते हैं।।

उनकी कविताओं में मर्यादित प्रेम की शिष्ट झलक भी है। 'उनकी सुधि', 'सखि हे कल्पना-लोक की', 'प्रवासी के उद्‌गार' जैसी कविताओं में प्रीति की कसक विद्यमान है। 'उनकी सुधि' की आरम्भिक पंक्तियाँ हैं—

मोहक भाव भरी
कान्ति सुधा सरसी
तत्क्षण तृप्तिकरी
मूर्ति दिखी जिनकी।
आयी सुधि उनकी।।

किन्तु 'लालसा लोक की' वृत्ति पर नियन्त्रण रखनेवाला 'विराग' भी उन्हें प्रिय था। तभी उन्होंने लिखा था—

मेरा प्रिय विराग वह आया।
सरल, विमल, निस्पृह हितकारी
सुहृद नयन भर आया।

उसका प्रकृति-प्रेम अद्‌भुत था। तरुणाई में ही काशी के निकट बदेवली गाँव में अपने स्नेह-भाजनों के निकट वे कई-कई दिनों तक रहते और वहाँ की ग्रामीण शोभा का आनन्द लेते। कलकत्ते में उनका एक बहुत प्रिय स्थल था 'एग्रीकल्चरल ऐण्ड हार्टिकल्चरल सोसाइटी' का उद्यान जिसकी वार्षिक पुष्प-प्रदर्शनी में वे अवश्य जाया करते थे, हम लोगों को भी ले जाते थे। उसके अंग्रेज अधिकारी श्रीलंकास्टर से उनका स्नेह-सद्‌भाव था। फूलों, पेड़-पौधों की उनकी जानकारी विस्तृत थी। उन्होंने अपने घर में भी फूलों के कुछ गमले रखे थे। कलकत्ते में ही अपनी एक जमीन में उन्होंने अपने शौक की एक छोटी-सी बगिया ही लगा रखी थी, जिसमें अनेक प्रकार के देशी-विदेशी फूलों के पौधे तो थे ही, बहुत-सी जड़ी-बूटियाँ भी थीं। वे साहित्य के साथ-ही-साथ आयुर्वेद और ज्योतिष के भी अच्छे ज्ञाता थे। उन्होंने आयुर्वेदशास्त्री की उपाधि प्राप्त की थी और बंगाल सरकार से मान्यताप्राप्त रजिस्टर्ड कविराज (वैद्य) भी थे। बँगला में कविराज का अर्थ वैद्य भी होता है। इस तरह वे साहित्य और आयुर्वेद दोनों की दृष्टि से कविराज थे। जीवन के शेष भाग में वे कलकत्ते के निकटस्थ बाँसधुनी अंचल में खेती करवाना चाहते थे किन्तु उसमें उन्हें विशेष सफलता नहीं मिल पायी।

हाँ तो मैं कह रहा था कि वे सच्चे प्रकृति-प्रेमी थे। जीवन के अनुरूप ही काव्य में भी इस प्रवृत्ति का कलात्मक प्रतिफलन हुआ था। उनकी एक कविता-पुस्तक ही है 'मालिनी-मन्दिर या फूलों की दुनिया'। इस पुस्तक में देशी-विदेशी अनेक फूलों पर उनकी रम्य कविताएँ संगृहीत हैं। उनकी एक विशेषता यह भी है कि उन्होंने विदेशी फूलों के नामों की ध्वनि के अनुरूप उनके भारतीय नाम भी रखे हैं, उदाहरण के लिए, वे ऐण्टीकोना को अन्तिकोण, आइपोनिया को आपपुण्या, डालिया को दलीय कुसुम, भारविना को वरवीणा, आष्टर को आस्तर कहा करते थे। यह कविता-पुस्तक हिन्दी साहित्य में अपनी तरह की अकेली ही है। पुष्पों अर्थात् 'वनदेवी के नयनों' को पुष्पांजलि अर्पित करते हुए उन्होंने लिखा था—

फूलों से फूला यह मानस, लहरें करती हैं हलचल।
हंस हर्षमय हो गुण गायें, मोती दें जयमाल विमल।।
हृदय-नयन ये प्रणत प्रणय से, सुमनों के प्रति पल-पल पर।
इन सुरभित गीतों की है यह पुष्पांजलि प्रिय पुष्पों पर।।

इस पुस्तक में तुलसीदल, बिल्वपत्र, धतूरा, केवड़ा आदि पर रचित कविताओं में उनकी सांस्कृतिक चेतना उभरकर आयी है तो 'पुलकित बेला', 'चकित चमेली', 'जूही जरा जगी है', 'गुलाब की माला' जैसी कविताओं में उनकी भावुक स्वच्छन्दता झलकी है। तुलसीदल की वन्दना जहाँ एक ओर वे,

ग्राम-हवा को शोधित करते, हरते मादकता का दोष।
विविध चिकित्सा में तुम चलते पूजा में देते सन्तोष।।

कहकर करते थे, वहीं दूसरी ओर उसकी पापहारी पावनता के लिए भी करते थे—

सत्यदेव-प्रिय, मूर्त सत्य है, हे शिव, हे सुन्दर, निर्मल!
धन्य धन्य प्रिय कथा तुम्हारी, धन्य धन्य तुम तुलसीदल!

फूलों को देखकर प्रेम की भावना का जागना स्वाभाविक ही है। 'पुलकित बेला' की रुचिर हृदयहारी चन्द्र-सी तृप्तिकारी छवि को देखकर वे कह उठे थे—

नवल रुचिर 'तारा' तीर से छू गया सा।
उस सरस हवा की साँस को पी गया सा।।
मृदुल हृदय-प्रेमी देख माधुर्य बेला।
मधुमय अलबेला आज बेला खिला है।।

जब वे देखते थे कि 'हर डाल में हर हाल में है हँस रही गुल चाँदनी' और 'प्रिय स्पर्श, रूप, सौरभ/तप-पुंज प्राप्त वैभव/ वह दिव्य देविका-सी/ जूही जरा जगी है' तो उन्हें लगता था कि अपने जीवन को विकसित, सुरभित, मधुमय बनाने का वरदान पुष्पों से ही माँगना चाहिए। इसलिए उन्हें सम्बोधित करते हुए उन्होंने कहा था—

निर्मलता के ललित केन्द्र हे, संजीवन वह जीवन दो!
हे माधुर्य-निधान प्राणप्रिय, मुझे मधुर मधु-सा मन दो!

जिस प्रकार ज्ञान के क्षेत्र में ज्ञान-पिपासु भारतीय चित्त देश-विदेश की सीमाओं का अतिक्रमण कर कह उठा था। 'आनो भद्राः क्रतवो यन्तु विश्वतः' (सब दिशाओं से मिले शुभ ज्ञान), उसी प्रकार शोभा, सुन्दरता के क्षेत्र में भी ये सीमाएँ प्रेमी-हृदय को बाँध नहीं पातीं। आष्टर (आस्तर) की शोभा पर रीझकर उन्होंने लिखा था—

तुम अरुण, नील, प्रिय सित हो।
तुम तरुणी के 'विहसित' हो।।
तुम प्यारे लगते श्री-से।
हे परदेशी ! देशी-से।

जब परदेशी 'देशी' के सदृश प्रिय लग सकता है, तो उससे सद्गुणों की याचना भी की जा सकती है। विदेशी 'आइपोनिया' को अपनाते समय उसे उन्होंने 'आयपुण्या' की संज्ञा देकर उससे प्रार्थना की थी :

आयपुण्ये! आलि! छविमयि! नित्य नूतन 'राग' दो!
सखि ! निरन्तर फूलने का हृदय को वरदान दो!

किन्तु फूल खिलते हैं तो मुरझाते भी हैं। 'हमें प्रिय फूले-फूले फूल, सदा जो सौरभ दें अनुकूल', कहना ही फूलों के प्रति सच्चे प्रेम का प्रमाण देना नहीं है। 'मुरझी माला' और 'सूखे हुए फूल' शीर्षक कविताओं में व्यक्त समवेदना यदि पुष्प-प्रेमी हृदय की करुण व्यथा को उजागर करती है तो 'मातृभूमि का परम प्रेम मधु' धारण करनेवाले सूखकर झरे फूलों के प्रति अर्पित यह श्रद्धांजलि उस हृदय की आस्थायुक्त प्रणति-सी लगती है :

परम मनस्वी, सदा समुन्नत, कठिन तपस्या से सूखे।
लीन हुए पृथ्वी में प्यारे उचित मान के ये भूखे।।
कष्ट-सहिष्णु, आत्म-बलिदाता, ये हैं अनुपम प्रकृति रचे।
सकल लोकहित, निज सुखत्यागी, मंगलमय गुण रत्न खचे।।

इन पंक्तियों में वर्णित फूलों के बहुत-से गुण बाबू जी में भी थे। जीवन के उत्तरार्द्ध में वे आर्थिक कष्टों से मुक्त हो गये थे किन्तु तब भी कर्मठतापूर्वक लोकहितकर कार्यों में लगे रहते थे। अपनी मान्यताओं पर दृढ़ रहकर उनकी सिद्धि के लिए कष्ट-वरण करने से वे कभी नहीं सकुचाये। धार्मिकता को वे भारतीयता का अभिन्न अंग मानते थे। इसीलिए बढ़ती हुई नास्तिकता और धर्म के प्रति अनास्था से वे क्षुब्ध रहते थे। 'गो-रक्षा' उनके जीवन का बड़ा व्रत था। जब तक वे जीवित रहे, घर में दो-तीन गायें बराबर रहीं। स्वामी करपात्री जी एवं कृष्ण बोधाश्रम जी के नेतृत्व में गो-रक्षा के आन्दोलन में अंश ग्रहण करने के लिए 1947-48 में वे दिल्ली भी गये थे और उसके

लिए कारा-वरण भी किया था। 'गो अवध्य है, गो अवध्य है, यह उद्घोषण हो' शीर्षक उनकी कविता आन्दोलनकारियों में बहुत लोकप्रिय हुई थी और बाद में 'कल्याण' में प्रकाशित भी हुई थी।

पिता अपनी सन्तानों के माध्यम से अपनी अपूर्ण कामनाओं को पूर्ण करना भी चाहता है। उनकी इच्छा थी कि मैं 'वनस्पति-विज्ञानी' बनूँ पर बी. एस-सी. करने के बाद विज्ञान से मेरा मन विद्रोह कर बैठा। फिर वे चाहते थे कि मैं 'ऐडवोकेट' बनूँ, मैंने एल-एल. बी. की परीक्षा पास तो की किन्तु कानूनी पेशे की ओर भी मेरी प्रवृत्ति नहीं हुई। भगवान् की कृपा से मैं हिन्दी साहित्य का प्राध्यापक नियुक्त हुआ कलकत्ता विश्वविद्यालय में। उन्होंने सम्पूर्ण हृदय से मुझे आशीर्वाद दिया। वे स्वयं काशी हिन्दू विश्वविद्यालय एवं काशी विद्यापीठ में प्राध्यापक रह चुके थे। यह हम लोगों की वंशगत वृत्ति थी। बाबू जी उसके सुख-दुःख दोनों के जानकार थे। उन्होंने यही कहा था मुझसे कि परिश्रमपूर्वक तैयारी करके पढ़ाओगे तो तुम्हें कभी कोई असुविधा नहीं होगी। मुझे परिश्रम करना ही पड़ता था। एम. ए. पास करने के तुरन्त बाद एम. ए. की कक्षाएँ लेना आसान काम नहीं था। मैं रात-दिन कक्षा के व्याख्यानों की तैयारी में जुटा रहता। बाबू जी के कमरे की बगल में ही मेरा कमरा था। वे देखते, उन्हें लगता कि अधिक परिश्रम के कारण मैं बीमार हो सकता हूँ। पर उन्होंने मुझे कुछ नहीं कहा, मेरे तत्कालीन विभागाध्यक्ष डॉ. सत्येन्द्र से अनुरोध किया कि स्वास्थ्य ठीक रखने के लिए अधिक परिश्रम करने से मुझे मना कर दें। जब डॉ. सत्येन्द्र ने मुझसे कहा कि तुम्हारे पिता जी मुझसे यह कह रहे थे तो मुझे लगा कि बाबू जी का वात्सल्य कितना मृदुल है।

बड़े हो जाने पर मैंने एक-दो बार उनसे बहस करने की भी धृष्टता की थी। मैं 'सनातन' का अर्थ सिर्फ 'पुरातन' न स्वीकार कर ऐसी अविच्छिन्न परम्परा मानता था, और हूँ, जो अपने को नित्य नूतन करती चलती है। इस दृष्टि से आधुनिकता के कई गुणों को आत्मसात् करना भारतीय संस्कृति के लिए अनिवार्य मानता हूँ। हम दोनों एक-दूसरे की स्थिति को समझते थे और असहमत होने के लिए सहमत थे। मूल्य चुकाकर पाया गया विश्वास मतभेद के बावजूद समादर की सृष्टि करता है, यह बात हम दोनों पर भी लागू थी।

बाबू जी का स्वास्थ्य किसी के लिए भी ईर्ष्या का विषय हो सकता था। वे काफी तेज चलते थे और उनके साथ बने रहने के लिए हम लोगों को अतिरिक्त प्रयास करना पड़ता था। नियमित व्यायाम, सदाचार और युक्त आहार-विहार के फलस्वरूप उनका शरीर जैसा कसा हुआ था, वैसा ही तेजोमय था उनका मुख-मण्डल। वर्षों के बाद वे बीमार पड़े 1955 के मार्च में और फिर उठ नहीं सके। बीमारी की स्थिति में उनकी सेवा करते समय मैं उनसे उनके प्रिय श्लोक सुना करता था। वे महाकवि क्षेमेन्द्र के इस श्लोक को अपनी आराम-कुर्सी कहा करते थे :

परिभ्रमसि किं मुधा क्वचन चित्त विश्राम्यतां
स्वयं भवति यद्यथा भवति तत्तथा नान्यथा।
अतीतमननुस्मरन्नपि च भाव्यसंकल्पयन्
अतर्कितगमागमाननुभवामि भोगानहम् ।।

(अर्थात् ओ रे चित्त, क्यों व्यर्थ इधर-उधर चक्कर काटता फिरता है, कभी तो विश्राम कर। भली-भाँति समझ ले, जैसा स्वयमेव होता है, वैसा ही होता है, अन्यथा नहीं होता। अतीत को बिना सोचे, भविष्य का संकल्प किये बिना, अतर्कित रूप से आने-जानेवाले भोगों का मैं अनुभव करता रहता हूँ।) मानसिक शान्ति के लिए ऐसी स्थिति सचमुच लाभदायक है, पर ऐसी मानसिकता की रचना कितनी कठिन है? एक हद तक ही बाबू जी इस मानसिकता का विकास कर पाये थे।

कुल पचपन वर्ष की अवस्था में 27-10-55 को वे स्वर्गवासी हुए। बहुत-कुछ करने, लिखने की आकांक्षा थी उनके मन में, वे पारिवारिक कार्यों से निवृत्त होने की योजना भी बना रहे थे। पर उसके पहले ही मृत्यु ने उन्हें जगत् से ही निवृत्त कर दिया। उन्हीं की पंक्तियाँ याद आ रही हैं :

भरी हुई हैं बड़ी हसरतें मन में, नहीं ठिकाना है।
किन्तु न जाने कब किसने हा! कहाँ यहाँ मर जाना है।।

तो क्या मरण के आगे जीवन लाचार है? मरण की भीति को काटकर भी जीना सम्भव है, यदि हम यह समझ लें, कि केवल शरीर से जीना ही जीना नहीं है। बड़े उद्देश्यों के प्रति समर्पित जीवन अपने मन की दुर्बलताओं पर नियन्त्रण रखकर कर्मठ भाव से जीता है। उसके लक्ष्य की पूर्ति के मध्य मृत्यु आतंक बनकर नहीं आती, वह तो उसके स्वागत की तैयारी अपने आचरण द्वारा करता ही रहता है और इसीलिए शरीर के शान्त हो जाने पर भी वह जन-मन में जीता रहता है।

उनकी ये पंक्तियाँ वस्तुतः प्रेरणामय हैं :

जीना हो, इस मन की रखवारी;
जीना हो, मरने की तैयारी।
जीना हो, नित कर्मठता-भीना;
जीना हो, बस जन-मन में जीना।।

वाग्मी विद्वत्ता की साकार मूर्ति
देवेन्द्रनाथ शर्मा

हमारी संस्कृति की मान्यता है कि युद्ध करते-करते मृत्यु का वरण करनेवाले योद्धा को वीरगति प्राप्त होती है। इसी न्याय से व्याख्यान देते-देते 'ब्रेन हैमरेज' के घातक वार को झेलकर संज्ञाशून्य हुए एवं कुछ घण्टों बाद ही दिवंगत हो गये आचार्य देवेन्द्रनाथ शर्मा की मृत्यु को भी विद्वद्वीरगति से मिलती-जुलती किसी संज्ञा से सम्बोधित करना मैं उपयुक्त मानता हूँ। भले वे ईशावास्योपनिषद् की मंगल कामना के अनुसार सौ वर्षों तक जीवित न रह पाये हों किन्तु आजीवन सारस्वत-कर्म करते हुए ही वे जिये और मरे। एक-एक मिनट का सदुपयोग करने की उनकी कला का मैं कायल रहा हूँ। मैंने देखा कि भुवनेश्वर स्टेशन के वेटिंग रूम में बैठे-बैठे भी वे अपनी पुस्तक का प्रूफ देख रहे थे। ऐसी ही थी उनकी कर्मनिष्ठा और इसी की प्रेरणा वे अपने-स्नेह-भाजनों को भी देते रहते थे। 5 या 6 जनवरी को मुझे उनका 1-1-91 का पत्र मिला था जिसमें उन्होंने लिखा था—"अभी शैक्षिक, राजनैतिक क्या सक्रियता है? आप तो कर्मठ तथा कार्य-निरत रहनेवाले व्यक्ति हैं। सारस्वत-साधना चलती रहनी चाहिए क्योंकि 'अहरहः विद्यामुपासीत'।" उनके तेजस्वी जीवन का शीघ्र ही पटाक्षेप होनेवाला है, इसका अनुमान मैं उस समय कैसे कर सकता था, खासकर तब जबकि उन्होंने उसी पत्र में इस वर्ष तुलसी जयन्ती पर कलकत्ते आने का आश्वासन भी दिया हो। 18 जनवरी को जब मैंने उनकी आकस्मिक मृत्यु का पीड़ादायक समाचार सुना तो उसी पत्र में लिखी उनकी यह पंक्ति कौंध कर मुझे और कातर बना गयी, "जीवन में जिन लोगों से स्नेह मिला उनमें आप अन्यतम हैं।" दाता होते हुए भी छोटों का मान रखने के लिए वे ग्रहीता की भूमिका में आ जाते थे, यह पंक्ति इसी सत्य की निर्देशिका है। मेरी आँखों के सामने उमड़ते आ रहे हैं वे प्रसंग जिनके कारण मैं उनका अधिकाधिक स्नेह-भाजन बनता चला गया था।

विद्वत्ता के साथ वाग्मिता का योग दुर्लभ है। प्रचलित धारणा है कि प्राध्या-पकगण अच्छे वक्ता भी होते हैं। सच्चाई यह है कि जिस तरह अधिकांश व्यक्ति स्नानागार में गुनगुना लेते हैं उसी तरह अधिकांश प्राध्यापक अपनी कक्षाओं में तैयार किये हुए

विषयों पर बोल लेते हैं। सामान्य प्राध्यापकों की ही नहीं, बहुत से विद्वानों की भी घिग्घी बँध जाती है विद्वत्-गोष्ठियों में बोलते समय। इसके विपरीत बहुत-से ऐसे सभा-चतुर भी होते हैं जो धड़ल्ले से बोलने की अपनी क्षमता के कारण अपनी साधारण जानकारी को भी सामान्य श्रोताओं से भुनाने में सफल होते हैं, भले ही विद्वज्जन उनकी शब्द-झरी वाग्वैखरी से प्रभावित न होते हों। अपने वैदुष्य और वक्तृत्व दोनों से विज्ञ श्रोताओं को भी तृप्त करनेवाले प्राध्यापक बिरले ही होते हैं। आचार्य देवेन्द्रनाथ शर्मा के इसी वैशिष्ट्य ने अपनी पहली ही छाप मुझ पर इतनी गहरी छोड़ी कि मैं उनका वशंवद हो गया। एक से दस अक्टूबर 1961 तक दिल्ली में अखिल भारतीय हिन्दी प्राध्यापक संगोष्ठी हुई थी। उसमें शर्मा जी विद्यापति पर बोले थे। हिन्दी के शीर्षस्थ विद्वानों के बीच पूर्ण अधिकार और मर्यादा के साथ शर्मा जी ने अपना वक्तव्य प्रस्तुत किया था। उन दिनों वे बिहार विश्वविद्यालय के हिन्दी-विभागाध्यक्ष थे। यह असन्दिग्ध रूप से कहा जा सकता है कि उस गोष्ठी में बिहार के गौरव को शर्मा जी ने ही प्रतिष्ठित किया था। हम लोगों को एक ही आवास में ठहराया गया था। अतः उनसे मेरा परिचय तो हो गया था किन्तु अन्तरंगता होने में अभी देर थी।

उसी वर्ष दिसम्बर के अन्तिम सप्ताह में कलकत्ते में भारतीय हिन्दी परिषद् का अधिवेशन हुआ। कलकत्ता विश्वविद्यालय के हिन्दी-विभागाध्यक्ष श्रद्धेय कल्याण मल जी लोढ़ा ने मुझे उसकी स्वागत-समिति का प्रबन्ध-मन्त्री मनोनीत किया था। उस अधिवेशन में शर्मा जी सपत्नीक पधारे थे। हम लोगों ने उन्हें अच्छी जगह ठहराया था। अधिवेशन की प्रबन्ध-व्यवस्था से शर्मा जी तथा अन्य विद्वान् भी सन्तुष्ट होकर लौटे। लोढ़ा जी तो शर्मा जी के अभिन्न-हृदय मित्र बन ही गये, मेरे प्रति भी शर्मा जी का सद्भाव बढ़ा। उस अधिवेशन की कई गोष्ठियों में भी शर्मा जी के प्रभावशाली व्याख्यान हुए। उनके प्रति मेरा आदर-भाव और बढ़ा किन्तु उस रेल-पेल में इतना समय ही नहीं था कि जमकर उनसे बातचीत कर पाता।

हम लोगों में वास्तविक हृद्यता हुई अगस्त 1964 की केरल-यात्रा में। चन्द्रहासन जी ने एरणाकुलम् में सप्ताह-व्यापी अखिल भारतीय हिन्दी संगोष्ठी का आयोजन किया था। शर्मा जी, लोढ़ा जी और मैं, हम तीनों कलकत्ते से साथ-साथ ही वहाँ गये थे। उसी यात्रा में वे मेरे बड़े भाई बन गये। इस सम्बन्ध को बँगला का स्पर्श देकर मैं उन्हें 'दादा' पुकारने लगा और वे स्नेहपूर्वक मुझे 'भैया जी' कहने लगे। असल में लोढ़ा जी मुझे प्रेम से 'भैया जी' कहा करते थे। अतः मैं शर्मा जी के लिए 'भैया जी' हो गया। यह पूरी यात्रा रसमयी रही। एरणाकुलम् की गोष्ठी में हम तीनों के व्याख्यानों को सुयश मिला। चन्द्रहासन जी और विश्वनाथ अय्यर जी ने हम लोगों को बहुत स्नेह-सम्मान दिया। तिरुअनन्तपुरम् और कन्याकुमारी के मन्दिरों में दर्शन करने के लिए केवल धोती पहनकर ही भीतर जाया जा सकता है। मुझे तो इसमें कोई असुविधा नहीं

हुई किन्तु लोढ़ा जी और शर्मा जी दोनों को यह प्रथा थोड़ी अटपटी लगी थी। असल में लोढ़ा जी की तरह शर्मा जी भी राजसी रुचि के थे। आवास-व्यवस्था, वेश-भूषा, भोजन, यात्रा इन सब में एक विशिष्ट स्तर का निर्वाह लोढ़ा जी के सदृश उनके लिए अनिवार्य था। हिन्दी के प्राध्यापकों में इतने सजे-धजे, चुस्त-दुरुस्त, व्यवस्था-पटु और व्यवस्था-प्रिय व्यक्ति कम ही पाये जाते हैं। स्वभावतः लोढ़ा जी और शर्मा जी में गहरा सौहार्द था। मुझे दोनों का आन्तरिक स्नेह मिला, यह मेरा परम सौभाग्य है।

उस यात्रा से लौटकर मैंने कृतज्ञता ज्ञापित करते हुए उन्हें पत्र लिखा था। तुरन्त उनका उत्तर आया, "वस्तुतः केरल की यात्रा के आनन्द का श्रेय बहुत-कुछ आपको ही है। आप ऐसे आनन्द-मूर्ति हैं कि जहाँ रहेंगे, वहीं आनन्द बिखेरते रहेंगे।" छोटों को श्रेय देकर ही आगे बढ़ाया जाता है। शर्मा जी का वही बड़प्पन इन पंक्तियों में झलक रहा है।

शर्मा जी की प्रबल इच्छा थी कि मैं शीघ्रातिशीघ्र शोध-कार्य पूरा कर डॉक्टर बन जाऊँ। मेरा स्वभाव ऐसा विचित्र है कि एक छोटा-सा लेख लिखने के लिए भी मैं पुस्तक लिखने जैसी तैयारी करता हूँ। अतः शोध-प्रबन्ध को 'परिपूर्ण' बनाने के फेर में मैं सामग्री-संकलन, टिप्पण-लेखन आदि में ही कई वर्ष बिता चुका था। शर्मा जी मेरी इस प्रवृत्ति से अप्रसन्न थे। उन्हें लगता था कि आज की प्रतिस्पर्द्धा के युग में पहले डॉक्टरेट पा लेनी चाहिए और फिर शोध-प्रबन्ध को 'परिपूर्ण' बनाते रहना चाहिए। उन्होंने मुझसे तगादे-पर-तगादे किये, लोढ़ा जी को भी लिखा। 23-10-64 का पत्रांश उद्धृत करने का लोभ संवरण नहीं कर पा रहा हूँ। "हाँ, मैंने भाई लोढ़ा जी के पत्र में आपके शोध की जिज्ञासा की थी। 1965 में आपको डॉक्टर होना ही है। काली-पूजा की धूमधाम तो बीत गयी, अब आप सरस्वती-पूजा में सर्वात्मना लग लायें और जैसा मैंने कहा था, प्रत्येक पक्ष की प्रगति की सूचना मुझे भेज दिया करें। मैं बड़ी उत्सुकता से उसकी प्रतीक्षा करूँगा। लगन से ही कोई काम होता है और इसे कर लेना ही नहीं, अविलम्ब कर लेना आवश्यक है।" पर 1965 बीत गया और मेरा शोध-कार्य पूरा नहीं हुआ। 1-1-66 को नव वर्ष की मंगलकामनाएँ भेजते हुए उन्होंने लिखा, "आपको डॉक्टर कहकर सम्बोधन करने की मेरी कामना कब पूरी होगी? 65 तो निकल गया। इस नव वर्ष में तो उसे पूरी कीजिये।" 1966-67 भी निकल गये और मेरा शोध-कार्य जहाँ-का-तहाँ ही रह गया। अपार धैर्य के साथ शर्मा जी ने 68 की मंगल कामना देते हुए लिखा, "आप इस वर्ष पी-एच.डी. कर लें। थोड़े संकल्प की आवश्यकता है। 'दादा' की बात न टालिये।" 68, 69, 70 भी निकल गये। शर्मा जी ने अब भी हार नहीं मानी । 1971 के लिए फिर लिखा उन्होंने, "आप स्वस्थ, प्रसन्न रहकर इस वर्ष में डाक्टरेट कर लें, इसकी प्रेरणा परमात्मा आपके हृदय में भर दें। और प्रपंचों के बीच एक यह कार्य भी सिद्ध हो जाता तो आपके 'दादा' की इच्छा

पूरी हो जाती।'' लेकिन मैं ऐसा निकम्मा निकला कि दादा की इच्छा पूरी नहीं कर सका।

उनकी स्नेह-भरी आँखों में मैं बहुत-से डॉक्टरों से अधिक योग्य था लेकिन उन्हें यह भी लगता था कि प्रोन्नति आदि के प्रश्न पर योग्यता की जाँच उपाधियों के आधार पर भी की जाती है। उसके चलते मेरा अनिष्ट न हो, इसकी उन्हें आन्तरिक चिन्ता थी। एक बार वे कलकत्ते आये हुए थे। गपशप के दौरान उन्होंने मुझसे कहा, 'भैया जी, आपने राम-साहित्य पर इतना काम किया है तो सीता जी वाली वह कहानी भी पढ़ी होगी।'' मैं ठीक समझा नहीं, मैंने पूछा, ''कौन-सी कहानी दादा?'' वे बोले, ''सीता जी जब किष्किन्धा गयीं तो उनकी सुन्दरता की धूम मच गयी बन्दरियों के बीच। कोई उनके कमल-मुख की प्रशंसा करती, कोई उनकी नासिका की, कोई उनके पतले बिम्ब-फल के सदृश अरुण अधरों के गुण गाती, कोई उनके कमल-सदृश नेत्रों के ! एक वृद्धा वानरी आयी, वह उन लोगों की बातें सुनकर तन गयी, बोली, हाँ-हाँ, ये सब अंग होंगे ऐसे किन्तु बताओ उनके पूँछ भी है? सब को स्वीकार करना पड़ा कि हाँ, उनके पूँछ तो नहीं है। इस पर वह तमककर बोली, पुच्छ के बिना ये सब अंग तुच्छ हैं।'' जबर्दस्त कहकहों के बीच दादा ने यह श्लोक सुनाया :

अहो सुरम्यं वदनारविन्दं सुनासिका बिम्बफलाधरोष्ठम् ।
प्रफुल्लपद्मायतलोचनायाः पुच्छं बिना तुच्छमिदं हि सर्वम् ।।

और फिर कहा, ''भैया जी समझ लीजिये, आप जितने भी विद्वान् हों, जितना अच्छा बोलते हों लेकिन यदि पी-एच.डी., डी. लिट. की पूँछ नहीं लगी है तो वह सब तुच्छ है।'' उनकी यह हार्दिक हितेच्छा केवल मेरे प्रति थी, ऐसा भी नहीं था। जिसको वे अपना मान लेते थे उसके अभ्युदय के प्रति वे सचेष्ट रहा करते थे। उन्होंने ही मुझे बताया था कि उन्होंने अपने तमाम सहयोगियों और योग्य शिष्यों को डॉक्टर बनवा दिया, केवल मेरे ही क्षेत्र में वे सफल-मनोरथ नहीं हो सके। ऐसा भी नहीं है कि मैंने प्रयास न किया हो, पर जो नहीं होना होता है, वह नहीं ही होता है।

प्रभु-कृपा से मेरे निबन्ध श्रेष्ठ पत्र-पत्रिकाओं में प्रकाशित होते रहे, तीन ग्रन्थ पुरस्कृत भी हुए। दादा इससे प्रसन्न तो होते थे और मुझे शाबाशी भी देते थे किन्तु शोध-कार्य न करने के कारण क्षुब्ध भी होते थे। जब मैं रीडर बना तो वे कुछ आश्वस्त हुए। उनका स्नेह-भरा पत्र आया, ''यह जानकर प्रसन्नता हुई कि आपका नाम रीडर के पद के लिए अनुशंसित हुआ है। आशा है, अब तक नियुक्ति भी हो गयी होगी। मेरी हार्दिक बधाई! यह तो पहले ही हो जाना चाहिए था। हमारे यहाँ प्राप्य भी विलम्ब से मिलता है। ऐसे ही मौकों के लिए फारसी की कहावत सही उतरती है—देर आयद दुरुस्त आयद।'' पटना विश्वविद्यालय के कुलपति का कठिन उत्तरदायित्व झेलते हुए भी वे मेरे प्रति अपने अनुराग को आत्मीयता-भरी भाषा में व्यक्त करने से नहीं चूके

थे। किन्तु चिन्ता-मुक्त वे तभी हो पाये थे जब मेरी प्रोन्नति प्रोफेसर-पद पर हो गयी। अपने हृदय का स्नेह उड़ेलते हुए उन्होंने लिखा, 'प्रोफेसर-पद पर आपके अभिषिक्त होने के समाचार से कितना आह्लाद हुआ, नहीं कह सकता। मेरी बहुत दिनों की इच्छा पूरी हुई। मुझे विश्वास है कि आपके सुयोग्य निर्देशन में कलकत्ता विश्वविद्यालय का हिन्दी विभाग अपनी अस्मिता को आगे बढ़ायेगा। मेरी हार्दिक बधाइयाँ और आपकी सफलता, यशस्विता के लिए अमित आशीर्वाद तथा शुभकामनाएँ!''

कलकत्ते से शर्मा जी का घनिष्ठ सम्बन्ध रहा है। कलकत्ता विश्वविद्यालय के हिन्दी-विभाग से तो वे कई हैसियतों से जुड़े हुए थे ही, भारतीय संस्कृति संसद, भारतीय भाषा परिषद् आदि संस्थाओं के द्वारा भी वे आमन्त्रित होते रहते थे। वे जब भी कलकत्ते आते मुझे बुलवाते और विविध विषयों पर गपशप करते। वे प्रायः लोढ़ा जी के घर ठहरते थे, एक बार अनुग्रहपूर्वक मेरे यहाँ भी ठहरे थे। उन्होंने अपने एक पत्र में लिखा था, ''कलकत्ते ने स्नेह-पाश में बाँध लिया है। आपको पाकर वह 'मोह-फाँस' हो गया है।'' मैं भी पटना जाता तो जरूर उनसे मिलने जाता। भाभी जी भी मेरे ऊपर बहुत सदय रही हैं। एक बार पटना एक ही दिन के लिए गया था, काम-काज में ऐसा उलझा रहा कि शर्मा जी के दर्शनार्थ नहीं जा सका। शर्मा जी को पता लगा तो उन्होंने उलाहना-भरा पत्र लिखा, ''आप पिछली बार यहाँ आये और मेरे घर नहीं आ पाये, इसका मुझे तो खेद रहा ही, मुझसे अधिक आपकी भाभी जी को रहा। ऐसी आपाधापी रही?'' सौ प्रशंसाएँ एक तरफ और यह उलाहना एक तरफ। इसके बाद मैंने उन्हें कभी उलाहने का मौका नहीं दिया। देवेन्द्रनाथ जी का स्नेह मुझे बड़े भाई के रूप में मिला, यह तो मेरा सौभाग्य है ही, उससे भी बड़ा सौभाग्य मैं इसे मानता हूँ कि भाभी जी ने भी मुझे प्रीति-भाजन स्वजन के रूप में स्वीकार कर लिया। हर बार जब भी वे मिलतीं—चाहे पटने में या कलकत्ते में—सहज आत्मीयता से वे मेरे पूरे परिवार की कुशल-वार्त्ता पूछतीं और मंगल कामना करतीं। वे ही देवेन्द्रनाथ जी की शक्ति का स्रोत थीं। घर की सारी जिम्मेदारी उनको सौंप कर दादा साहित्य और देश की समस्याओं को सुलझाने में लगे रहते। आज उनके एकाकी मन की व्यथा की कल्पना कर ही मन सिहर उठता है। भगवान् की कृपा से पटना में मेरे मित्रों की संख्या बढ़ती चली गयी और मुझे कई प्रसंगों में वे कई बार याद करते रहे। पटना जाने पर शर्मा जी के साथ मिलने का पक्का नियम मैंने बना रखा था।

शर्मा जी अत्यन्त व्यवहारकुशल भी थे। अधिकांश विद्वान् व्यवहार के क्षेत्र में प्रायः गड़बड़ा जाते हैं। शर्मा जी इसके प्रभावी अपवाद थे। परस्पर-विरोधी व्यक्तियों से भी निभा लेना और व्यवस्था बनाये रखना उनका बहुत बड़ा गुण था। पटना विश्वविद्यालय के अन्तर्द्वन्द्वों को झेलते हुए जिस कुशलता से उन्होंने उसका कुलपति-पद सम्हाला था, उससे बहुतों को आश्चर्य हुआ था। शायद ही किसी व्यक्ति को एक साथ दो-

दो विश्वविद्यालयों का कुलपति-पद सम्हालना पड़ा हो। शर्मा जी ने पटना विश्वविद्यालय के कुलपति-पद पर रहते हुए मिथिला विश्वविद्यालय के कुलपतित्व के उतरदायित्व का निर्वाह कर चमत्कार ही कर दिखाया था। उनके इस रूप के बारे में मैं अधिक कहने का अधिकारी नहीं हूँ किन्तु भारतीय हिन्दी परिषद् का संचालन उसके अध्यक्ष-पद पर रहकर अत्यन्त योग्यता से उन्होंने किया था, इसकी गवाही दे सकता हूँ। विभिन्न गुटों में बँटे हिन्दी के प्राध्यापकों को एकसूत्रता में आबद्ध कर रचनात्मक दिशा में उस अखिल भारतीय संस्था को उन्मुख करना निश्चय हीं अत्यन्त दुरूह कार्य था। बिहार हिन्दी ग्रन्थ एकेडेमी को भी उन्होंने सक्रिय बनाने का प्रयास किया था किन्तु प्रकाशित पुस्तकों की बिक्री की समस्या का समाधान कर पाना बड़ी टेढ़ी खीर है। वे बिहार के विविध विश्वविद्यालयों में तालमेल बैठाने के लिए गठित 'इण्टर-यूनिवर्सिटी बोर्ड' के अध्यक्ष भी रहे। एक-के-बाद-एक अधिकाधिक उत्तरदायी पदों को सम्हालना (केवल अलंकार के रूप में पदासीन मात्र न होना) इस बात का प्रमाण है कि उनकी योग्यता और सफलता को व्यापक सामाजिक स्वीकृति प्राप्त हुई थी।

इस समय मेरी मनःस्थिति स्मरण की है, आकलन की नहीं। आचार्य शर्मा के बहुमुखी कृतित्व के मूल्यांकन के लिए तटस्थ बौद्धिकता की अपेक्षा है जो इस भाव विह्वल स्थिति में सम्भव नहीं। फिर भी इतना अवश्य कहूँगा कि आचार्य भामह के व्याख्याता और पाश्चात्य काव्यशास्त्र के सुसंगत प्रस्तोता के रूप में उनका कृतित्व अत्यन्त उच्च-स्तरीय है। उनकी छात्र-वत्सल-विद्वत्ता भाषाविज्ञान, अलंकार, छन्द आदि पर लिखित उनकी पुस्तकों में निहित है। उनका दान केवल ग्रन्थों तक ही सीमित नहीं माना जाना चाहिए। उनकी विशाल शिष्य-मण्डली उनसे प्रेरणा प्राप्त कर जो कार्य कर चुकी है और अभी भी कर रही है उसका श्रेय भी उन्हें मिलना चाहिए। वस्तुतः कृती प्राध्यापक अपनी शिष्य-परम्परा में ही अमर रहता है। और निश्चय ही आचार्य देवेन्द्रनाथ शर्मा अपनी कृतियों और शिष्य-परम्परा के माध्यम से अमर रहेंगे। उनके यशःशरीर को जरा और मरण का कोई भय नहीं है।

रणनीति को वरीयता
नामवर सिंह

नामवर जी पर लिखना मेरे लिये सहज काम नहीं है। पिछले तैंतीस वर्षों का जीवन्त सम्बन्ध अपनी समग्रता में मेरे सम्मुख मूर्त हो उठा है। आरम्भिक औपचारिक परिचय भावोष्ण विचार-विमर्श बल्कि वाद-विवादों के माध्यम से कब अन्तरंग आत्मीयता में बदल गया, अपने तमाम विरोधों के बावजूद, नहीं कह सकता। ऐसा हो सका, इसका सबसे बड़ा कारण यह था कि विरोध वैचारिक स्तर पर था, वैयक्तिक स्वार्थों के धरातल पर नहीं और हम दोनों एक-दूसरे को स्वीकारते समय हृदय से अधिक जुड़े थे, इस अन्तर्निहित सहमति के साथ कि बुद्धि के स्तर पर अलग-अलग मतों का पोषण करने के लिए हम दोनों स्वतन्त्र हैं। हम दोनों के लिए यह बन्धुत्व प्रीतिकर और स्फूर्तिप्रद रहा है। यह ठीक है कि प्रतिभा, विद्वत्ता, क्षमता और आयु में ज्येष्ठ होने के कारण वे दाता रहे और मैं ग्रहीता किन्तु उन्होंने इतने सहज भाव से दिया कि लेते हुए मुझे कभी हीनता का बोध नहीं हुआ। मेरे उत्पातों को बड़े भाई की गरिमा के साथ वे क्षमा करते रहे बल्कि उकसाते रहे कि मैं वाणी और लेखनी के द्वारा उनके मतों के विरुद्ध भी अपने मत प्रकट करता रहूँ। ऐसे विरोधी, सहयोगी, बहुआयामी, मसृण भावपूर्ण सम्बन्ध को शब्दों में बाँध पाना सम्भव नहीं है, फिर भी चेष्टा कर रहा हूँ क्योंकि 'जो असम्भव है उसी पर आँख मेरी।'

नामवर जी से मेरा परिचय हुआ नवम्बर 1954 में। बी.ए. में उनके विद्यार्थी श्रीनारायण पाण्डेय एम.ए. में मेरे छात्र थे। वे ही परिचय के सेतु बने। वे नामवर जी के अध्यापन की बहुत प्रशंसा करते थे। बनारस मेरे पुरखों का नगर है। जब-तब (सुविधा मिलते ही) मैं वहाँ जाता रहता हूँ। नवम्बर '54 में भी गया हुआ था। वहीं अचानक श्रीनारायण से भेंट हो गयी। वे आग्रहपूर्वक मुझे नामवर जी से मिलाने ले गये। स्वस्थ, छरहरे, तेजस्वी, हँसमुख, नवयुवक नामवर मुझे अच्छे लगे और उनसे बातचीत तुरन्त जम गयी। मैं उसी दिन कलकत्ता लौटनेवाला था देहरादून एक्सप्रेस से किन्तु बतरस ने ऐसा प्रलुब्ध किया कि मैंने वह गाड़ी छोड़ दी। उनकी विद्वत्ता और मीठे स्वभाव की स्निग्ध छाप उसी दिन मुझ पर पड़ गयी।

यह परिचय घनिष्ठता में बदल गया 1956 के जून-जुलाई के उन सात दिनों में जब प्रायः प्रतिदिन 5-6 घण्टे हम लोग साथ रहे। कलकत्ता विश्वविद्यालय के हिन्दी-विभाग, बंगीय हिन्दी परिषद्, हिन्दी नाट्य परिषद्, अपर इण्डिया एसोसियेशन, पन्त छात्रावास तथा हावड़ा की एक संस्था में उनके और मेरे व्याख्यान साथ-साथ होते रहे। हम लोग मंचों पर टकराते रहे और जीवन में निकट-से-निकटतर आते रहे। नामवर ने कलकत्ते के हिन्दी-प्रेमियों को अपनी प्रतिभा और वाक्पटुता से मोह लिया और उसके बाद वे बार-बार कलकत्ते के साहित्यिक कार्यक्रमों में बुलाये जाते रहे। हम लोगों ने बहुत ही स्नेहपूर्वक 3-7-56 को उन्हें बिदा दी। निश्चय ही नामवर जी भी हम लोगों की आन्तरिकता से पुलकित हुए होंगे, तभी तो काशी पहुँचते ही 5-7-56 को अपने पत्र में उन्होंने लिखा, ''आदरणीय भाई विष्णुकान्त जी, आपकी शुभकामनाओं से कल दोपहर सकुशल काशी पहुँच गया। जिस आत्मीयता से आपने मुझे अपनाया वह मेरे जीवन की मधुर स्मृतियों में से एक है। विचार-विनिमय से जो मानसिक स्फूर्ति मिली उसकी तो बात ही क्या! आशा है, हम लोगों का यह सम्बन्ध आगे चलकर और भी प्रेरणादायक होगा।'' मैं उन्हें अपना अग्रज मान चुका था, अतः वे मुझे 'आदरणीय' लिखें, यह मुझे स्वीकार नहीं था। मेरे प्रतिवाद पर 19-7-56 को उन्होंने लिखा, ''प्रिय भाई विष्णुकान्त जी, लीजिये अब तो खुश हैं। क्या बताऊँ, आपको आपके पिता जी से अलग करके देख ही नहीं पाता, इसीलिए पिछली बार 'आदरणीय' लिखा था। और कोई बात नहीं थी। इस पर लगाइये वह चिरपरिचित ठहाका!'' और इस तरह उन्होंने मुझे अपना अनुज स्वीकार कर लिया।

उसके बाद नामवर जी जब-जब कलकत्ते आये या मैं काशी-दिल्ली गया, हम लोग मिलते रहे, बहस करते रहे, गपशप करते रहे और विरोध के बावजूद एक-दूसरे को सराहते रहे। हम लोगों को आत्मीयता के पाश में आबद्ध करनेवाले कई सूत्र थे—हिन्दी थी, प्राध्यापन था, कविता थी, रामचन्द्र शुक्ल और हजारीप्रसाद द्विवेदी थे और सर्वोपरि था बनारस। वे तो बनारस के हैं ही, मैं अपने को 'निकाला हुआ बनारसी' मानता हूँ। हाँ, वे कम्युनिस्ट हैं और मैं संघी, फिर भी हम लोग एक-दूसरे को काफी हद तक न केवल सहते रहे हैं बल्कि स्वीकारते भी रहे हैं। यदि मुझे उनके साथ प्रगतिशील लेखकों की गोष्ठियों-सभाओं में जाने में कभी एतराज नहीं रहा तो वे भी मेरे साथ संकटमोचन के दर्शन करने और प्रसाद पाने में कभी संकुचित नहीं हुए। यह तो मुझे बहुत बाद में पता चला कि वे मेरे गुरु स्वामी अखण्डानन्द सरस्वती के पारिवारिक शिष्य हैं और कम्युनिस्ट होने के बाद भी उनके चरण छूने, प्रवचन सुनने और उनकी पुस्तकों का पारायण करने में द्विधाबोध नहीं करते। रामविलास जी के बाद मार्क्सवादियों में तुलसीदास को इतनी गम्भीरता से पढ़ने-समझनेवाला कोई दूसरा है, मुझे नहीं मालूम। धोती-कुर्ता और भारतीय

रहन-सहन भी हम दोनों की साझी विरासत है। अतः हम दोनों का सौहार्द उतना आश्चर्यजनक नहीं है, जितना माना जाता है।

नामवर के समान प्रभावी वक्ता इस समय हिन्दी में दो-चार ही होंगे। विरोधियों के वाग्बाणों को झेलते हुए भी बिना उत्तेजित हुए युक्तियुक्त ढंग से अपने कथ्य को उदाहरणों द्वारा पुष्ट करते हुए कहना वे अच्छी तरह जानते हैं। व्याख्यान के आरम्भ में ही श्रोताओं को आकृष्ट करने के लिए कोई मनोरंजक बात या चुटीला शेर भी वे बहुत कुशलता के साथ सुनाते हैं। उनके दिये हुए उद्धरण इतने सटीक और प्रासंगिक होते हैं कि वे सुननेवालों के चित्त में चुभ जाते हैं। मँजी हुई भाषा में उनकी स्फीत अनायास प्रवहमान वाग्धारा श्रोताओं को अपने साथ बहा ले जाती है। केवल भाषण-कौशल ही नहीं, विस्तृत अध्ययन और विचारों की स्पष्टता तथा दृढ़ता भी उनकी वक्तृता के प्रभावशाली तत्त्व हैं। यह बात और है कि रणनीति के चलते वे कभी-कभी श्रोताओं को दृष्टिगत रखकर अपने कथन की अर्थच्छायाओं को बदल दे सकते हैं। अपनी समझ और अनुभव के आधार पर यह भी कहना चाहूँगा कि यह पिछली विशेषता उन्होंने सम्भवतः दिल्ली में जाकर अर्जित की है।

नामवर कलकत्ते आते हैं तो वे अंग्रेजी पुस्तकों की दुकानों में काफी समय बिताते हैं। रूपा ऐण्ड कं., ग्रैण्ड होटल के नीचे और पार्क स्ट्रीट की किताबों की दुकानें, लाइट हाउस के सामने की पंक्तिबद्ध किताबों की दुकानें (राजेन्द्र यादव के शब्दों में ज्ञान-गली) उनके प्रिय आखेट-स्थल हैं। पिछली दो बार से वे नियमित रूप से मिर्जा गालिब स्ट्रीट की 'सीगल' नामक दुकान में भी जाते रहे हैं। पश्चिम के नवीनतम साहित्यिक आन्दोलन और आलोचना-प्रकारों से जैसा प्रगाढ़ परिचय उनका है, वैसा कम हिन्दी-आलोचकों का होगा। यह खेद की बात है कि कुछ लोगों की दृष्टि में उनका यह गुण भी दोष ही है।

1956 से 61 तक नामवर जी जल्दी-जल्दी कई बार कई साहित्यिक समारोहों में सम्मिलित होने के लिए कलकत्ते आये। उन दिनों के कलकत्ते में हिन्दी के विद्वानों और साहित्यकारों में प्रमुख थे—आचार्य ललिताप्रसाद सुकुल, प्रो. कल्याण मल लोढ़ा, लक्ष्मीचन्द्र जैन, भँवरलाल सिंघी, मोहनसिंह सेंगर, कृष्णाचार्य, राजेन्द्र यादव, छेदीलाल गुप्त, अवधनारायण सिंह, शिवनारायण शर्मा, चन्द्रदेव सिंह आदि। लेखिकाओं में प्रतिभा अग्रवाल, मन्नू भण्डारी, किरण जैन, पुष्पलता शर्मा आदि उभर रही थीं। सहमति-असहमति की बात अलग है, नामवर जी ने सबके मन में अपने लिये स्नेह-सम्मानपूर्ण स्थान बना लिया था। 1956 के अन्त तक उन्हें डाक्टरेट मिल गयी थी। 'हिन्दी के विकास में अपभ्रंश का योग' तथा 'छायावाद' उनकी प्रतिष्ठित पुस्तकें थीं और उनके निबन्ध सम्मान के साथ पढ़े जाते थे। प्रगतिवाद के समर्थक होने के साथ-साथ वे साहित्य में आधुनिकता का स्वागत करते थे। अतः कट्टर प्रगतिवादियों की

तुलना में उन्हें नयी कविता, नयी कहानी आदि के पक्षधर अधिक पसन्द करते थे। बाद में तो कट्टर प्रगतिवादियों ने खुलकर उन पर रूप-विधान का पक्षपाती होने का आरोप लगाया था। अतः जब 29-30 अगस्त, 1959 को श्री शिक्षायतन कॉलेज में सुश्री पुष्पलता शर्मा (बाद में पुष्पा भारती) के उद्योग से 'हिन्दी साहित्य में आधुनिकता-बोध' पर अखिल भारतीय विचार-गोष्ठी का आयोजन हुआ तो अज्ञेय, देवराज, धर्मवीर भारती के साथ नामवर सिंह भी आमन्त्रित किये गये थे। मुझे जिस प्रकार संकीर्ण मार्क्सवादियों का विचार-नियन्त्रण अनुचित लगता था उसी प्रकार अति आधुनिकता के नाम पर समाज-विमुखता और अतिशय व्यक्तिवादिता भी अखरती थी। मेरी यह मान्यता भी थी (और है) कि भारत में आधुनिकता नकल के रूप में अपनी परम्परा से कटकर नहीं, उसके विकास-क्रम का अंग बनकर आनी चाहिए। पहले दिन इन चारों विद्वान् साहित्यकारों के व्याख्यान हुए। दूसरे दिन स्थानीय व्यक्तियों की प्रतिक्रिया आमन्त्रित की गयी। मैंने अपनी बात निर्भीकतापूर्वक बल्कि कुछ आक्रामक मुद्रा में उन चारों वक्ताओं के वक्तव्यों के सन्दर्भ में रखी। मुझे यह देखकर सुखद आश्चर्य हुआ कि श्रोताओं ने मेरी अधिकांश बातों का और सबसे अधिक इस आरोप का विपुल समर्थन किया कि इन वक्तव्यों में उलझनें इतनी थीं कि आधुनिकता की अवधारणा अस्पष्ट ही रह गयी। मेरे व्याख्यान के बाद उत्तर देने के लिए नामवर खड़े हुए और अपने बाँके अन्दाज में उन्होंने यह शेर पढ़ा—

मेरी हिम्मत देखिये, मेरी तबीअत देखिये,
जो सुलझ जाती है गुत्थी फिर से उलझाता हूँ मैं।

मुशायरा लूट लेना प्रचलित मुहावरा है। उसी के अनुकरण पर कहा जा सकता है कि यह शेर पढ़कर उन्होंने उस दिन सभा को लूट लिया। यह भी लिख रखूँ कि उस दिन के अपने व्याख्यान के कारण मुझे अज्ञेय और भारती जी का भी समादरपूर्ण स्नेह प्राप्त हुआ।

1958 के दिसम्बर या 1959 की जनवरी में नामवर जी के कम्युनिस्ट पार्टी के उम्मीदवार के रूप में लोकसभा का एक उप-निर्वाचन लड़ा। वे चुनाव में हारे, मुझे इसकी तकलीफ नहीं हुई क्योंकि वह हार कम्युनिस्ट पार्टी के उम्मीदवार की थी किन्तु जब पता चला कि इसके चलते उन्हें काशी विश्वविद्यालय छोड़ देना पड़ा तो मुझे बहुत कष्ट हुआ। अगस्त 1959 में जब उन्हें सागर विश्वविद्यालय में काम मिल गया तो आश्वस्त हुआ किन्तु सम्भवतः एक वर्ष बाद ही उन्हें वहाँ से भी छुट्टी मिल गयी। इसके बाद करीब दस वर्षों तक मुक्त लेखन या सम्पादन ही उनकी नियति रही। नामवर जैसा प्रतिभाशाली और योग्य प्राध्यापक इतने लम्बे काल-खण्ड तक किसी विश्वविद्यालय में स्थान नहीं पा सका, यह हमारी व्यवस्था के लिए लज्जा की बात है। इसी बीच आचार्य ललिताप्रसाद सुकुल के देहावसान के बाद श्रद्धेय कल्याण मल जी लोढ़ा

कलकत्ता विश्वविद्यालय के हिन्दी विभागाध्यक्ष बने। वे भूमा अर्थात् विराट् के उपासक हैं। अतः अपनी विभागाध्यक्षता के पहले ही वर्ष उन्होंने भारतीय हिन्दी परिषद् का अधिवेशन 29, 30, 31 दिसम्बर, 1961 को कलकत्ते में आमन्त्रित किया। इस अधिवेशन की प्रमुख विचार-गोष्ठी में हिन्दी साहित्य के इतिहास-लेखन की समस्याओं पर विचार करने का निश्चय हुआ था। नामवर जी के कई अच्छे लेख इस विषय पर प्रकाशित हो चुके थे। लोढ़ा जी से मैंने आग्रह किया कि इस गोष्ठी का विषय-प्रवर्तक वे नामवर जी को बनायें। वे भी नामवर जी के प्रशंसकों में हैं। उन्होंने तदनुरूप प्रस्ताव कर दिया। लोढ़ा जी इस अधिवेशन की स्वागत-समिति के स्वागत-मन्त्री यानी कर्त्ता, धर्ता, विधाता थे। उन्होंने मुझे इसका संगठन-मन्त्री बनाया था और इसी हैसियत से अधिवेशन-सम्बन्धी निर्णयों के लिए विचार-विमर्श करने के हेतु मुझे परिषद् के अधिकारियों की बैठक में भाग लेने के लिए दिल्ली भेजा था। अधिवेशन की अध्यक्षता डॉ. नगेन्द्र करनेवाले थे। वे और इलाहाबाद के मित्र इस प्रस्ताव से प्रसन्न नहीं थे। मैंने कहा कि नामवर जी मार्क्सवादी दृष्टि से हिन्दी साहित्य का इतिहास लिख रहे हैं, हमें उनके विचारों को सुनना चाहिए और प्रयोजन हो तो उनके अतिरेकों का खण्डन करना चाहिए किन्तु नामवर जी को हिन्दी के विद्वानों के समक्ष अपनी बातों को रखने का सुयोग अवश्य देना चाहिए। मैं कृतज्ञ हूँ कि परिषद् के अधिकारियों ने मेरा अनुरोध मान लिया।

नामवर जी की सहमति प्राप्त करने के लिए लौटते समय मैं बनारस उतर गया। वे मेरे प्रस्ताव से प्रसन्न हुए। उन्होंने इस बात पर आश्चर्य भी प्रकट किया कि दिल्ली-इलाहाबाद के मित्र मेरे नाम पर कैसे सहमत हो गये। बहरहाल, उनका विषय-प्रवर्तन बहुत सन्तुलित रहा। फलतः असहमति प्रकट करनेवाले भी संयत रहे। डॉ. नगेन्द्र ने सभापति-पद से कहा कि, "नामवर जी के विषय-प्रवर्तन से वैचारिक रक्तपात होने की मुझे आशंका थी किन्तु सन्तोष की बात है ऐसा नहीं हुआ। नामवर जी की उपलब्धि से मुझे हार्दिक हर्ष हुआ।"

रात को भी अतिथियों को स्टेशन से लाने तथा प्रबन्ध-सम्बन्धी दौड़धूप के कारण मुझे सर्दी लग गयी और मेरा गला बहुत खराब हो गया। फिर भी मैं काम करता ही रहा। बनारस लौटकर 5-1-62 को नामवर जी ने पत्र लिखा, "शास्त्री भगवान्, क्षमा कीजिये, आते समय आपको पकड़कर मिल नहीं सका और विधिवत् विदा न ले पाया। कुछ विवशता ही ऐसी थी। बहरहाल, यह तो लिखिये कि गले की हालत अब कैसी है। जिस स्थिति में आपको देख आया था उस पर मुझे अभी तक रोष है। इस तरह भूत की भाँति काम नहीं किया जाता। आप धन्य हैं...खैर, बहुजन हिताय... यह भी क्षम्य है। आप अब कृपाकर दो सप्ताह पूर्ण विश्राम लें। बड़े भैया से मैं कह आया हूँ और कृपया भारती की माँ को यह कार्ड दिखा दें ताकि आपको वे कड़े अनुशासन

में पूर्ण स्वस्थ होने तक बिस्तरबद्ध रख सकें।'' इस पत्र के एक-एक शब्द से बड़े भाई की ममता उजागर होती है।

मेरे लिये बहस करना या व्याख्यान देना जितना सहज रहा है, उतना ही कठिन रहा है लिखना। शुरू-शुरू में तो मैं लिखता ही नहीं था, बाद में भी लिखने से यथासम्भव कतराता रहा। अगस्त 1961 में एक दिन राजेन्द्र यादव और नामवर जी मुझ पर पिल पड़े कि मैं जमकर लिखता क्यों नहीं हूँ। उन लोगों का कहना था कि जो कुछ व्याख्यानों में बोलता हूँ, उसे ही लिख दूँ तो काफी अच्छा लेख हो जायेगा। फिर लिखने में क्यों इतना संकोच करता हूँ? मैंने अपराधी के-से स्वर में कहा, ''मुझे बराबर यही लगता रहता है कि किसी विषय पर अच्छा लेख लिखने के लिए उसका जितना ज्ञान होना चाहिए, उतना मुझे नहीं है, अतः नहीं लिखता। बोलना और बात है, लिखना और बात है।'' बाबू जी से सुनी हुई संस्कृत की कहावत भी उन लोगों को सुनायी, ''शतं वद, मा लिख। (बोलो भले ही सौ बात, पर लिखो मत एक भी!)'' राजेन्द्र यादव बोले, ''ये सब फालतू बातें छोड़िये, असली बात यह है कि आप अपने को 'कमिट' करना नहीं चाहते। बोली हुई बात तो हवा में उड़ जाती है, उससे आप कन्नी भी काट सकते हैं, पर लिखी हुई बात से आप नहीं मुकर सकते, इसीलिए नहीं लिखते।'' मैंने कहा, ''मैंने कब अपनी किसी कही हुई बात को नकारा है और फिर मेरी भूमिका के बारे में किसको सन्देह है? मैं जो मानता हूँ, उसे डंके की चोट पर कहता हूँ और उसका परिणाम भोगने के लिए तैयार रहता हूँ। क्या यह 'कमिट' करना नहीं है?'' नामवर जी बोले, ''असल में आपका सुखी जीवन आपको डुबो रहा है। भरा-पूरा गृहस्थ जीवन है, विश्वविद्यालय के प्राध्यापक का काम है, अभिव्यक्ति की आवश्यकता की पूर्ति व्याख्यानों से हो जाती है, लोकेषणा की तृप्ति अध्यक्ष, प्रधान अतिथि, प्रधान वक्ता बनकर कर लेते हैं, अतः लिखने का कष्ट आप क्यों स्वीकार करें! लेकिन याद रखिये, लेखन में न केवल स्थायित्व बल्कि विचारों में कसावट और स्पष्टता भी लेखन से ही आती है। आपको नियमित रूप से लिखना ही चाहिए।''

मैं सचमुच आभारी हूँ अपने कुछ गुरुजनों एवं नामवर, धर्मवीर भारती तथा कुछ अन्य सम्पादक-मित्रों का, जिन्होंने कोंच-कोंच कर मुझसे थोड़ा-बहुत लिखवा ही लिया। बात अभी नामवर जी की चल रही है, अतः उन्हीं पर अपने को केन्द्रित रखूँ। कतराते रहने पर भी कभी-कभी अरदब में पड़कर मुझे कुछ-न-कुछ लिखना ही पड़ता था। 1956 से 66 के बीच नामवर जी को मैंने अपने कई लेख सुनाये। मैंने बार-बार पाया कि वे लेख धैर्य और ध्यान के साथ सुनते और अच्छे रचनात्मक सुझाव देते। 1967 में 'आलोचना' के सम्पादक हो जाने के बाद तो वे आग्रहपूर्वक मुझसे लेख मँगवाते और सराह-सराह कर छापते। आत्म-विज्ञापन के लांछन का खतरा उठाकर भी उनके कुछ पत्रांश उद्धृत कर रहा हूँ, सिर्फ यह दिखाने के लिए कि मेरे लेखन-संकोच को

तोड़ने के लिए वे प्रशंसा की किस सीमा तक जा सकते थे। 'हिन्दी का नया नाटक साहित्य' शीर्षक मेरा लेख पाकर उन्होंने 21-6-68 के पत्र में लिखा, "लेख मिल गया, पढ़ भी लिया और कहीं कलम लगाने की गुंजाइश नहीं दिखी। इसी अंक में देने की कोशिश कर रहा हूँ। 'ज्ञानोदय' में परवेज़ साहब पर आपका लेख देखा। बहुत-बहुत अच्छा लगा। इतनी आत्मीयता से आप ही लिख सकते थे, शेरों का चुनाव भी खूब किया है।"

'स्वच्छन्दतावादी समीक्षक नन्ददुलारे वाजपेयी' शीर्षक मेरे लेख पर 6-6-69 के पत्र में उनकी प्रतिक्रिया थी, "...आपका लेख मिला। प्रीतिकर विस्मय हुआ। वाजपेयी जी पर इतना सुविचारित निबन्ध अभी तक मैंने नहीं पढ़ा था। बहुत डूबकर आपने यह निबन्ध लिखा है। बहुत-बहुत बधाइयाँ! अगले ही अंक में प्रकाशित कर रहा हूँ। इसे प्रकाशित करके 'आलोचना' गौरवान्वित होगी।" 11-6-69 को ही उन्होंने उस पर दूसरा पत्र लिखा, "आपका वाजपेयी जी वाला लेख सचमुच बहुत अच्छा है। मैंने मुँहदेखी नहीं कही थी। 'अच्छा' से मेरा मतलब 'सन्तुलित आलोचना' है। एक ओर आपके भावावेश को याद करता हूँ और दूसरी ओर इस निबन्ध के विवेचन में प्रीतिकर ठण्डापन देखता हूँ तो आश्चर्य होता है। इसीलिए मुझे आपके निबन्ध की भाषा बहुत अच्छी लगी। आज बहुत कम लोग ऐसी साफ-सुथरी और संयत हिन्दी लिख रहे हैं। आप और लिखिये। उन्हीं पर लिखिये जो आपको प्रिय लगे हों।" उनके आग्रह पर मैंने डॉ. रामविलास शर्मा कृत 'निराला की साहित्य-साधना' की समीक्षा लिख भेजी। उसे पाते ही 1-7-69 को उन्होंने लिखा, "आपकी 'निराला की साहित्य-साधना' की समीक्षा ने तो मुझे धर्मसंकट में डाल दिया। आपकी यह समीक्षा इतनी अच्छी है कि मैं उसे 'आलोचना' के इसी अंक में देना चाहता हूँ, उधर आपका आचार्य वाजपेयी जी वाला लेख प्रेस में दे चुका हूँ। आप ही बतलाइये क्या करूँ? कायदे से आपका एक ही लेख इस अंक में हो सकता है। आप अनुमति दें तो आचार्य वाजपेयी जी वाला लेख इस अंक में रोक लूँ। वैसे भी अगस्त में आचार्य वाजपेयी जी की पुण्यतिथि पड़ेगी और उसी अवसर पर उसे प्रकाशित करना ठीक रहेगा। ठीक? आपका गद्य इतना प्रौढ़ हो चला है कि बधाई दिये बिना नहीं रह सकता। 'लांछनाईंधन' वाले गीत की व्याख्या आपकी ही सही लगती है। डॉ. शर्मा की कुछ त्रुटियों की ओर केवल आप ही संकेत कर सकते थे।" अधिक उद्धरण देना अनावश्यक है। मैं खूब अच्छी तरह जानता हूँ कि ये अभिमत समीक्षा नहीं हैं, अनुज-मित्र को दिये गये प्रोत्साहन हैं। फिर भी इनमें मेरे प्रति नामवर जी की सद्भावना तो छलकती ही है। मेरे लिये वह भी कम मूल्यवान् नहीं है।

अगस्त 1960 से अक्टूबर 70 तक नामवर जी बेकारी या अर्द्ध-बेकारी से जूझते रहे। एक असाधारण प्रतिभावाला व्यक्ति जब अपने से बहुत कम योग्यतावालों को चाटुकारिता या तिकड़म के बल पर ऊँचे-ऊँचे ओहदों पर प्रतिष्ठित होते देखे तो उसका

मर्माहत या विक्षुब्ध हो उठना स्वाभाविक है। इस अवधि में नामवर जी ने जैसी मानसिक यन्त्रणाएँ झेली होंगी, उनका मैं अनुमान ही कर सकता हूँ। यह ठीक है कि इस बीच भी कई बार मैं उनसे काशी, दिल्ली में मिला पर अपनी व्यक्तिगत स्थिति के बारे में उन्होंने मुझसे कभी कुछ नहीं कहा। उनका स्वाभिमान इसकी इजाजत नहीं देता था। फिर भी इस काल-खण्ड में उनसे हुई कुछ भेंटों को मैं भुला नहीं पाया हूँ। अपनी डायरियों के पन्नों के सहारे पेश हैं उनकी कुछ झलकें।

16 अप्रैल, 1962 को मैं काशी में उनके घर पर उनसे मिला। उन दिनों वे प्रति मास हिन्दी की नयी कहानियों पर लिख रहे थे और उनकी वे समीक्षाएँ चर्चा का विषय बनी हुई थीं। विष्णु प्रभाकर की कहानी 'धरती अब भी घूम रही है' की उनकी आलोचना से मैं सहमत नहीं था। मेरा कहना था भावुकता को दोष मानना या सेण्टिमेण्टलिज्म का पर्याय मानना गलत है, वह तो अतिशय या विकृत भावुकता है। संवेदन और विवेक के आधार पर टिकी भावुकता तो मनुष्यता का अपरिहार्य अंग है। मैंने उन्हें भागवत के सम्बन्ध में प्रचलित श्लोक भी सुनाया जिसमें कहा गया है कि भावुकों को आजीवन भागवत-रसामृत का पान करते रहना चाहिए। अचानक मुझे लगा कि नामवर बहस में दिलचस्पी नहीं ले रहे हैं। वे अस्वाभाविक रूप से कम बोल रहे थे। वे कुछ बीमार, कमजोर और खिन्न भी लग रहे थे। मैंने बहस बन्द कर दी। मुझे मालूम था कि उन्हें सिनेमा देखना अच्छा लगता है। कलकत्ते में भी हम लोगों ने कुछ फिल्में साथ देखी थीं। मैं उन्हें पकड़कर अपने साथ सिनेमा ले गया।

पुराना श्लोक है कि यदि भोजन, वस्त्र और निवास अर्थात् जीविका के साधन अव्यवस्थित हों तो काशी भी अपवित्र और गंगा भी अंगारवाहिनी लगती है। नामवर जी उन दिनों वैसी मनःस्थिति से गुजर रहे हों तो कोई आश्चर्य नहीं। काशी में अपने लिये सम्भावना न देखकर ही वे कम्युनिस्ट नेता योगेन्द्र शर्मा का अनुरोध स्वीकार कर 'जनयुग' के सम्पादक के रूप में दिल्ली आये होंगे। 'जनयुग' जैसी पत्रिका का सम्पादन उनके लिए प्रीतिकर होगा, यह मानना कठिन है। वे राजकमल प्रकाशन के साहित्यिक सलाहकार के पद पर आसीन हुए किन्तु उनके प्रबल विरोधियों के दबाव के कारण उन्हें उस पद से हटा दिया गया। 'आलोचना' के सम्पादक के रूप में उन्हें कुल तीन सौ रुपये प्रति मास मिलते थे। कई वर्षों तक सम्भवतः वही उनकी बँधी आमदनी थी। दिल्ली में व्यक्ति की नहीं, कुर्सी की इज्जत होती है और कुर्सियाँ नामवर के विरुद्ध थीं। न ऊँची कुर्सी, न अर्थ-बल, फिर भी नामवर झुके नहीं। सच कहा है भगवती बाबू ने, 'दोस्त एक भी नहीं जहाँ पर सौ-सौ दुश्मन जान के / उस दुनिया में बड़ा कठिन है चलना सीना तान के।' इतना जोड़ना चाहता हूँ कि दिल्ली में तो बहुत ही कठिन है। उन संघर्ष-भरे दिनों में भी नामवर जी से कई बार दिल्ली में मिला। तिमारपुर के उनके निवास-स्थान भी गया। वहीं मैंने उनके साथ भोजन भी किया।

स्पष्ट था कि नामवर दिल्ली आकर सुखी नहीं हुए। वहाँ उन्हें झेलना पड़ा कुचक्री वातावरण, गला-काट स्पर्द्धा, सरकारी, विदेशी दूतावासों एवं पूँजीवादी स्रोतों से बढ़ते प्रलोभनों की धारा, संग्रही और प्रदर्शनशील मनोवृत्ति, सर्वोपरि क्रूर, कठिन विरोध। ऐसे में कोई कैसे सुखी रह सकता है! किन्तु विरोधियों के सामने झुक जाना या हार मान लेना उनकी 'ठकुराई' के प्रतिकूल था। वे भी पूरी जिद के साथ जूझते रहे। उन्होंने भी अपना गुट बनाया और वे एक अन्तरंग वृत्त में 'नेता जी' पुकारे जाने लगे। योगेन्द्र शर्मा जी के प्रति वे आन्तरिक श्रद्धा रखते थे। मुझसे उन्होंने बड़े भावुकतापूर्ण क्षणों में कहा था, "शास्त्री भगवान्, योगेन्द्र शर्मा ने मुझे चिताया था कि हम लोग देहात के आदमी हैं, दिल्ली की चकाचौंध में इसे भूलना नहीं चाहिए। जो हम अपने बूते पर नहीं कर सकते वह हमें नहीं करना चाहिए। दिल्ली की पार्टियों में, विशेषतः विदेशी दूतावसों की पार्टियों में, पानी की तरह शराब बहती है। यह मुफ्त की शराब आदमी को कहीं का नहीं रहने देती। चाट पड़ जाने पर आदमी शराब के लिए ईमान बेच देता है। विदेशी दूतावासवाले मुफ्त में शराब पीने के लिए पहुँच जानेवालों से घृणा करते हैं, पर उन्हें शराब पीने के लिए उकसाते हैं। मैंने अपनी आँखों से उर्दू-हिन्दी के कई विद्रोही और प्रगतिशील कवियों-लेखकों को शराब पीकर धुत्त होते और बदतमीजी करते देखा है। विदेशी दूतावासवाले मित्रता प्रदर्शित करने के लिए विदेशी शराबों की बोतलें भेंट करते हैं। जब मैं अस्वीकार करता हूँ तो वे लोग कहते हैं रख लीजिये, किसी और को ऑबलाइज कर दीजियेगा। मैं इसे बहुत गिरानेवाली घूस समझता हूँ, क्यों लूँ और क्यों किसी को ऑबलाइज करूँ?" मुझे लगा कि शराब पीनेवालों के लिए नामवर जी के मन में उतनी घृणा नहीं है, जितनी मुफ्तखोरों के प्रति है।

उन्होंने मुझे यह भी बताया था, "दिल्ली में बसते समय मैंने तीन नियम बनाये थे, जिनका पालन मैं निष्ठापूर्वक कर रहा हूँ। एक तो मैं कभी नहीं भूलता कि मैं गाँव का आदमी हूँ और मुझे गाँव का आदमी रहना है, राजधानी का आदमी नहीं बन जाना है। दूसरे, किसी विदेशी दूतावास में किसी भी प्रकार की नौकरी नहीं करनी है, न किसी प्रोफेसर या प्रकाशक का पुछल्ला बनकर रहना है। तीसरे, शरब नहीं पीनी है।" उन दिनों वे जिस प्रकार जी रहे थे, उसे मैं तपस्या से कम नहीं मानता। किताबों से लदा हुआ एक छोटा-सा कमरा, एक खाटनुमा चौकी जो लिखने-पढ़ने और सोने के सम्मिलित काम में आती थी, बेंत की बनी दो साधारण सोफानुमा कुर्सियाँ, भोजन बहुत साधारण, वस्त्र वही धोती, कुर्ता, जाकेट, चादर, बस पर चढ़ना या पैदल चलना। किन्तु ठसक वही, बड़े-बड़ों के छक्के छुड़ा देनेवाली।

19 फरवरी '68 को मुझे टी-हाउस में मिल गये। कुछ उत्तेजित-से लगे। पता चला, गोर्की स्मृति सभा से आ रहे हैं। वहाँ डॉ. मुल्कराज आनन्द ने जो भाषण दिया था, उससे असन्तुष्ट थे। उनका कहना था, "आज के हिन्दी लेखक यदि गोर्की का

प्रभाव ग्रहण नहीं करते तो कोई गुनाह नहीं करते। उससे अधिक आपत्ति की बात यह है कि वे तुलसी और प्रेमचन्द का भी प्रभाव ग्रहण नहीं कर रहे हैं। आज के रूसी लेखक भी गोर्की की तरह नहीं लिख रहे हैं। लेखन-पद्धति या तात्कालिक समस्याओं के प्रति गोर्की की रायें महत्त्वपूर्ण नहीं हैं। उनमें परिवर्तन हो सकते हैं। बड़ी चीज उनकी वह दृष्टि है जिसके अनुसार उन्होंने कहा था, 'मेरे लिये अच्छी-से-अच्छी पुस्तक से खराब-से-खराब आदमी ज्यादा महत्त्वपूर्ण है।' इस मानववाद को उभारने की आवश्यकता आज भी है। पर वह केवल अनुकरण से सम्भव नहीं है।'' जब अपने ही खेमे में वे बड़े-बड़ों से टकराते रहते थे तो दूसरे खेमों के शीर्षस्थ व्यक्तियों को भी कैसे बख्श सकते थे!

फिर भी यह परिवेश कई दृष्टियों से उन्हें क्षतिग्रस्त कर रहा था। उनका बहुत-सा समय दलबन्दी करने में, शत्रुओं के प्रहार रोकने में और उन पर प्रहार करने में नष्ट हो रहा था। उनका लेखन भी इससे प्रभावित हो रहा था। एक तो मात्रा में वे बहुत कम लिख पा रहे थे और जो लिख भी रहे थे उसमें विवादी स्वर प्रमुख होता जा रहा था। विवाद में जयी होना प्रमुख हो जाता है, न्याय-औचित्य आदि मूल्य गौण हो जाते हैं। नामवर जी मानें या न मानें, बहुत बार उनके लेखन से ऐसा प्रतीत होता है कि वे किसी को गिराने के लिए किसी दूसरे को हथियार बना कर उठाते हैं। बहुत तेज अन्तर्दृष्टि और बौद्धिक विश्लेषण के बावजूद उनके निष्कर्ष अभिप्राय-प्रेरित प्रतीत होते हैं। हो सकता है कि यह मेरा भ्रम हो, पर जो मुझे लगता है, मैं वही कह सकता हूँ। कम्युनिस्ट चिन्तन और व्यवहार में स्ट्रैटेजी या रणनीति की बहुत प्रमुखता है। एक ओर नामवर जी की व्यक्तिगत परिस्थितियाँ, दूसरी ओर उनका शिविरबद्ध संस्कार, दोनों से मिली प्रेरणा के कारण सम्भव है कि वे क्रमशः रणनीति को वरीयता देने लगे हों। उनके विरोधी ही नहीं, उनके अपने खेमे के लोग भी उन पर यह आरोप लगाते सुने जाते हैं कि वे अपने श्रोताओं-पाठकों की प्रतिक्रियाओं को ध्यान में रखेकर अपने मन्तव्यों में सुविधापूर्वक काट-छाँट करते रहते हैं। इससे उनकी विश्वसनीयता को क्षति पहुँची है।

अक्टूबर, 1970 में वे जोधपुर विश्वविद्यालय के हिन्दी-विभाग के अक्ष्यक्ष नियुक्त हुए। चार वर्ष बाद ही वे जवाहलाल नेहरू विश्वविद्यालय के भाषा विभाग के प्रोफेसर बनकर दिल्ली आ गये। उसके बाद वे व्यवस्था से अधिकाधिक जुड़ते और प्रभावशाली होते चले गये। निम्नलिखित दो प्रसंगों के द्वारा उनकी स्थिति में आये परिवर्तन को रेखांकित किया जा सकता है। जनवरी 1975 में प्रथम विश्व हिन्दी सम्मेलन के अन्तर्गत कमलेश्वर-भारती द्वारा संचालित युवा लेखक-गोष्ठी के आरम्भ में क्षोभ-प्रदर्शन करनेवाले युवा लेखक और विद्यार्थी जवाहरलाल नेहरू विश्वविद्यालय और काशी हिन्दू विश्वविद्यालय से सम्बद्ध थे। व्यवस्थापकों को सन्देह था कि

महत्त्वपूर्ण स्थिति न पाने के कारण नामवर जी ही इन युवाओं को भड़का रहे हैं। नामवर जी परेशान हो गये थे सफाई देते-देते कि मैं इस प्रदर्शन के पीछे नहीं हूँ। अक्टूबर 1983 में आयोजित तृतीय विश्व हिन्दी सम्मेलन के प्रमुख प्रबन्धकों में नामवर जी भी थे। दुर्भाग्य से उसमें अत्यधिक दुर्व्यवस्था के कारण बहुत-से विद्वान् बहुत विक्षुब्ध हुए। मैंने देखा कि मार्क्सवादी विद्वानों का क्षोभ सबसे अधिक नामवर जी के विरुद्ध उबल पड़ रहा था क्योंकि प्रबन्धकों में उस खेमे का प्रतिनिधित्व नामवर जी ही कर रहे थे।

कई अखिल भारतीय विचार-गोष्ठियों में भी नामवर जी से सैद्धान्तिक प्रश्नों पर मेरी दिलचस्प नोक-झोंक हुई है। सबकी चर्चा करना सम्भव नहीं है। सिर्फ एक का उल्लेख कर रहा हूँ, उसकी रोचकता के कारण। जनवरी 1977 में कुम्भ के अवसर पर प्रयाग में 'कबीर स्मृति समारोह' का आयोजन किया गया था। अध्यक्ष थे आचार्य हजारीप्रसाद द्विवेदी, विषय-प्रवर्तक थे डॉ. नामवर सिंह। लगता है किसी कारण से नामवर जी द्विवेदी जी से क्षुब्ध थे उस दिन। फिर कबीर के सम्बन्ध में नामवर जी की अपनी मान्यता भी थी जो द्विवेदी जी की मान्यता से भिन्न थी। उन्होंने कटाक्षपूर्ण शब्दों में कहा, "जिस तरह रवीन्द्रनाथ ने कबीर के 100 पदों का अनुवाद कर उन्हें रहस्यवादी कवि (यानी इनफीरियर रवीन्द्रनाथ!) के रूप में उपस्थित किया है, उसी तरह मेरे गुरुवर आचार्य हजारीप्रसाद द्विवेदी ने अपने समय के अक्खड़-फक्कड़ कवियों से प्रभावित होने के कारण कबीर को फक्कड़ और मस्तमौला बताया है। स्मरणीय है कि द्विवेदी जी के समसामयिक फक्कड़ कवि नवीन 'कुंकुम' में कह चुके थे "एक हिलोर इधर से आये, एक हिलोर उधर से आये, माता की छाती का अमृतमय पय कालकूट हो जाये।" दूसरे अलमस्त कवि भगवती बाबू ने "हम दीवानों की क्या हस्ती, हैं आज यहाँ, कल वहाँ चले" में इसी प्रकार की भावना व्यक्त की है। कबीर ऐसे फक्कड़ नहीं थे, वास्तव में वे क्रान्तिकारी विद्रोही कवि थे। पत्थर की तरह उनके कठोर व्यक्तित्व को अनदेखा कर द्विवेदी जी ने उन्हें भी दलित द्राक्षा की तरह अपने को निचोड़ कर समर्पित हो जानेवाले भावुक भक्त की तरह ही अंकित किया है!" मैंने उत्तर देते हुए कहा था, "पत्थर कलेजेवाले कबीर को यदि पत्थर ही समझें तो यह भी उनकी अपनी दृष्टि का परिणाम है। कबीर की उक्ति 'जिन हरि जैसा जाणियाँ तिन कूं तैसा लाभ' स्वयं कबीर पर भी लागू होती है। कबीर निश्चय ही रूढ़ियों के उग्र विरोधी और इस दृष्टि से विद्रोही कवि थे किन्तु क्या यही उनका सर्वप्रमुख परिचय है? 'लागी चोट भरम्म की गयी कलेजा छाँणि', 'मेरा मुझमें कुछ नहीं जो कुछ है सो तेरा,' 'कबीर कूता राम का मुतिया मेरा नाउँ', कहनेवाले कबीर के लिए यह कहना गलत कैसे है कि उन्होंने दलित द्राक्षा की तरह निचोड़कर अपने को प्रभु को अर्पित कर दिया था? इसको माननेवालों से डरना ही चाहिए क्योंकि ऐसों से 'अनभैं साँच' की दुहाई देनेवाले कबीर भी डरते थे। उन्होंने स्पष्ट कहा है, 'हरिजस सुनहिं न हरि गुन गावहिं। बातन ही

असमान गिरावहिं। ऐसे लोगन को का कहिये। जे हरि किये भगति ते बाहिज तिन थें सदा डराने रहिये'।'' सुननेवालों को मजा आ गया। नामवर जी भी मुस्करा पड़े। द्विवेदी जी उस दिन इस विषय पर कुछ नहीं बोले किन्तु दूसरे दिन पन्त जी, महादेवी जी, रामकुमार जी की उपस्थिति में उन्होंने एक पद सुनाया, जिसकी आरम्भिक पंक्तियाँ थीं—

सन्तो लगा कुम्भ का मेला,
एक हिलोर इधर से आयी, एक हिलोर उधर से आयी,
फँसा भँवर में चेला।

और कुछ कहना आवश्यक नहीं रह गया।

ऐसा भी नहीं है कि हम लोग मंचों पर बराबर टकराते ही रहे हों। बहुत बार बहुत-से मुद्दों पर हम लोगों ने एक-दूसरे का समर्थन भी किया है। विस्तार-भय से केवल दो ही प्रसंगों की चर्चा कर रहा हूँ। अगस्त 1983 में पटना विश्वविद्यालय के तत्त्वावधान में 'लोकचेतना और हिन्दी साहित्य' पर सप्तदिवसीय गोष्ठी आयोजित हुई। श्री नन्दकिशोर नवल के नेतृत्व में वहाँ के मार्क्सवादी प्राध्यापक-मित्र यही सिद्ध करने पर तुले हुए थे कि लोकचेतना का अर्थ केवल धार्मिक-कृषक-वर्ग की चेतना ही हो सकता है और उसी वर्ग की चेतना को उजागर करनेवाले लेखक-कवि लोकचेतना-सम्पन्न माने जा सकते हैं। मैंने भारतीय परम्परा के मान्य ग्रन्थों से उद्धरण देते हुए 'लोक' को ऐसे अविभक्त समस्त समाज का प्रतिनिधित्व करनेवाला शब्द बताया जो साधु और वेद के समानान्तर सामान्यजन का वाचक है; विद्या, बुद्धि, सत्ता आदि की दृष्टियों से अभिजन सिद्ध होनेवालों का नहीं। मोटे तौर पर उसे साधारण जनता कहा जा सकता है। हिन्दी के राष्ट्रीयतावादी लेखकों-कवियों में भारतेन्दु से दिनकर तक निश्चय ही व्यापक लोकचेतना मिलती है। प्रगतिवादी लेखकों-कवियों में उसका एक विशिष्ट (और इस दृष्टि से सीमित) रूप भी परिलक्षित किया जा सकता है किन्तु उन्हीं तक लोकचेतना को सीमित कर देना संकीर्ण दृष्टि का पक्षपात मात्र है। 'नयी कविता' के कुछ कवि भी (यथा, भवानीप्रसाद मिश्र) और नवगीतकार भी लोकचेतना से समृद्ध हैं। मार्क्सवादी मित्रों का इससे क्षुब्ध होना स्वाभाविक था। नामवर जी उस दिन की गोष्ठी में नहीं आये थे। उन्हें इस मतभेद की सूचना जरूर मिली होगी। मुझे तथा अन्यों को भी इससे आश्चर्ययुक्त हर्ष हुआ कि अपने मार्क्सवादी मित्रों से असहमति प्रकट करते हुए उन्होंने भी 'लोक' शब्द का अर्थ वर्गों में अविभक्त समाज ही किया। ग्रामशी के शब्दों में उन्होंने उसे 'नेशनल पापुलर' का समार्थक बताया, अतः लोकचेतना पर केवल मार्क्सवादी लेखकों का एकाधिकार नहीं माना। मैंने उन्हें भूरि-भूरि बधाइयाँ दी थीं उस दिन।

इसी तरह भोपाल में 'भारत भवन' की ओर से जनवरी 1987 में 'आलोचक

समवाय' का आयोजन किया गया था। मुझे 'आलोचना परम्परा और इतिहास' पर आलेख तैयार करने के लिए कहा गया था। मैंने उसका अर्थ 'आलोचना की परम्परा और इतिहास' समझकर अपना लेख लिखा था, जबकि आयोजकों का अभिप्राय था 'परम्परा और इतिहास से आलोचना का रिश्ता।' स्पष्टतः इस अर्थ-विभ्राट के कारण मेरा लेख हल्का पड़ गया और मुझे इसका बहुत खेद हुआ। मैंने अपनी पीड़ा नामवर जी को सुनायी। उन्होंने बहुत प्रेमपूर्वक कहा, "अरे आप परेशान न हों। आपने विषय को जिस अर्थ में समझा उसकी सम्भावना उसके शीर्षक में थी। कोई महत्त्वपूर्ण नाम छूट न जाये, इस चिन्ता के कारण आपने नाम कुछ उदारतापूर्वक गिना दिये। नाम कुछ कम होते तो अच्छा होता। पर ऐसा तो होता ही रहता है। आपको वाणी का वरदान मिला है। आप अवशिष्ट दिनों में फिर बोलिये। सभी मित्र आपकी क्षमता को जानते हैं। आप व्यर्थ दुखी न हों।" मुझे उनके सद्भाव ने बहुत बल दिया।

संयोग से उसी दिन 'आलोचना और राजनीति' पर जो लेख पढ़ा गया, उसमें नामवर जी पर सीधे और अशालीन ढंग से हमला किया गया था। 'आलोचना' पत्रिका के सम्पादक के रूप में उन पर हिन्दी-आलोचना में पक्षपात, विभ्रम आदि फैलाने का आरोप लगाया गया था। मैंने उस पर प्रतिक्रिया व्यक्त करते हुए कहा था कि, "केवल नामवर जी और उनकी पत्रिका 'आलोचना' को दोष देने से क्या होगा दूसरे बहुतेरे सम्पादक भी अपनी-अपनी पत्रिका के माध्यम से अपनी विचारधारा को आगे बढ़ाने की उचित-अनुचित चेष्टा करते रहते हैं। अपने मत के प्रचार का हक सबको है, बुराई तब उपजती है जब उसके लिए छल-कपट, प्रलोभन या आतंक से काम लिया जाए। आलोचना और राजनीति के रिश्ते को भी ठीक-ठीक समझना चाहिए। मैं सक्रिय राजनीति में लिप्त हूँ और आलोचना भी लिखता हूँ। वोट मैं अपनी ही पार्टी को देता हूँ लेकिन कविता सब पार्टियों और विश्वासों के कवियों की पढ़ता हूँ, जो अच्छी होती हैं, उन्हें सराहता भी हूँ, याद भी करता हूँ। राजसत्ता के प्रलोभन और आतंक से मुक्त रहकर साहित्य की आलोचना करते समय प्रशस्त राजनीतिक दृष्टि का उपयोग तो करता हूँ किन्तु उसे सर्वग्रासी नहीं बनने देता। बात ईमानदारी से कही जायेगी तो विरोधी भी उसका सम्मान करेंगे। राजेन्द्र यादव ने एक बार मुझसे बड़ा अटपटा प्रश्न पूछा था, "यह कैसे सम्भव है कि आपके लेख 'धर्मयुग' और 'आलोचना' दोनों में छपते रहते हैं?" इसका जवाब इसके अतिरिक्त और क्या हो सकता है कि धर्मवीर भारती और नामवर सिंह दोनों कई बातों में मुझसे असहमत होते हुए भी यह समझते हैं कि मैं अपनी बात ईमानदारी के साथ युक्तियुक्त ढंग से कह पाता हूँ। उन दोनों सम्पादकों के विवेक के प्रति मैं कृतज्ञ हूँ।"

बाहर निकला तो नामवर जी ने मुझे सबके सामने गले लगा लिया और मुक्त कण्ठ

से मेरे वक्तव्य की प्रशंसा की। वे अपने खेमे के मित्रों की आपत्ति के बावजूद उस गोष्ठी में आये थे और सम्भवतः इसीलिए अपने ऊपर हुए उस आक्रमण से अधिक मर्माहत हुए थे। मुझे आन्तरिक सन्तोष हुआ कि मेरे वक्तव्य से उनकी पीड़ा कुछ कम हुई।

1857 के स्वाधीनता-संग्राम और हिन्दी के नवजागरण पर पड़े उसके प्रभाव के प्रश्न पर हम दोनों जनवरी 1987 में सरदार पटेल विश्वविद्यालय, आनन्द की विचार-गोष्ठी में विरोधी मत व्यक्त कर चुके थे। उसके बाद 'आलोचना' (79) के अग्रलेख में नामवर जी ने विस्तारपूर्वक डॉ. रामविलास शर्मा की इस स्थापना का खण्डन किया कि 1857 के स्वधीनता-संग्राम से ही हिन्दी नव-जागरण का आरम्भ होता है। मुझे लगा कि न केवल नामवर जी बल्कि अन्य मार्क्सवादी आलोचक भी रामविलास जी की राजनीतिक दृष्टि से असहमत होने के कारण 1857 के स्वाधीनता-संग्राम का महत्त्व कम कर हिन्दी नवजागरण को उसके दाय से वंचित कर देना चाहते हैं, जो सरासर अन्याय है। मैंने नामवर जी के तर्कों को उन्हीं के अपने पूर्वव्यक्त मतों के विरुद्ध दिखाकर तथा तथ्यों के आधार पर अस्वीकार्य बताकर यह प्रतिपादित करने की चेष्टा की कि 1857 का प्रभाव निश्चय ही हिन्दी नवजागरण पर पड़ा है, उसे केवल बँगला नवजागरण का अनुकरण बताना अनुचित है। यह लेख 'धर्मयुग' के 10 और 17 मई, 1987 के अंकों में प्रकाशित हुआ है। इसके पहले मैंने उनके मतों का विस्तृत खण्डन लेख के रूप में नहीं किया था। मुझे इसका हर्ष है कि इसके बावजूद हम लोगों के सम्बन्ध में दरार नहीं पड़ी। वैचारिक मतभेद तो पहले भी था, आगे भी रहेगा किन्तु उनके वैयक्तिक स्नेह का अधिकारी मैं अब भी हूँ। मैंने 20 जुलाई '87 को जवाहरलाल नेहरू विश्वविद्यालय में उनसे लम्बी बहस की थी। वे अपने पक्ष पर अडिग थे, सिर्फ लोक-साहित्य-सम्बन्धी मेरी स्थापना उन्होंने स्वीकार की, मेरे लिये यही बहुत था। उनका स्नेह मेरी बहुत बड़ी सम्पदा है।

फिर भी, उनके नाराज होने का खतरा उठाकर भी एक बात कहूँगा। मुझे लगता है कि अब वे काफी मात्रा में 'राजधानी के व्यक्ति' बन गये हैं, गाँव के आदमी उसी मात्रा में अब वे नहीं रहे। योगेन्द्र शर्मा जी को जो वचन उन्होंने दिये थे, क्या वे उनका पूरी तरह पालन कर रहे हैं? मैं मानता हूँ कि आंशिक सही, यह विचलन उन्हें क्षतिग्रस्त कर रहा है। 1952 से वे सोच रहे हैं कि, 'हिन्दी साहित्य का इतिहास' मार्क्सवादी दृष्टि से लिखना है, उसके लिए अच्छी प्रतिनिधि कविताओं का सहयोगी संकलन तैयार करना है किन्तु सम्भवतः रणनीति के चक्कर में पड़कर ही इनके लिए वे समय नहीं निकाल पा रहे हैं। भगवान् की कृपा से वे शतायु हों पर अब कठिन परिश्रमयुक्त गम्भीर चिन्तन-मनन-लेखन के लिए अधिक समय उनके पास नहीं है। अपनी प्रतिभा का रचनात्मक प्रयोग कर वे हिन्दी को अपना सर्वोत्तम दे जा सकें, प्रभु से मैं यह प्रार्थना

करता रहता हूँ। अभी तक अपनी क्षमता का एक छोटा अंश ही वे ग्रन्थों के रूप में दे पाये हैं। भगवान् की कृपा से वे अब 'दलित द्राक्षा' की तरह अपने को निचोड़कर हिन्दी और हिन्दुस्तान को अपने को अर्पित कर सकें, मेरी यही मंगल कामना है।

नामवर से बहस करना, नामवर को पढ़ना, नामवर से सीखना, नामवर का खण्डन-मण्डन करना, नामवर को बड़े भाई के रूप में पाना मेरे जीवन की विशिष्ट उपलब्धियाँ हैं। राम करें, हम लोगों का सम्बन्ध अन्तिम साँस तक इसी आत्मीयता के साथ निभता रहे!

भारतीय साहित्य के प्रज्ञा-पुरुष
उमाशंकर जोशी

कविवर उमाशंकर जोशी गुजराती साहित्य के ही नहीं, आधुनिक भारतीय साहित्य की पहचान बनानेवाले साहित्यकारों में अग्रगण्य हैं। जिस प्रकार अपने जीवन में उसी प्रकार अपने साहित्य में अपनी परम्परा से घनिष्ठ रूप से जुड़े रहकर भी विश्व-मानवता और विश्व-साहित्य से ग्रहण करने योग्य तत्त्वों को स्वीकारने में उन्हें संकोच कभी नहीं हुआ। उनकी यह वृत्ति भी प्राचीन भारतीय सांस्कृतिक चेतना के अनुरूप ही थी। ऋग्वेद की प्रख्यात उक्ति है, 'आनो भद्राः क्रतवो यन्तु विश्वतः' अर्थात् सब दिशाओं से मिले शुभ ज्ञान। यह विवेक भी उनमें था कि जो कुछ लिया जाये उसे अपनी आवश्यकता के अनुरूप ढालकर लिया जाये, अन्धी नकल न की जाये। वे अपनी सन्तुलित, उदार, सर्जनात्मक दृष्टि के कारण ऋषि-कवि की संज्ञा के अधिकारी हैं।

मैं विनम्रतापूर्वक यह भी स्वीकार करना चाहता हूँ कि उनके साहित्य से अधिक उनके वैयक्तिक सम्पर्क ने मुझे उनका भक्त बनाया है। उनकी मूल गुजराती कविताएँ मैंने कम पढ़ी हैं किन्तु कुछ कविताओं के हिन्दी अनुवाद पढ़े हैं, कुछ कविताएँ उनके मुँह से सुनी हैं और उनके निबन्ध-संग्रह' श्री और सौरभ' का मुझ पर बहुत स्वस्थ प्रभाव पड़ा है।

जहाँ तक मुझे याद पड़ता है, गुजराती के श्रेष्ठ कथाकार एवं नाटककार मेरे अग्रजतुल्य श्री शिवकुमार जोशी ने उनसे मेरा परिचय कराया था। उमाशंकर भाई जब भी कलकत्ते आते, शिवकुमार भाई के यहाँ उनके कुछ प्रशंसक एवं स्नेह-भाजन उनसे बातचीत करने का सुयोग पाते थे। उनमें से एक मैं भी था। अपनी सहज, सस्मित मुद्रा में उमाशंकर भाई हम लोगों से साहित्य-चर्चा करते; देश और समाज की, शिक्षा-जगत् की परिस्थितियों का विवेचन करते। उनसे इन विषयों पर सुनना अपना ज्ञानवर्द्धन करने के साथ-साथ समकालीनता के प्रति सचेत पारम्परिक दृष्टि के नवोन्मेष का अनुभव करना भी था। उनके आत्मीय प्रबुद्ध वार्त्तालाप ने मेरे जीवन को समृद्ध किया है।

बाँगलादेश के मुक्ति-संग्राम में विनम्र सहयोगी के रूप में मैं भी कमर कसकर जुट गया था। 1971 के जून के मध्य में मैं कलकत्ता विश्वविद्यालय के प्राध्यापकीय

शिष्टमण्डल के साथ बाँगलादेश के पक्ष में लोकचेतना को जाग्रत् करने के लिए दिल्ली गया हुआ था। हमारे शिष्टमण्डल के नेता थे बाँगलादेश के संग्रामी बुद्धिजीवी चटगाँव विश्वविद्यालय के तत्कालीन विद्रोही कुलपति अजीजुर्रहमान मल्लिक, जो बाद में भारत में स्वतन्त्र बाँगलादेश के हाई-कमिश्नर नियुक्त हुए थे। बाँगलादेश के ही विद्वान् एवं राजनीतिक कार्यकर्त्ता डॉ. अनीसुज्जमान एवं सुविद अली भी उस शिष्टमण्डल के सदस्य थे। हम लोगों की इच्छा थी कि साहित्य अकादमी के तत्त्वावधान में दिल्ली के साहित्यकारों की एक गोष्ठी की जाये जिसमें डॉ. मल्लिक बाँगलादेश की तत्कालीन स्थिति का विश्लेषण करें। मैं इसके लिए अकादमी के सचिव डॉ. प्रभाकर माचवे से मिला। संयोग से उन दिनों अकादमी की कार्यकारिणी की बैठक भी चल रही थी। मेरे गुरु एवं अकादमी के अध्यक्ष डॉ. सुनीति कुमार चट्टोपाध्याय, श्री उमाशंकर जोशी आदि भी वहाँ विद्यमान थे।

बाँगलादेश के मुक्ति-संग्राम के प्रति उन सबकी आन्तरिक सहानुभूति तो थी ही, अतः गोष्ठी के आयोजन के लिए वे सहमत हो गये। किन्तु सीधे साहित्य अकादमी के तत्त्वावधान में गोष्ठी का आयोजन करना कठिन प्रतीत हुआ। बीच का रास्ता यह निकला कि साहित्य अकादमी के लॉन में मेरे संयोजकत्व में ऐसी गोष्ठी आयोजित की जाये और उसमें दिल्ली के साहित्यकारों के साथ अकादमी की बैठक में देश-भर से आये हुए वरिष्ठ भारतीय साहित्यकार भाग लें। मैं कृतज्ञतापूर्वक स्मरण करता हूँ कि उमाशंकर भाई ने इसका पूर्णतः समर्थन किया। 21-6-71 की सन्ध्या को डॉ. प्रभाकर माचवे के सक्रिय सहयोग से रवीन्द्र भवन के लॉन में संघर्षरत बाँगलादेश की सहायता के लिए आयोजित साहित्यकारों की वृहत् सभा डॉ. सुनीति कुमार चटर्जी की अध्यक्षता में अनुष्ठित हुई थी। उमाशंकर जोशी न केवल उसमें सम्मिलित हुए बल्कि बाँगलादेश के मुक्ति-संग्राम का उन्होंने मुक्त कण्ठ से समर्थन भी किया।

समस्त भारतीय भाषाओं को निकटतर लाने के उद्देश्य से कलकत्ते में मुख्यतः श्री सीताराम सेकसरिया के उद्योग से जून 1974 में ही भारतीय भाषा परिषद् की विधिवत् स्थापना हो गयी थी। अखिल भारतीय स्तर पर उसका उद्घाटन 1 मार्च, 1975 को श्री उमाशंकर जोशी के सभापतित्व में सम्पन्न हुआ। उसके उद्घाटनकर्त्ता थे बँगला कवि श्री प्रेमेन्द्र मित्र तथा प्रधान अतिथि थीं श्रीमती महादेवी वर्मा। देश-भर की विभिन्न भाषाओं के साहित्यकार इस अवसर पर आमन्त्रित थे। अपने मार्मिक अध्यक्षीय भाषण में उमाशंकर भाई ने कहा था, "भारतीय एकता शताब्दियों पूर्व सांस्कृतिक आधार पर निर्मित हुई थी। खण्ड-खण्ड रूप में भिन्न-भिन्न राज्य भले ही अपना स्वतन्त्र अस्तित्व रखते रहे किन्तु भारतीय धर्म-भावना ने समस्त देश को एक सूत्र में आबद्ध कर रखा था। प्रत्येक प्रान्तीय भाषा में दूसरी भारतीय भाषाओं के शब्द मिलते हैं। यह आत्मीयता तीर्थयात्रियों के माध्यम से पनपी थी और अंग्रेजों के आने

के बहुत पहले से ही हमें विभिन्न भारतीय भाषाओं की संस्कृति का ज्ञान था।'' उन्होंने इस बात पर भी बल दिया था कि, ''राज्य-सत्ता से निरपेक्ष रहते हुए भी हमारे भक्त कवियों ने सम्पूर्ण देश में सर्वसामान्य चिन्तन और अनुभूतियों को मुखरित किया था। आजादी की लड़ाई के दिनों में भारतीय भाषाओं की एकता का सपना महात्मा गाँधी ने भी देखा था और उनकी प्रेरणा से भारतीय साहित्य परिषद् की स्थापना हुई थी जिसमें प्रेमचन्द, कन्हैयालाल माणिकलाल मुंशी, राजेन्द्र बाबू जैसे प्रख्यात लेखक सम्मिलित हुए थे और 'हंस' जैसी पत्रिका का प्रकाशन हुआ था। यह खेद की बात है कि स्वाधीनता के बाद ऐसे सार्थक प्रयास अधिक नहीं हुए। इस दृष्टि से 'भारतीय भाषा परिषद्' की स्थापना का विशेष महत्त्व है।'' उन्होंने यह आशा प्रकट की थी कि यह परिषद् भारतीय साहित्य की एकता को हिन्दी द्वारा उद्‌भासित करने में समर्थ होगी एवं सब भाषाओं के साहित्य के विकास में सहायक बनेगी। उन्होंने अंग्रेजी की राजनीतिक दासता की निन्दा की किन्तु उसके साहित्यिक महत्त्व को स्वीकारा और उसके माध्यम से विश्व-साहित्य से जुड़ने की सम्भावना को भी माना। भारतीय भाषाओं के श्रेष्ठ ग्रन्थों का अन्य भारतीय भाषाओं में अनुवाद का कार्य बड़े पैमाने पर चलाने की उन्होंने संस्तुति की। उन्होंने भाषा को एकता के माध्यम के रूप में ग्रहण करने का प्रस्ताव किया क्योंकि भाषा किसी व्यक्ति के लिए नहीं, समूह के लिए होती है। हमें ऐसे रचनात्मक प्रयास करने चाहिए जिनसे भारत की भाषाएँ सहयोगपूर्वक विकसित होती रहें तथा भारतीय एकता को सुदृढ़ बनाती रहें। बीच-बीच में विभिन्न भारतीय भाषाओं के साझे सम्मेलन होते रहें और उनके माध्यम से भारतीय साहित्य का समन्वित रूप उजागर होता रहे। उनके इस व्याख्यान की उच्छ्‌वसित प्रशंसा सभी समवेत साहित्यकारों ने की थी। भारतीय भाषा के कई अन्य कार्यक्रमों में सहयोग देकर उन्होंने इस संस्था को गरिमा प्रदान की थी।

उमाशंकर भाई एक विशिष्ट अर्थ में मानवतावादी थे। उनके अनुसार मानवता का अर्थ था 'परमकारुण्य सर्वभूतानुकम्पा', जो मनुष्य को पशुत्व से उठाकर देवत्व की भूमिका तक पहुँचा सके। वे कविता को इस प्रक्रिया का प्रधान माध्यम मानते थे। काम-लिप्सा को आत्म-शोधन के द्वारा आत्मा के अमृत-अंश प्रेम के रूप में परिणत करने की साधना करने के वे समर्थक थे। इसीलिए कालिदास एवं भवभूति की रचनाएँ उन्हें अत्यन्त प्रिय थीं।

मैंने उनके अन्तिम दर्शन फरवरी 1986 में अहमदाबाद में किये। हिन्दी साहित्य के शलाका-पुरुष श्री अज्ञेय की प्रेरणा से 'उत्तर भागवत भूमि यात्रा' के लिए हिन्दी के कुछ विशिष्ट चिन्तक, कवि, कथाकार अहमदाबाद में एकत्र हुए थे। अज्ञेय जी के स्नेह ने मुझ जैसे अपात्र को भी उस गोष्ठी में सम्मिलित कर लिया था। यात्रा के आरम्भ में 10 फरवरी, 1986 को हम सब उमाशंकर जी जोशी से आशीर्वाद लेने गये थे।

उमाशंकर भाई इस योजना से परम प्रसन्न हुए थे। उन्होंने हम लोगों का आन्तरिक स्वागत इत्र लगा-लगाकर किया। हम लोगों को जलपान भी कराया। अपनी शुभकामनाएँ अर्पित करते हुए उन्होंने कहा, "गुजरात-यात्रा के लिए हिन्दी के इतने वरिष्ठ साहित्यकारों, विद्वानों को एकत्रकर अज्ञेय जी ने बहुत प्रशंसनीय कार्य किया है। इस प्रकार की अधिकाधिक यात्राओं का आयोजन किया जाना चाहिए। श्रीकृष्ण और उनके भक्तों का जो जीवन्त प्रभाव गुजरातवासियों पर है, उसका समुचित अनुभव आप सब कर सकें और वह आपके परवर्ती चिन्तन और लेखन में प्रतिफलित भी हो।" उनकी यह मंगल कामना हमारी यात्रा की एक विशिष्ट उपलब्धि थी। यात्रा की समाप्ति के बाद 22-2-86 को अज्ञेय जी ने गुजराती विज्ञान परिषद् का उद्‌घाटन किया था। उसमें भी उमाशंकर भाई पधारे थे और उन्होंने सभी यात्रियों को अपना स्नेह अर्पित किया था।

उमाशंकर भाई आज नहीं हैं किन्तु उनकी कृतियाँ और स्मृतियाँ आज भी हमारा मार्ग-दर्शनकर रही हैं और आगे भी करती रहेंगी।

विधायक की यातना

"शास्त्री जी, आपको मेरे साथ मेरी ससुराल चलना ही होगा!"

"क्यों भाई, आज वहाँ दावत है क्या?"

"जी नहीं, मेरे ससुर जी कल एक विधायक को लेकर मेरे घर आये थे। विधायक का रोब डालकर वे अपनी बेटी को मेरी इच्छा के विरुद्ध अपने घर ले गये। आज मैं..."

बड़ी मुश्किल से मैंने उस विक्षुब्ध नौजवान को शान्त किया। वह मेरे एक कार्यकर्त्ता का मित्र था और उसी के साथ आया था। धीरे-धीरे बात साफ हुई। ससुर-जमाई में किसी बात को लेकर खटपट हो गयी थी। तब से वह अपनी पत्नी को उसके मायके नहीं भेजता था। वह माँ बननेवाली थी, आठवाँ महीना चल रहा था। घर में और कोई महिला नहीं थी। अतः उसकी तीमारदारी होना तो दूर रहा, उसे काफी परिश्रम भी करना पड़ता था। यह समाचार पाकर उसका पिता एक विधायक को साथ लेकर आया और अपनी बेटी को ले गया। अब विक्षुब्ध जामाता जी चाहते थे कि एक अदद विधायक को लेकर वे अपनी ससुराल जायें, ससुर जी पर रोब गालिब करें कि वे भी एक विधायक को ला सकते हैं, चाहे एक दिन के लिए ही क्यों न हो, अपनी पत्नी को घर लायें और फिर स्वयं उसे उसके पीहर छोड़ आयें। विधायक का ऐसा उपयोग भी हो सकता है, यह मेरी कल्पना के बाहर की बात थी। भगवान् की कृपा ही इसे मानता हूँ कि बेटी के बाप की हैसियत से जब मैंने उसे समझाया तो वह मान गया और मन में भले मुझ पर नाराज हुआ हो, प्रत्यक्षतः तो शान्त होकर ही वापस गया।

कैसा अद्‌भुत है अपना यह देश, कैसी-कैसी अपेक्षाएँ लोग विधायकों से रखते हैं! नौकरी, कोटा, परमिट, सरकारी प्लॉट, स्कूल-कॉलेज में प्रवेश, सच्चरित्रता का प्रमाण-पत्र, रेल, हवाई जहाज में आरक्षण, राशनकार्ड, पासपोर्ट, सरकारी अस्पतालों में इलाज, पुलिस की वैध-अवैध सहायता और राम जाने किस-किस समस्या का समाधान पाने की इच्छा से लोग विधायकों, सांसदों को घेरे रहते

हैं। घाघ लोग इसमें काफी रस लेते हैं, काम करवायें या न करा पायें, लोगों को बुलाते-लौटाते रहते हैं...और इसी तरह अपना भी उल्लू सीधा करते रहते हैं।

मैं ठहरा प्राध्यापक, वह भी साहित्य का, व्यावहारिक राजनीति से एकदम कोरा! शुरू-शुरू में इन हमलों से आतंकित हो उठा था। पर मैंने शीघ्र ही अपने को सम्हाला और नियम बना लिया कि किसी को अकारण दुबारा नहीं बुलाऊँगा। इसी के चलते जो काम मेरे अधिकार-क्षेत्र के भीतर होता उसे तुरन्त कर देता, जो मेरे अधिकार के बाहर होता या मेरी दृष्टि से गलत होता उसके लिए दो-टूक जवाब दे देता। इससे भी कई लोग नाराज होते, कहते, "साहब, काम यदि कानून के अनुसार सीधे-सीधे हो जानेवाला होता तो आपके पास आते ही क्यों? आपके पास तो आये ही इसलिए हैं कि...।" अब इस 'इसलिए' का मेरे पास एक ही जवाब था, "भाई, 'इसके लिए' तो आपको किसी और के पास जाना होगा।" ऐसे लोग प्रायः सम्पन्न वर्ग के होते और नाराज होकर जाते। किन्तु शीघ्र ही यह बात फैल गयी कि शास्त्री जी के पास 'ऐसे कार्यों' के लिए जाना बेकार है और उत्तरोत्तर ऐसे लोगों का आना कम होता गया।

फिर भी हर सुबह दो-ढाई घण्टे मुझे लोगों के अभाव-अभियोगों की बातें सुनने में, अनेक प्रकार के आवेदन-पत्रों की संस्तुति करने में तथा पुलिस और सरकारी दफ्तरों के अधिकारियों को फोन करने में बिताने पड़ते थे। शुरू-शुरू में मुझे यह बात भी अखरती थी कि जिनका 'श्रीमुख' पहले कभी देखा ही नही था, उन्हें भी सच्चरित्रता का प्रमाण-पत्र देते समय लिखना पड़ता था कि मैं उन्हें तीन या पाँच या अधिक सालों से जानता हूँ। बाद में तो मैंने मन को समझा लिया था कि एम. एल. ए. एक व्यक्ति ही नहीं होता, किसी पार्टी का और किसी इलाके का प्रतिनिधि भी होता है। अतः यदि आपका कोई कार्यकर्त्ता या परिचित किसी को जानता है तो आप भी उसे जानते हैं। विधायक-काल के पाँच वर्षों में मुझे सच्चरित्रता के इतने प्रमाण-पत्र देने पड़े हैं कि लगता है कि अब मेरे इलाके में कोई दुश्चरित्र व्यक्ति रह ही नहीं गया है।

संस्कृत की एक कहावत है: 'अर्थी दोषं न पश्यति', जरूरतमन्द अपनी इच्छा या व्यवहार के दोषों को नहीं देख पाता। इसकी सत्यता का अनुभव पिछले पाँच वर्षों में पग-पग पर हुआ। बहुत बार बहुत-से लोग स्थान, काल, क्षमता आदि का विचार किये बिना अपनी जरूरतें पूरी कराने के लिए विधायक के पीछे पड़ जाते हैं। और बहुत-से विधायक भी ऐसे होते हैं, जिन्हें अपनी सार्थकता का बोध ऐसे लोगों से घिरे रहने पर ही होता है। मैं सोचा करता था कि विधायक का मुख्य कार्य विधान सभा में प्रस्तुत विधेयकों या लोकहित के विषयों पर युक्तियुक्त प्रभावशाली व्याख्यान देना है किन्तु अनुभव ने बताया कि लोक-दृष्टि में ही नहीं, बहुत-से प्रवीण

माने जानेवाले विधायकों की दृष्टि में भी वह कार्य नितान्त गौण है, मुख्य है लोगों के गलत काम करवाते रहना या सही कामों में अड़ँगे डालते रहना। सही काम करनेवाला विधायक श्रेय का भागी नहीं होता। आजकल के जमाने में विधायक का प्रभाव इस पर निर्भर करता है कि वह कितने गलत काम करवा सकता है और आतंक उसका तभी व्यापता है जब अपनी पूजा न होने पर वह सही काम भी न होने दे। सही काम करने-करानेवाला विधायक अधिक योग्य और गुणी हो सकता है किन्तु स्वार्थी लोग तो पूजा उसी की करते हैं जो उनकी अनुचित स्वार्थ-सिद्धि करा सके या रुष्ट होने पर उनके स्वार्थ को धक्का पहुँचा सके। आखिर लोग भय के कारण नागों की पूजा करते हैं, अनिष्ट न करनेवाले गरुड़ की पूजा कोई नहीं करता! राजकाज का व्यावहारिक अनुभव रखनेवाले बिहारी का बड़ा मार्मिक दोहा है :

असै बुराई जासु तन ताही को सनमान।
भलो भलो कहि छाँड़िये खोटे ग्रह जपदान।।

पर 'सूरदास कारी कमरी पै चढ़त न दूजो रंग।' सो मुझ पर यह रंग चढ़ नहीं पाया, इसीलिए राजनीतिक अर्थों में सफल (?) विधायक भी नहीं बन सका। पर मुझे उसके लिए अफसोस नहीं है। मेरे इलाके की जनता मुझसे आतंकित न होकर आश्वस्त रही, मैं इसे ही अपने लिये श्रेयस्कर समझता हूँ।

विधान सभा के भीतर का काम भी मेरे लिये पूरी तरह सुखद रहा, ऐसा नहीं कह सकता। मैं जनता पार्टी के टिकट पर चुना गया था जो नाम के लिए ही एक पार्टी थी, काम के लिए नहीं। पाँच दलों के गठजोड़ से बनी यह पार्टी भीतर से एक होकर बहुत कम मुद्दों पर काम कर सकी। फिर भी यह सच है कि पश्चिम बंगाल में जनता पार्टी के मूल संगठन की तुलना में विधानसभाई दल में कहीं ज्यादा एकता और बन्धुत्व की भावना थी। हम लोगों की संख्या तो 29 थी किन्तु अच्छा बोलनेवाले 5-6 व्यक्ति ही थे, जिनमें एक मुझे भी माना जाता था। फिर भी मुझे बोलने के अवसर अपेक्षाकृत कम ही मिले। एक तो मैं अपनी ओर से बोलने का आग्रह नहीं करता था, दूसरे मुझे लगता था कि दलीय सन्तुलन बनाये रखने के लिए भी मुझे कुछ कम बोलना चाहिए। दल के सर्वाधिक प्रभावशाली वक्ता थे हरिपद भारती और काशीकान्त मैत्र। काशी बाबू दल के नेता थे, भारती जी सचिव थे। उप नेता थे प्रबोध चन्द्र सिन्हा, सचेतक थे प्रद्योत महन्ती, कोषाध्यक्ष मैं था। जनसंघ मूल के दो ही विधायक थे—भारती जी और मैं। भारती जी को पार्टी के सुयश के लिए बोलने का अवसर देने के लिए पार्टी बाध्य थी। मेरे अधिक बार बोलने पर पार्टी के भीतर अन्य दलों के विधायकों को लग सकता था कि भूतपूर्व जनसंघी अपनी शक्ति की तुलना में बहुत अधिक प्रमुखता पा रहे हैं। हम दोनों

के दलीय पदाधिकारी बन जाने पर भी अस्फुट स्वर में यह शिकायत हुई थी। अतः मैं अधिक शिकायतों का मौका नहीं देना चाहता था। फिर भारतीय जनता पार्टी में चले आने पर हम लोग सिर्फ दो जन ही रह गये थे। छोटी पार्टी होने के कारण हम लोगों को समय भी कम मिलता, जिसका अधिक उपयोग भारती जी करें, पार्टी की दृष्टि से यही इष्ट था।

मैंने गौर किया कि बहुत कम विधायक अपने विषय का समुचित अध्ययन कर युक्तियुक्त शैली में अपनी बात कहते थे। अधिकतर विधायक मैदानी सभाओं के भाषणों और विधान सभा के वक्तव्यों में अन्तर नहीं करते थे। उसी प्रकार जोश के आरोह-अवरोह के साथ मुट्ठी बँधे हाथों का उठना-गिरना, उग्र भाषा में अपर पक्ष की भर्त्सना करना, नाटकीय आक्रामक भंगिमा से तथ्यों की दरिद्रता को ढाँकना बहुतेरी विधानसभाई वक्तृताओं में भी परिलक्षित होनेवाले करतब थे। कुछ लोग तो विधान सभा के नियम के विरुद्ध बीच-बीच में बन्धुगण या कॉमरेड भी कह देते थे। कुछ लोग ऐसे भी थे जो विधान सभा को अखाड़ा बनाने पर तुले हुए थे। इन्दिरा कांग्रेस के सुनीति चट्टराज, सत्य वापुली और रजनी दोलुई, जनता पार्टी के किरणमय नन्द और जन्मेजय ओझा, गोरखालीग के श्री देवप्रकाश राइ और श्रीमती रेणु लीना सुब्बा 'युद्धं देहि' की मुद्रा में ही रहते। वे लोग बात-बात पर मन्त्रियों से झगड़ते, अपनी बात पर अड़े रहते, शोरगुल मचाते, एक साथ कोरस में अपनी बात कहते रहते, कभी-कभी तो स्पीकार को घेर भी लेते। डॉ. अशोक मित्र, कमल गुह, जतीन चक्रवर्ती जैसे मन्त्रियों का व्यवहार कभी-कभी उनके विक्षोभ के लिए ईंधन भी जुटा देता था। यह सब मुझे बड़ा अटपटा, नकली और अखबारों में नाम छपवाने का सस्ता नुस्खा लगता। सरकारी पक्ष के किसी बड़े अन्याय को उजागर करने के लिए कभी-कभी विरोधी दलों की सामूहिक उग्रता आवश्यक हो सकती है, यह मैं मानता हूँ किन्तु यह भी मानता हूँ कि कभी-कभी ही ऐसी भूमिका निभाने का सच्चा प्रयोजन होता है। ज्यादातर ऐसी चीख-पुकारें और युद्ध-मुद्राएँ नकली और यश-लिप्सा से प्रेरित होती हैं। मैं अपने स्वभाव और पेशे के संस्कार के कारण भी इसी प्रकार की हरकतें नहीं कर सकता था, नहीं करता था। फलतः अखबारों में मेरा नाम उन लोगों की तुलना में बहुत कम आता था। मुझे यह देखकर ग्लानि होती थी कि अखबारों में अपना नाम, वक्तव्य छपाने के लिए कुछ विधायक संवाददाताओं को न केवल खिलाते-पिलाते रहते थे, बल्कि उनकी खुशामद भी करते थे। ऐसे लोगों के नाम जरूर छपते रहते थे पर पत्रकार उन्हें सम्मान की दृष्टि से नहीं देखते थे।

विधान सभा में बोलने के बारे में मैंने अपने लिये कुछ नियम बना रखे थे। मैं विधान सभा में सदा बँगला में ही बोला, हिन्दी में बोलना मना नहीं था। कुछ

गैर-बंगाली विधायक हिन्दी में बोलते भी थे किन्तु मैं प. बँगाल की विधान सभा में अपने को बंगाली के रूप में प्रस्तुत करना चाहता था, गैर-बंगाली के रूप में नहीं। मेरी बँगला साहित्यिक संस्कारों से युक्त और व्याकरण की दृष्टिं से शुद्ध तो होती किन्तु मेरा उच्चारण शत-प्रतिशत बंगालियों जैसा नहीं होता, कहीं-कहीं उसमें झलक जाता कि बँगला मेरी मातृभाषा नहीं है। फिर भी मुझे इस बात का हर्ष है कि विपुल-संख्यक बंगाली मित्रों और पत्रकारों का स्नेह मुझे बँगला में बोलने के सत्साहस के कारण मिला।

विधान सभा में मैं जब जिस विषय पर बोला, पूरी तैयारी के साथ बोला। मैंने काशी बाबू से कह रखा था कि बोलने के दो-तीन दिन पहले मुझे सूचना मिलनी चाहिए। वे दो-तीन दिन मेरे लिये कष्ट के दिन होते। पहली बार विधायक बना था। मेरी जो थोड़ी-सी जानकारी थी, वह साहित्य, संस्कृति, शिक्षा तक सीमित थी। बोलना पड़ता था पुलिस बजट, ऊर्जा संकट, भूमि राजस्व, बस्ती उन्नयन, विक्रय कर सम्बन्धी संशोधन जैसे विषयों पर! कहाँ सूर, तुलसी, पन्त, निराला, बच्चन, दिनकर आदि की कविताएँ और कहाँ ये रूखे-सूखे, पेचीदे पित्तामार विषय! किन्तु 'आगे को चरण बढ़ा रण में पीछे न हटानेवाले हैं' की वृत्ति के कारण उन पर पिल पड़ता। विधान सभा पुस्तकालय से उन-उन विषयों की पुस्तकें निकलवा कर पढ़ता, उन विषयों के विशेषज्ञों का माथा चाटता, नोट्स लेता, उन्हें क्रमबद्ध करता और फिर पूरा व्याख्यान लिख डालता। अपने घर में इसके लिए अवकाश नहीं मिलता तो बिटिया के घर भाग जाता। अपना लिखित व्याख्यान पाँच-छह बार पढ़ लेता, तब विधान सभा में बोलता। सरकारी पक्ष को गालियाँ ही नहीं देता, उनकी उपलब्धियों, अच्छाइयों को स्वीकार भी करता, त्रुटियों-विफलताओं को निर्मम भाव से उजागर भी करता, उनके पाखण्ड का पर्दाफाश भी करता और कुछ रचनात्मक सुझाव भी देता। इसे मैं प्रभु की कृपा ही मानता हूँ कि विधान सभा में दिये गये मेरे व्याख्यानों की सदन के भीतर और बाहर प्रायः सराहना हुई।

मेरे व्याख्यानों की एक विशेषता यह भी होती कि मैं बँगला कविता के उपयुक्त उद्धरणों का उनमें मुक्त प्रयोग करता था। रवीन्द्रनाथ के उद्धरण तो कुछ और लोग भी दिया करते थे किन्तु मैंने जीवनानन्द दास, शंख घोष, सोमनाथ भट्टाचार्य जैसे आधुनिक कवियों की रचनाओं के प्रभावशाली अंशों को अपने वक्तव्य के समर्थन में उद्धृत कर न केवल विधायक बन्धुओं को बल्कि पत्रकारों को भी कई बार चमत्कृत कर दिया था।

30-6-77 को प्रदत्त अपने पहले व्याख्यान में ही आपात्काल की भर्त्सना करते हुए मैंने जीवनानन्द दास की एक चुटीली कविता सुनायी थी, जिसकी पहली चार पंक्तियों का हिन्दी अनुवाद इस प्रकार है: "अद्भुत अन्धकार उतरा है धरती

पर आज/ जो सबसे ज्यादा अन्धे हैं वे ही देख रहे/ जिनके उर में प्रेम नहीं है, प्रीति नहीं है, करुणा का भी लेश नहीं है/ पत्ता तक न आज हिल सकता बिना उन्हीं की शुभ सम्मति के।'' दूसरे दिन सभी पत्रों ने मेरी वक्तृता और इस कविता की चर्चा की। एक ने तो यह भी लिखा कि शायद पहली बार पश्चिम बंगाल की विधान सभा में जीवनानन्द दास की कविता सुनायी गयी और उस पर तुर्रा यह कि सुनानेवाला था एक गैर-बंगाली।

विधान सभा में दिये गये अपने कुछ रोचक व्याख्यानों का उल्लेख करना चाहता हूँ। वाम फ्रण्ट में सम्मिलित सभी दल विश्वविद्यालयों की स्वायत्तता (ऑटोनॉमी) के समर्थक थे किन्तु उनकी सरकार ने एक-एक कर प. बंगाल के सभी विश्वविद्यालयों की निर्वाचित सेनेट, सिण्डिकेट भंग कर उनका अधिग्रहण कर लिया था। इस पर स्वभावतः अधिकांश शिक्षाविद् क्षुब्ध थे। उच्च शिक्षा मन्त्री थे शम्भु घोष जो बहुत मृदुभाषी और शान्त स्वभाव के थे। 8 मार्च '78 को शिक्षा के बजट पर बोलते हुए मैंने कहा, "एक ओर व्यवहार के स्तर पर शान्त, शिष्ट शम्भु बाबू द्वारा रुद्र वेश धारण कर ऑर्डिनेन्स के त्रिशूल से एक-के-बाद-एक विश्वविद्यालयों को विद्ध करते जाना और दूसरी ओर सिद्धान्त के स्तर पर विंश्वविद्यालयों की स्वायत्तता का समर्थन करना मूँछ रखकर रावण और मूँछ मुँडवा कर मन्दोदरी का अभिनय करने जैसा है। मैं इस दोमुँहेपन की तीव्र निन्दा करता हूँ।'' मैंने तो एक बँगला लोकोक्ति का सहज भाव से इस्तेमाल किया था किन्तु संयोग से शम्भु बाबू ने उसी दिन मूँछ मुँडवायी थी। विधान सभा में यार लोगों ने इसका खूब मजा लिया। दूसरे दिन कई अखबारों में इस चुटकी को प्रमुखता देकर छापा गया।

वामफ्रण्ट सरकार के खिलाफ जनता पार्टी के वयोवृद्ध नेता प्रफुल्ल सेन ने करीब चार हजार अभियोग-पत्र राज्यपाल के पास भिजवाये थे। मुख्यमन्त्री ज्योति बाबू कई बार कह चुके थे कि प्रफुल्ल सेन का नाम अब अभियोग सेन रख देना चाहिए। ज्योति बाबू के अधीनस्थ एक विभाग में घटी अनियमितताओं का हवाला देते हुए मैंने कहा, "यदि ज्योति बाबू प्रफुल्ल सेन को अभियोग सेन पुकारते हैं तो बंगाल की जनता ज्योति बोस को अभियुक्त बोस कहकर पुकारेगी।'' प्रफुल्ल बाबू एवं जनता पार्टी के अन्य मित्र इस उक्ति पर बहुत प्रसन्न हुए थे।

विरोधी दल के नेता ज्योति बोस और मुख्यमन्त्री ज्योति बोस में स्वाभाविक रूप से बहुत अन्तर था। कहाँ तो हर गलती के लिए कांग्रेसी सरकार को दोषी करार देकर उसे ठीक करने का, जनता की हर आवश्यकता की पूर्ति करने का दावा, कहाँ जिम्मेदारियों को निभाते समय अपने दल और शासन के हितों को दृष्टिगत रखते हुए कदम उठाने की विवशता। 1969 और '71 के अनुभव भी

उनके सामने थे। सच कहा जाये तो ज्योति बाबू की सरकार ने इस बार कोई बड़ा क्रान्तिकारी कदम उठाने के स्थान पर नगरों में पूँजीपतियों, शिक्षकों और सरकारी कर्मचारियों का तथा गाँवों में बटाईदारों का व्यापक सहयोग पाने की चेष्टा ही की, मजदूरों और खेतिहर मजदूरों को अपने संगठनों द्वारा नियन्त्रित रखा, उनका कोई बड़ा आन्दोलन चलने नहीं दिया। पूर्व बंगाल के शरणार्थियों को दण्डकारण्य में बसाने का विरोध वामपन्थी दल बराबर करते रहे और माँग करते रहे कि उन्हें पश्चिम बंगाल में ही बसाया जाये। वामफ्रण्ट सरकार के गठन के बाद उसके एक मन्त्री के आमन्त्रण पर जब हजारों शरणार्थी सुन्दरबन में बस गये तो ज्योति बोस की सरकार ने नाकेबन्दी के द्वारा उन तक खाद्यान्न एवं पीने का पानी पहुँचना रोक कर, मरिचझाँपी में गोली चला कर नृशंसतापूर्वक उन्हें पुनः दण्डकारण्य में वापस जाने के लिए बाध्य किया था। बिगड़ती कानून-व्यवस्था, बढ़ती महँगाई और बेरोजगारी, विद्युत्-संकट के कारण बन्द होते छोटे और मँझले उद्योग, शिक्षा के क्षेत्र में मनमाने प्रयोग—इन सबने मिलकर बहुतों को, विशेषतः मध्यवर्गीय बुद्धिजीवियों को, एक बड़ी सीमा तक वामफ्रण्ट सरकार के प्रति विक्षुब्ध कर दिया था। विरोधी दलों की समस्त आलोचनाओं का पेटेण्ट उत्तर ज्योति बोस एवं उनके अनुयायियों के पास यही था कि सारी खराबियाँ केन्द्रीय सरकार की गलत नीतियों के कारण हैं, सीमित क्षमता के कारण राज्य सरकार विशेष कुछ नहीं कर सकती, फिर भी बिहार, उत्तर प्रदेश आदि कांग्रेस-शासित राज्यों की तुलना में पश्चिम बंगाल की स्थिति बेहतर है। सारा दोष केन्द्रीय सरकार पर थोप कर, राज्यों के लिए अधिक क्षमता का नारा लगाकर वे एक सीमा तक साधारण जनता को बरगलाने में तो सफल हुए किन्तु कई बुद्धिजीवियों ने पश्चिम बंग सरकार की विफलता को भी रेखांकित किया। साहित्य अकादमी पुरस्कार-प्राप्त बँगला के सशक्त कवि शंख घोष ने ज्योति बोस पर एक तीखी व्यंग्य कविता लिखी 'तुमि आर नेई से तुमि' (तुम अब वह पहलेवाले तुम नहीं रहे), ज्योति बोस द्वारा पेश किये गये बिजली विभाग के बजट का विरोध करते हुए 16-3-79 को मैंने अपने व्याख्यान में यह कविता सुनायी तो विधान सभा में हलचल मच गयी। न केवल विरोधी दलों के सदस्यों ने बल्कि सरकारी दल के कई सदस्यों ने भी मुझसे यह कविता लिखने के लिए ली। उसी दिन शाम को विधान सभा की कार्यवाही की रेडियो पर आलोचना के प्रसंग में यह पूरी कविता पढ़ी गयी। उद्धृत हैं उसकी कुछ पंक्तियाँ :

तुमि बलले मानवता, आमि बलले पाप,
बन्ध करे दियेछे देश, समस्त तार झाँप।
होक ना जीवन शुकनो खरा, बन्ध्या वा निष्फला।

आमि बलले सेपाइ दिये उपड़े नेबे गला।।
तुमि बलले दण्डके नय, आपन देशेइ चाइ।
आमि बलले भंड केवल, लोक खेपाबार चाइ।।
चोखेर सामने धुँकले मानुष, उड़िये देबे टिया।
तुमि बलले विप्लव, आर आमि प्रतिक्रिया...तुमि आर नेई से तुमि।

अर्थात् तुम कहो तो मानवता है वही बात, मैं कहूँ तो 'पाप' है, (यह अचम्भा देखकर) देश ने अपने दरवाजे बन्द कर लिये हैं। (तुम्हारे शासन में) जीवन भले ही सूखा, बाँझ या निष्फल क्यों न हो यदि मैं उसे वैसा कह दूँ तो तुम अपने सिपाही से मेरा गला मरोड़वा दोगे। कहा था न तुमने कि (पूर्व बंगाल के शरणार्थियों को) दण्डकारण्य में नहीं, अपने प्रदेश में ही बसाना होगा, वही बात मैं कहता हूँ तो लोगों को भड़कानेवाला पाखण्डी घाघ करार दिया जाता हूँ। आँखों के सामने हाँफते हुए आदमी को देखकर भी तुम तोते उड़ा देते हो। तुम कहो तो उसका अर्थ है 'विप्लव', मैं वही कहूँ तो वह 'प्रतिक्रिया' है। सचमुच अब तुम पहलेवाले 'तुम' नहीं रहे।

कहावत है न, कि ढेंकी यदि स्वर्ग में जायेगी तो भी धान ही कूटेगी, सो मैं प्रसंग-संगत कविताएँ सुनाते रहने की अपनी आदत से विधान सभा में भी बाज न आया। शीशे से पत्थर तोड़ने का दावा तो नहीं करता किन्तु तुमुल कोलाहल कलह के राजनीतिक वातावरण में हृदय की भाषा में बात करने के कारण विरोधियों का भी स्नेह प्राप्त कर सका, यह सच है।

स्वाधीन भारत में बहुत-से पदों, मूल्यों, सिद्धान्तों का अवमूल्यन हुआ किन्तु जैसा शोचनीय अधमूल्यन लोक-दृष्टि से राजनेताओं का हुआ है, वैसा शायद ही किसी अन्य क्षेत्र में हुआ होगा। इसका तीखा अहसास मुझे लखनऊ में हुआ। उत्तर प्रदेश के अपने कुछ विधायक मित्रों से मिलने के लिए मैं वहाँ के विधायक-निवास 'दारउलशफा' जाना चाहता था। हजरतगंज में एक अपरिचित सज्जन से उसका रास्ता पूछने पर उन्होंने रास्ता तो बता दिया पर यह टिप्पणी भी जड़ी : 'नटवरलाल की साली सब औलादें वहीं बसती हैं।' ट्राम, बस, रेल या रेस्तराँ आदि में लोगों के मुँह से अक्सर सुनने को मिलता है, 'सब साले एम. एल. ए., एम. पी. चोर हैं।' किसी लेख या कहानी में पढ़ा था एम. एल. ए. का मतलब होता है 'महा लफंगा आवारा'! 'आया राम गया राम', 'लिया राम दिया राम' से आगे बढ़कर जो विशेषण इस बार के हरियाणा-प्रसंग के बाद विधायकों को जनता ने देने शुरू किये हैं, उन्हें न लिखना ही बेहतर है। इसलिए अब अच्छे लोगों का राजनीति में बड़ी संख्या में पुनः प्रवेश बहुत आवश्यक लगता है किन्तु लक्षण ऐसे नहीं दिखायी पड़ते कि निकट भविष्य में ऐसा हो सकेगा। इसका एक प्रमाण यही है कि 1982

में चुनाव में हार जाने के बाद मुझे अपनी साहित्यिक मित्र-मण्डली से जो पत्र मिले उनमें से एक में भी अफसोस जाहिर नहीं किया गया था। बिना किसी अपवाद के सबने यही लिखा कि, 'खैर मनाइये, एक बला छूटी, अब फिर जम कर पढ़ना-लिखना शुरू कर दीजिये।' जम कर लिखता रहूँगा कि नहीं, यह तो राम ही जानें, पर यह लेख उस दिशा में शुरुआत तो है ही। इस जमाने में विधायक-पद 'दिल्ली का लड्डू' बन चुका है, जिसे खाकर या बिना खाये पछताने के लिए आप स्वतन्त्र हैं।

भागवत-भूमि
उत्तर यात्रा

भागवत-भूमि की यात्रा में सम्मिलित होने के लिए अज्ञेय जी के आमन्त्रण पर निकल पड़ा तो सोचने लगा कि भागवत-भूमि यात्रा का अर्थ क्या है मेरे लिये! 'सबै भूमि गोपाल की' का विश्वास होने पर भी मानता हूँ कि कुछ ऐसी विशेष भूमियाँ भी होती हैं जिनमें भगवत्ता का अनुभव अधिक प्रगाढ़ होता है। एक दृष्टि से कहा जा सकता है कि भगवान् ही भागवत हैं किन्तु सामान्यतः माना जाता है कि भागवत का अर्थ है भगवान् से सम्बन्धित। इसीलिए भगवत्-प्रतिपादक शास्त्र को, भगवान् के लीला-संगियों को, भगवान् के प्रेमियों को भागवत कहा जाता है।

'पद्मपुराण' की साखी है :

सर्वदेवान् परित्यज्य नित्यं भगवदाश्रयः।
रतस्तदीयसेवायां स भागवत उच्यते।।

अर्थात् जो अन्य देवी-देवताओं को छोड़कर नित्य भगवान् के आश्रय में ही रहे, उन्हीं की सेवा में रत हो, उसे ही भागवत कहा जाता है। तो भागवत-भूमि यात्रा का अर्थ हुआ भगवान् की भूमि की यात्रा अथवा भगवद्भक्तों की भूमि की यात्रा। ये दोनों अर्थ मेरे लिये प्रशस्त हैं। किन्तु यात्रा क्या केवल भौगोलिक होती है? वह तो एक साथ कई स्तरों पर होती रहती है। भूगोल से जुड़े इतिहास, इतिहास से जुड़े समाज, समाज से जुड़े जीवन, जीवन से जुड़े विचार, दर्शन, साधना संस्कृति, साहित्य—इन सभी का तो साक्षात्कार करना चाहता है प्रबुद्ध यात्री का मन! भागवत-भूमि की यात्रा तो तीर्थ-यात्रा है। इसका सुफल क्या होना चाहिए?

तीर्थ-यात्रा शब्द से बहुत-से आधुनिकों को धार्मिक पुराणपन्थिता की बू आ सकती है। किन्तु क्या वे लोग तीर्थ-यात्रा के मर्म को जानते हैं? श्रद्धालुओं की मान्यता है, 'तीर्थम् तरति पापादिकं यस्मात्' अर्थात् जिसकी यात्रा से पाप आदि से (और बढ़ा लीजिये तो भव-सागर से) व्यक्ति तर जाये, वह तीर्थ है। किसी स्थान-विशेष की यात्रा से, किसी विग्रह-विशेष के दर्शन करने से या सरोवर, नदी, संगम, सागर आदि में स्नान करने मात्र से कोई पापों से कैसे तर सकता है? इस प्रकार की युक्ति करनेवाले

सदाशयतापूर्वक यह सलाह भी देते हैं, 'मंच चंगा तो कठौती में गंगा!' उनसे विनम्रतापूर्वक पूछना चाहता हूँ, 'यह तो बताइये कि मन कैसे चंगा होगा?' ऐसे लोग यह नहीं समझ पाते कि तीर्थ-यात्रा भी मन को चंगा करने का उपाय ही है। राग-द्वेष, अहन्ता-ममता से भरा मन जब परम्परा से पवित्र माने जानेवाले पर्वत-शिखरों, नगरों, नदियों, सागर-तटों के दर्शन करने निकलता है तो उसका शारीरिक श्रम और परिश्रम से उपार्जित अर्थ जिस उद्देश्य के लिए व्यय होता है, वह उसके वैयक्तिक-पारिवारिक स्वार्थों के घेरे से बहुत बड़ा होता है। उसके प्रति श्रद्धा रखने के कारण उसके हृदय का विस्तार होता है। पर्वत, जंगल, नदी, समुद्र जैसे ममत्व-रहित क्षेत्रों के दर्शन से जगत् के प्रति उसकी ममत्व-बुद्धि कम होती है और यदि सन्तों का सत्संग हो जाये तो अनायास ही चित्त-शुद्धि होती है। जाननेवाले जानते हैं कि केवल गतानुगतिक ढंग से तीर्थ-यात्रा कर लेने को भारतीय विचारकों ने भी बहुत ऊँचा स्थान नहीं दिया है। यह श्लोक प्रसिद्ध ही है :

उत्तमा सहजावस्था, मध्यमा ध्यान-धारणा।
अधमा शास्त्रचिन्ता च, तीर्थयात्राधमाधमा।।

किन्तु फिर भी इससे इनकार नहीं किया गया है कि सहजावस्था तक पहुँचने के आरोहण-क्रम में आरम्भिक सही, तीर्थ-यात्रा भी एक पड़ाव है।

फिर तीर्थ केवल स्थावर ही नहीं होते, जंगम और मानस भी होते हैं। जिन सन्तों और विद्वानों के सद्विचारों से हमारे मन में पवित्रता और उदात्तता आती है वे जंगम तीर्थ-तुल्य हैं। इसलिए गुरु को भी तीर्थ माना जाता है और गुरुभाई एक-दूसरे को सतीर्थ कहते हैं। तुलसीदास ने इसी दृष्टि से सन्त-समाज की वन्दना 'जो जग जंगम तीरथराजू' कहकर की है। स्थावर और जंगम तीर्थों के सेवन का सुफल यही है कि हमारा मन भी तीर्थ-तुल्य बन जाये। उसमें उन गुणों का आधान हो जिनसे मनुष्य सच्चा मनुष्य बनता है। 'सत्यं तीर्थैः क्षमा तीर्थैः तीथरिन्द्रियनिग्रहः' आदि वचनों से यह स्पष्ट है कि सत्य, क्षमा, इन्द्रिय-निग्रह आदि सद्गुण जिस मन में निवास करते हैं वह किसी तीर्थ से कम नहीं। भक्तों की तो मुख्य लालसा यही है कि उनके इष्टदेव उनके मन में बस जायें जिससे उनका मन ही भगवद्धाम हो जाये, भागवत-भूमि बन जाये। 'राम-कथा मन्दाकिनी चित्रकूट चित चारु' अथवा 'हौं ही ब्रज वृन्दावन मोहींमें बसत सदा' जैसी प्रभूत उक्तियाँ उद्धृत की जा सकती हैं। भागवत-भूमि की यात्रा की संकल्पना करते समय अज्ञेय जी ने यह तय कर लिया था कि यात्रा धार्मिक नहीं होगी, जिन स्थलों से होती हुई जायेगी उन्हें मात्र 'धार्मिक तीर्थ-स्थल' मान कर ही महत्त्व नहीं दे रही होगी, बल्कि उसकी तलाश उस 'भागवत-भाव' की होगी जिसकी उच्चतर भूमि पर विभिन्न धर्म-मतावलम्बी धर्म-प्राण सन्त एक-दूसरे से मिल सकते हैं। मुझे इससे कोई विमति

नहीं थी। अपने मन को भागवत-भाव से ओत-प्रोत कर लेना मेरे संस्कारशील मन के लिए उसे भागवत-भूमि—भगवद्धाम—बना लेना ही है। आज के मुहावरे में इसे सांस्कृतिक उपलब्धि माना जा सकता है, मेरे लिये यह भक्ति-साधना का ही एक अंश है कि सम्प्रदाय-निरपेक्ष रूप से मन में सब सन्तों के प्रति समादर हो।

इन्हीं भावों में डूबता-उतराता 43 घण्टों की यात्रा के बाद जब गुजरात विश्वविद्यालय के अतिथि-आवास के द्वार पर पहुँचा तो इला जी एवं डॉ. रमेशचन्द्र शाह को देखकर आश्वस्त हुआ कि सही ठिकाने पर आ पहुँचा हूँ। रमेश जी मुझे देखते ही चहके, 'अरे आप तो बिलकुल तरोताजा नजर आ रहे हैं, लगता ही नहीं कि आप कलकत्ते से चले आ रहे हैं! चलिये, चलिये, हम लोगों के साथ अहमदाबाद परिभ्रमण के लिए आप भी चले चलिये।' मेरा सैलानी मन तुरन्त मान गया। मैंने कहा, 'मान लूँगा कि रेल अब मिनी बस बनकर अहमदाबाद शहर में घूम रही है। आखिर गाड़ी तीन-चार घण्टे लेट भी तो हो सकती थी।' और कस कर ठहाका लगाया! इला जी तो व्यवस्था के लिए रुक गयीं, रमेश जी के साथ मैं मिनी बस में जा बैठा। वहीं परिचय हुआ दर्शन के विख्यात विद्वान् डॉ. जड़ाऊलाल मेहता एवं उनकी पत्नी विमला जी से, सेवानिवृत्त प्रशासक एवं लेखक श्री भगवती शरण सिंह से तथा गुजराती के कवि-कथाकार एवं हिन्दी के प्राध्यापक डॉ. रघुवीर चौधरी से। दो विद्यार्थी भी साथ थे।

अहमदाबाद दो बार पहले भी आ चुका था। उसके दर्शनीय स्थल देख चुका था। उन्हें दुबारा देखकर भी अच्छा लगा किन्तु उससे ज्यादा अच्छा लगा सहयात्रियों की निकटता पाकर! दर्शन का प्रकाण्ड पाण्डित्य और बालकों जैसा सरल मन लिये डॉ. मेहता तीव्र गति से प्रवहमान यानोंवाली सड़क-सरिताएँ पार करते समय जिस तरह थमथमा जाते थे, उसे देखकर जितना कौतूहल हुआ, उससे अधिक उनके प्रति श्रद्धा उमड़ी उनकी आत्मीयता-भरी ज्ञान-गर्भ बातों से। विमला जी कब विमला भाभी बन गयीं, पता ही नहीं चला। भगवती शरण जी दादा, बड़े भाई, बन गये। प्रशासन के ऊँचे-ऊँचे पद भी उनकी बनारसी मस्ती का कुछ बिगाड़ नहीं पाये, यह देखकर परम सन्तोष हुआ। रमेश जी से निकटता तो पहले ही हो चुकी थी, हृद्यता इसी यात्रा में हुई। उन्हीं के सद्भाव ने उमड़कर अहमदाबाद-परिदर्शन के कार्यक्रम में मुझे सम्मिलित कर लिया था। बतरस-रसिक हैं वे और विद्वत्ता एवं सहृदयता के संगम भी हैं। गपशप ज्यादातर उन्हीं से होती रही। रघुवीर जी नारिकेल समाकार लगे। अपरिचय के बाहरी आवरण को तोड़ने में थोड़ा समय लगा, किन्तु उसके बाद उनके अन्तस् की सरसता ने मुझे स्निग्ध कर दिया।

अहमदाबाद भविष्योन्मुख शहर लगा। कर्णावती और अहमदाबाद के पुराने खोलों से निकल कर आज का 'अहमदाबाद' दुनिया के किसी भी आधुनिक नगर से होड़

ले सकता है। साबरमती के तीर पर अवस्थित बापू का आश्रम जिस पवित्रता और तपस्या का सन्देश देता रहता है, उसे भी सुनने का अवकाश आज उसे नहीं है। आज तो उसका आदर्श लन्दन और न्यूयार्क लगता है। इस वर्धिष्णु नगर के प्रति मंगल कामना व्यक्त करते हुए यही चाहता हूँ कि इसके प्राणों में भारतीयता का स्पन्दन बना रहे, कलेवर भले ही अधिकाधिक आधुनिक होता जाये।

शाम को पं. के. का. शास्त्री तथा अन्य स्थानीय विद्वानों से परामर्श कर अज्ञेय जी ने यात्रा-क्रम के प्रारूप को अन्तिम रूप दिया। भागवत-भूमि-यात्री होने का पक्का अहसास तो मुझे तब हुआ जब रात को मेरे कक्ष में आकर अज्ञेय जी एक झोला दे गये। मुझे लगा, उन्होंने सहयात्री के रूप में मुझे दीक्षित कर लिया। उसमें एक पैड भी था और एक बॉलपेन भी। क्या यह पूर्व सूचना थी कि यात्रा के बाद उसकी उपलब्धियों पर अपने मनोभावों को मुझे लिपिबद्ध भी करना पड़ेगा? काश, उस समय ही मैं यह समझ पाता!

यात्रा का प्रारम्भ हुआ 10 फरवरी, 1985 के प्रातः काल ऋषि-कवि उमा शंकर जोशी के मंगलमय आशीर्वाद के साथ। उमाशंकर जी बहुत पुलकित थे कि अज्ञेय जी ने गुजरात-यात्रा के लिए इतने साहित्यकारों-विद्वानों को एकत्र किया है। उन्होंने शुभाशंसा की कि श्रीकृष्ण और उनके भक्तों का जो जीवन्त प्रभाव गुजरातवासियों पर है, उसका समुचित आभास भागवत-यात्रा के यात्रियों को मिले!

'पास दिखे पर दूर रहे जो, मैं वह क्षितिज नाम का देश' की उक्ति को चरितार्थ करते हुए अज्ञेय जी तन से साथ रहते हुए भी मन से विचार-जगत् में लीन रहने के कारण अलग-से थे। एक बार पूरी योजना बना लेने के बाद वह उससे मुक्त-से हो गये थे। उनकी सन्निधि ने आत्मानुशासन का ऐसा अदृश्य किन्तु अनुभवगम्य वातावरण निर्मित कर दिया था कि हम लोगों की चहक और बहक एक सीमा के बाद स्वतः मर्यादित हो जाती थी।

व्यवस्थापिका के रूप में इला जी की अनथक, सस्मित तत्परता यात्रा-रथ की धुरी साबित हुई। हम लोगों की सुख-सुविधा और सुरक्षा का जितना ध्यान उन्हें था, उतना तो हम लोगों को भी नहीं था। निवास, भोजन आदि की उपयुक्तता की जितनी चिन्ता उन्हें थी, उतनी ही सतर्क वे इस बात को लेकर भी थीं कि कोई द्वारका, पोरबन्दर, सोमनाथ और चोरवाड़ में समुद्र-स्नान करने का दुःसाहस न कर बैठे क्योंकि सरकारी सूचना के अनुसार वहाँ नहाना खतरनाक था।

उपनेता थे डॉ. रघुवीर चौधरी। सुप्रसिद्ध गुजराती कवि-कथाकार एवं विश्वविद्यालय में हिन्दी के प्राध्यापक होने के कारण यात्रा के सभी स्थलों में उनके मित्र, प्रशंसक और विद्यार्थी विद्यमान थे। उनके संकेत से प्रायः सभी क्षेत्रों में अज्ञेय जी के स्वागत-अभिनन्दन के आयोजन हुए जिनके बहाने स्थानीय साहित्यिक, प्राध्यापक एवं साहित्य-प्रेमी बन्धुओं से अनायास भेंट होती रही। सर्जनात्मकता और प्रबन्ध-पटुता में

साधारणतः छत्तीस का सम्बन्ध रहता है, किन्तु रघुवीर जी में वे तिरसठ की मुद्रा में सह-अवस्थान करती हैं।

राय आनन्दकृष्ण उर्फ राजा भैया यात्रा की जीवन्तता के मूर्तरूप थे। बनारसी मस्ती का उत्कृष्ट रूप उन्हें विरासत में मिला था। सदा मुस्कराते, गुदगुदाते, गुनगुनाते राजा भैया यदि यात्रा में साथ न होते तो ज्ञान की गुरुता इस कदर हावी रहती कि प्राणों में रस का उच्छलन न हो पाता। कभी-कभी विश्वास करना कठिन हो जाता था कि छेड़-छाड़ का यह रसिया काशी हिन्दू विश्वविद्यालय का वरिष्ठ प्रोफेसर ही नहीं भारतीय ललित कला के मर्मज्ञ के रूप में अन्तरराष्ट्रीय ख्याति सम्पन्न विद्वान् है।

डॉ. मेहता, विमला भाभी, दादा भगवती शरण सिंह एवं प्रो. रमेशचन्द्र शाह का उल्लेख कर चुका हूँ। विख्यात छायाकार ओ.पी शर्मा और चित्रांगदा शर्मा भी हमारे सहयात्री थे। अपने में तल्लीन यह युगल दृश्य सौन्दर्य को कैमरों में बाँध लेने के लिए आकुल-व्याकुल हो उठता था। हर सम्भव कोण से छायांकन कर लेने की व्यग्रता उन्हें चंचल कर देती थी। दूरी-निकटता, आरोहण-अवरोहण उन्हें सब-कुछ स्वीकार था यदि वह ग्राह्य दृश्य में विशिष्टता उत्पन्न करने में समर्थ हो। छायाकार के रूप में अज्ञेय जी भी बहुत सक्रिय रहे। जिस कुशलता से वह लेखनी चलाते थे उसी अधिकार से कैमरे का ट्रिगर भी दबाते थे। और कैसा आश्चर्य है कि जिस प्रकार उनकी कविताओं में चित्र मूर्त हो उठते हैं, उसी प्रकार उनके छायांकन बोलने-से लगते हैं! इतने गुणियों में एक मैं ही अगुणी था।

राजकोट के भाभा रेस्तराँ में गुजरात की भोजन-विविधता एवं अतिथि-प्रीति का आस्वाद ग्रहण करते हुए हम लोग अपराह्न तक जामनगर तक पहुँच गये। ठहरे— यथानाम तथा गुण, 'आराम होटल' में। दादा (भगवती शरण जी) के कक्षवासी या जोड़ीदार होने का मेरा जो क्रम यहाँ बैठा, वह यात्रा के अन्त तक चलता रहा। उनके प्रशासकीय ज्ञान तथा गुणग्राही स्वभाव से मैं निरन्तर समृद्ध होता रहा। उम्र, पद, अनुभव सब दृष्टियों से बड़े होते हुए उन्होंने मुझे बहुत स्नेहपूर्वक अपना बना लिया।

जामनगर का सबसे सुन्दर स्थल लखोटा तालाब लगा। विशाल ताल के भीतर राजमहल राजसी प्रवृत्ति का कलात्मक प्रदर्शन! किन्तु इस समय जिस दृश्य ने हम सबको मोहा वह था उल्लसित समुद्री पक्षियों का कलरवयुक्त जल-सन्तरण! न केवल शर्मा-दम्पती बल्कि अज्ञेय जी भी उस नयनाभिरामता को कैमरे के द्वारा छायांकित करने के लिए व्यग्र हो उठे। इला जी, विमला जी के रहते यह कैसे सम्भव था कि बन्धेज की साड़ियों तथा जामनगर की अन्य विशिष्ट वस्तुओं का सम्मान न होता। उनकी प्रेरणा से मैं भी गृहस्थ-धर्म के निर्वाह में पीछे नहीं रहा।

जामनगर से द्वारका के लिए रवाना होकर पं. के. का. शास्त्री के परामर्श के अनुसार हम लोग दोपहर के भोजन के लिए 'पिण्डारक' पर रुके। पर कहाँ था वह महाभारत-कालीन 'पावनं पावनानाम्' नगर पिण्डारक जिसकी पवित्रता इतनी थी कि वहाँ पिण्डदान करने पर दिवंगतों की सद्गति में कोई सन्देह नहीं रह जाता था! तभी तो पाण्डवों ने यहाँ महाभारत-युद्ध में दिवंगत हुए स्वजनों की कल्याण-कामना से प्रेरित हो पिण्डदान किया था एवं यदुवंशियों का विनाश आसन्न जानकर द्वारका के समस्त ऋषियों को प्रभु ने इसी नगर में भेज दिया था। आज तो वहाँ कुछ भग्न मन्दिरों की विषादमयी नीरव रागिनी से विजड़ित निर्जनता के अतिरिक्त कुछ नहीं है। सर्वग्रासी काल सब-कुछ लील गया है, पर स्मृति को अब भी नहीं मिटा पाया है। मध्य-युग में वल्लभाचार्य ने वहाँ भागवत बाँची थी। उनके अनुयायियों ने उनकी बैठक के रूप में एक कोठरी बना दी है और उसे 'केशव-कृपा' का नाम दे दिया है। हमारे लिये भी वह कृपालु साबित हुई। उनके पिछवाड़े के शिव-मन्दिर की ओर उसकी छाया में हम लोगों ने 'कर-पात्री' होकर भोजन किया। दर्शन के वैदुष्य का ताप डॉ. मेहता की सरसता को झुलसा नहीं पाया है, इसका प्रमाण मिला श्रीखण्ड के प्रति उनकी अनुरिक्त से। उन्होंने मुझे भी प्रेरणा दी उदारतापूर्वक उसे उदरस्थ करने की। राजा भैया भी किसी से पीछे रहनेवाले नहीं थे।

अभी हम लोगों का भोजन-पर्व ही चल रहा था कि अज्ञेय जी कैमरा लिये नातिदूरस्थ भग्न शिव-मन्दिर की ओर निकल पड़े। शर्मा-दम्पती खाड़ी किनारे की राशि-राशि, बड़ी-बड़ी चमकदार सीपियों की तस्वीरें उतारने में मगन थे। भाटा होने के कारण समुद्र बहुत दूर चला गया था और उसकी ये निधियाँ उघड़ी पड़ी थीं। कुछ मित्रों ने स्मारक के रूप में कुछ 'सीपी-गुच्छ' चुन भी लिये थे। मुझे ज़फ़र की ये पंक्तियाँ याद आ गयीं :

साहिल पे ढूँढते हैं मुरादों की सीपियाँ।
सागर की तह में लोग गुहर जानते नहीं।।

फिर लगा कि कुछ हिम्मती गोताखोर सागर की तह से मोती ले जाते हैं, यह निश्चय ही प्रशंसनीय है, किन्तु क्या इसीलिए जो ऐसा नहीं कर पाते वे सीपियों से भी वंचित रहें? फिर पिण्डारक की इन असाधारण सीपियों को संचित करने की इच्छा तो मोती निकाल लानेवालों के मन में भी जाग सकती थीं।

भग्न मन्दिरों की परिक्रमा हम लोगों ने भी की। राजा भैया ने बिलकुल प्राध्यापकीय मुद्रा में उन मन्दिरों की वास्तुकला का परिचय देना शुरू किया। उनके मतानुसार वे मन्दिर आठवीं शताब्दी के रहे होंगे, जब देश का यह हिस्सा समुद्री व्यापार के कारण

बहुत समृद्ध रहा होगा। किन्तु राजा भैया का यह रूप परिशीलित था। उनका सहज रूप तो तब प्रकट हुआ जब एक भग्न मूर्ति पर पाँव रखकर वह उचककर 'केशव-कृपा' की छत पर चढ़ गये और लगे हम लोगों को ललकारने! उनके आह्वान की सम्मान-रक्षा के लिए मैं भी छत पर जा चढ़ा, अवश्य ही मूर्ति पर पाँव रखकर नहीं। और फिर एक-एक कर रमेश जी और रघुवीर जी भी आ गये। उस छत पर सचमुच बहुत सुख मिला। ज्वार आने लगा था और प्रतिपल तट की ओर बढ़ते तरंगित समुद्र को देखना अपने में सुखद अनुभव था। लहरों के साथ उमड़ती चली आ रही थी वलाका-पंक्ति जिनकी शोभा देखते ही बनती थी! सागर का स्नेह-सन्देशा लिये फरफराती हवा 'शिप्रावात' से भी अधिक चाटुकारिता कर रही थी। शायद उसी की गुदगुदी का सुफल था कि राजा भैया ने संगीत की तान अलापी और अपने दर्दीले स्वर में उस गोप-वधू की पीड़ा को अभिव्यक्ति दी, जिसकी शिकायत यह थी कि जसुदा जी का लाल औरों से तो धमाल खेलता फिरता है, पर मुझसे सदा तिरछा ही डोलता है, कभी बात तक नहीं करता :

औरन सों खेलै धमाल, मों सो ऐंडो ही डोलैं।
जसुदा जी को लाल मों सो मुख हू न बोलै।।

निश्चय ही उनका स्वर मधुर था। जिसमें और मिठास घोल रहा था वहाँ का परिवेश! पिण्डारक का मैं कृतज्ञ हूँ। महाकाल की दुर्धर्षता को भी उसने उजागर किया और जिजीविषा की मोहकता को भी।

जब हम लोगों ने बिना नगर-द्वारों वाली आधुनिक द्वारका में प्रवेश किया तो शाम हो चली थी। 'होटल गुरु प्रेरणा' में व्यवस्थित होते-होते कुछ और समय लगा। तब तक अँधेरा उतर आया था, सागर-तट पर जाने का समय नहीं रह गया था। हमारी यात्रा भले सांस्कृतिक स्तर पर की जा रही थी। अर्थात् धार्मिक भावना को सर्वप्रधान मानकर नहीं चल रही थी, किन्तु वह उसका एक प्रमुख तत्त्व अवश्य थी। सभी यात्री आस्तिक थे। स्वाभाविक रूप से सामूहिक इच्छा हुई कि भगवान् द्वारकाधीश की आरती के दर्शन कर लिये जायें।

भगवान् के श्रीविग्रह के समक्ष नन्हीं-नन्हीं ज्योति-शिखाओं का विनत-नर्तन! आरती की झिलमिलाती प्रकाश-योजना मुझे मधुर गीति कविता-सी लगती है। गुरुवर स्वामी अखण्डानन्द सरस्वती ने बताया था, "आरती को नीराजन भी कहते हैं, 'नीराजनम्' अर्थात् निःशेषेण राजनम्, दीपनम्, भगवान् के अंग-अंग को चमकाना। आरती भगवान् के जिस श्रीअंग के समक्ष होती, वही चमक उठता। हे प्रभु, तुम्हारे ज्योतिर्मय श्रीअंग मेरे घनान्धतामय मानस में भी चमकते रहें।" मुझे याद आ रहा है, मैंने गुरु जी से पूछा था, 'नीराजन तो ठीक, किन्तु आरती क्यों? उसमें तो आर्त्ति की

ध्वनि है। तुलसीदास ने कहा भी है, 'हरति सब आरती, आरती राम की।' गुरु जी ने बताया था, "उस अर्थ में आरती का मूल संस्कृत शब्द है 'आरार्त्तिक्यम्' अर्थात् निकट से अपनी आर्त्ति का निवेदन करना। आर्त्ति का सच्चा निवेदन तो वही कर सकता है जो तुलसी की तरह मानता हो, 'मोहिं और को है, काहि कहि हौं!' हम लोग तो परम्परा का पालन भर कर लेते हैं। 'आरति' का अर्थ पूर्ण प्रीति भी है, उसे 'आत्म-ज्योति' मानकर दीप-ज्योति के माध्यम से निवेदन करने को कुछ वैष्णव 'निर्मञ्छनम्' अर्थात् आत्मज्योति निवेदन भी मानते हैं।"

रात को ही तय हो गया था कि हम लोग बिलकुल तड़के समुद्र-तट पर पहुँच जायेंगे। प्रातःकृत्य के अनन्तर जब हम लोग होटल से निकले तो अँधेरा ही था और बीच-बीच में टॉर्चों का उपयोग करना पड़ रहा था।

हम लोग समुद्र-तट पर पहुँचे ही थे कि पौ फटी। हल्का धुँधलका क्रमशः ज्योतिर्मय होता चला गया। पश्चिमी तट होने के कारण समुद्र से उगते हुए सूरज के दर्शन तो पुरी की तरह सम्भव नहीं थे, लेकिन इसके साक्षी हम लोग बने कि 'बदलता है रंग आसमां कैसे-कैसे।' शर्मा-दम्पती और अज्ञेय जी ही नहीं, इला जी भी तस्वीरें उतारने के लिए आतुर हो उठीं। लगता था कि वे लोग समुद्र और उसके तटवर्ती सौन्दर्य की हर सम्भव आभा को कैमरे के माध्यम से अपने लिये स्थायी बना लेना चाहते हैं। मुझमें भी कविता का स्रोत फूटा और सहयात्रियों को रह-रहकर रससिक्त करने लगा। अपार जल-राशि का क्षितिज-स्पर्शी सुनील विस्तार प्रभु की विभूति ही है। गीता में कहा ही गया है—'सरसामस्मि सागरः' जलाशयों में मैं समुद्र हूँ। विराट् का सान्निध्य मन को विराट् बनाता ही है। सागर की तरंगों की ही तरह हम लोगों के हृदयों में भी आनन्द की ऊर्मियाँ उठ रही थीं। हम लोग किनारे-किनारे ही मन्दिर की ओर चले। मीराँ ने अपने पदों में जिस स्थानीय नदी गोमती की 'धारा रे झकझोर' का उल्लेख करते हुए उसके सागर-संगम का वर्णन किया है, वह करीब-करीब सूखी-सी दिखी। दुःख इस बात का और अधिक हुआ कि सागर से उसका मिलन भी बालुका-राशि के अवरोध के कारण नहीं हो पा रहा था, अब सम्भवतः वर्षा के कुछ महीनों में ही इसकी झकझोर-भरी धारा सागर से मिल पाती होगी।

भगवान् द्वारकाधीश के मन्दिर के गगनचुम्बी शिखर पर लहराती हुई बावनगजी विशाल ध्वजा ने सबका ध्यान आकर्षित किया। ध्वजा का यह आकार मन्दिर की उच्चता के अनुरूप ही है। नवीन ध्वजा का आरोहण मन्दिर के पुजारी-वर्ग के लिए विशिष्ट समारोह बन जाता है क्योंकि उस दिन सभी पुजारी-परिवार (जिनके सदस्यों की संख्या कई हजार है) मन्दिर में ही प्रसाद पाते हैं। श्रद्धालुओं के उत्साह से ऐसे सुअवसर महीने में एकाधिक बार आते रहते हैं। हम लोगों ने द्वारकाधीश जी के पुनः दर्शन किये।

आदि शंकराचार्य द्वारा स्थापित शारदापीठ मन्दिर से लगा हुआ ही है। वहाँ भी अपनी श्रद्धा अर्पित की। भारत के चारों कोनों में चार पीठों की स्थापना कर चारों धामों की यात्रा को करोड़ों व्यक्तियों की जीवन-लालसा बना देनेवाले उस महान् आचार्य का कितना ऋण हम पर है, हम इसका ठीक-ठीक अनुभव भी नहीं कर पाते। दर्शन में निर्मम कठोर बौद्धिक प्रखरता और स्तोत्रों में अद्‌भुत भावमयी समर्पण-मूलक तल्लीनता! अद्‌भुत व्यक्तित्व था आचार्य शंकर का! मुझे तब बहुत अच्छा लगा जब अज्ञेय जी ने पुष्कर भाई गोकानी के स्नेहपूर्ण-श्रद्धापूर्ण अनुरोध को स्वीकार कर श्रीशंकराचार्य संस्कृत संस्थान में जाना स्वीकार कर लिया।

बस्ती से थोड़ा हट कर है शारदापीठ का श्रीशंकराचार्य संस्कृत संस्थान। वहाँ के डॉक्टर जयन्तीलाल ठकार और श्री सुरेश भाई दवे ने अज्ञेय जी का और उनके साथ हम लोगों का भी बहुत स्नेह-समादर के साथ स्वागत किया। इस संस्थान के अन्तर्गत अच्छा विद्यालय और पुस्तकालय तो है ही, शोध-कार्य भी होता है और एक त्रैमासिक शोध-पत्रिका भी निकलती है। कुछ छोटे-छोटे शोध-निबन्ध भी प्रकाशित किये हैं संस्थान ने। इसकी व्यवस्था में भी अंग्रेजी का प्राधान्य देखकर अज्ञेय जी व्यथित हुए। उन्होंने अंग्रेजी के अन्ध मोह का विरोध करते हुए कहा कि संस्थान के नाम-पट्ट आदि ही नहीं सारी कार्यवाही भी या तो संस्कृत में हो अन्यथा गुजराती-हिन्दी में हो। संस्थान के विद्यार्थियों ने सुमधुर स्वर में संस्कृत की कुछ स्तुतियाँ सुनायीं, रघुवीर जी ने अज्ञेय जी का और हम लोगों का संक्षिप्त परिचय दिया। अज्ञेय जी ने 'भागवत भूमि यात्रा' का उद्‌देश्य स्पष्ट करते हुए कहा कि श्रीकृष्ण-जन्मस्थान से आरम्भ होकर प्रभास-क्षेत्र तक चलनेवाली यह यात्रा श्रीकृष्ण की लीला-भूमि अथवा कर्म-भूमि के परिदर्शन को प्राधान्य देते हुए भी उन्हीं तक सीमित नहीं रहेगी; उनके भक्तों-भागवतों की भूमि के रूप में भी इस क्षेत्र से अपना तादात्म्य करना चाहेगी; उन भक्तों की रचनाओं, साधनाओं से प्रभावित जन-समाज के साथ भी जुड़ना चाहेगी और इस तरह शताब्दियों से श्रीकृष्ण के प्रति समर्पित भावना के साथ जीवन व्यतीत करनेवालों के भागवत-भाव को अपनी सीमा में उपलब्ध भी करना चाहेगी। क्योंकि श्रोता अज्ञेय जी की कविताएँ सुनना चाहते थे और अज्ञेय जी सुनाने की मनःस्थिति में नहीं थे, अतः रघुवीर जी ने हठात् मुझसे अनुरोध किया कि मैं अज्ञेय जी की कुछ कविताएँ सुनाऊँ। मुझे इससे प्रसन्नता ही हुई और मैंने अज्ञेय जी की चार-पाँच अच्छी कविताएँ भावानुरूप स्वर में सुनायीं। श्रोताओं को यह काव्य-पाठ प्रीतिकर लगा, इससे मुझे बहुत सन्तोष हुआ। फिर तो यह अनिवार्य अंग ही बन गया गोष्ठियों का। पोरबन्दर, जूनागढ़, ऊना जहाँ-जहाँ स्थानीय साहित्यकारों या प्राध्यापकों के आग्रह से मिलन-गोष्ठियाँ हुईं, वहाँ-वहाँ अज्ञेय जी के भाषण के अनन्तर मैंने अज्ञेय जी की कविताओं का पाठ किया। सच बात तो यह है कि कविताओं को गाकर सुनाना या सपाट ढंग से बोलकर सुनाना

कविता के प्रति अन्याय करना है। कविता के यथायोग्य सम्प्रेषण के लिए उसका भावानुरूप पाठ बहुत प्रभावी माध्यम है। बंगाल में यह स्थिति अभी तक है, यद्यपि यह सच है कि कोई-कोई काव्य-पाठकर्त्ता अति नाटकीयता के दूसरे छोर तक पहुँचकर कविता को बेस्वाद कर देता है। मैं चाहता हूँ कि हिन्दी के कवि समुचित काव्य-पाठ के गौरव को समझें एवं अपनी ही कविता के मंगल के लिए तदनुरूप कविता सुनायें।

सूर्यास्त के पहले ही हम लोग समुद्र-तट पर जा पहुँचे। द्वारका की नगर पालिका ने एक विशिष्ट स्थल पर सूर्यास्त देखने के लिए एक गोलाकार क्षेत्र बना रखा है, जिसे 'सनसेट-प्वाइण्ट' या 'सूर्यास्त-क्षेत्र' कहते हैं। हम लोगों ने वहाँ से भी अस्ताचलगामी रवि को धारे समुद्र की शोभा देखी, किन्तु वहीं अटके नहीं। सौन्दर्य क्या एक ही कोण से देखे जाने की वस्तु है? हम लोग सीधे पथरीले तट पर उतर गये और वहाँ पहुँच गये जहाँ लहरें उभरे हुए शिला-खण्डों से जोर-जोर से टकरा कर उदात्त सामगान कर रही थीं। अद्‌भुत परिवेश था! उन्मुक्त अरुणिमा-रंजित, हिल्लोलित विशाल नील जल-राशि, प्रतिपल उसकी गोद में समाता श्रमित रक्ताभ रवि-मण्डल, उत्फुल्ल, प्रसन्न वायु-प्रवाह, रात्रि-विराम के लिए जाती श्वेत सागर-पाखियों की अविराम पंक्तियाँ—कुल मिलाकर शोभा का महासम्भार! मुग्ध नेत्रों से अपलक उसे देख ही रहा था कि निराला की पंक्तियाँ मन में उभरने लगीं—

अस्ताचल रवि, जल छलछल-छवि,
स्तब्ध विश्व कवि, जीवन् उन्मन;
मन्द पवन बहती सुधि रह-रह
परिमल की कह कथा पुरातन।

जिसे देखकर विश्वकवि स्तब्ध रह जाता हो, उसे शब्दबद्ध मैं कैसे करूँ! उसमें तो लीन ही हुआ जा सकता है, प्रियतम के चिन्तन में विभोर ध्यानमग्न सूर्य की तरह चेतना की शेष किरण को भी अर्पित करते हुए—

ऊपर शोभित मेघछत्रसित,
नीचे अमित नील जल दोलित;
ध्यान-नयन मन-चिन्त्य-प्राणधन;
किया शेष रवि ने कर-अर्पण।

अचानक कानों से टकरायी मधुमयी संगीत-लहरी। प्रकृति के वक्ष की धड़कन बने-से राजा भैया मन्द लेकिन मस्त सुर से गा रहे थे। सम्मोहन-पर-सम्मोहन! उठने का मन ही नहीं हो रहा था, पर जब अँधेरा घिरने लगा तब इला जी की सुरक्षा-व्यवस्था स्वीकारनी ही पड़ी।

बेट द्वारका के मार्ग पर अवस्थित द्वादश ज्योतिर्लिंगों में एक माने जानेवाले भगवान् नागेश्वर के दर्शन कर बड़ी स्फूर्ति मिली। इला जी ने परिशीलित कण्ठ से 'महिम्न-स्तोत्र' का पाठकर मुझे चमत्कृत कर दिया। गोपी तालाब के पीले रंग की मिट्टी को गोपी चन्दन की महिमा अर्पित की है जनता की श्रद्धा ने। वल्लभाचार्य जी की बैठक इसी गोपी तालाब के पास है। सारे देश को भागवतमय कर दिया था वल्लभ ने स्थान-स्थान पर उसका पारायण कर।

बेट द्वारका अर्थात् द्वीप द्वारका!! ओखा से मोटरबोट के द्वारा हम लोग बेट द्वारका पहुँचे। मुश्किल से 5-6 मिनट लगे होंगे। खाड़ी की फरफराती हवा ने धूप की तीक्ष्णता को सुसह्य बना दिया था।

द्वारकाधीश जी का बड़ा प्रशस्त मन्दिर है यहाँ भी! मन्दिर में भागवत की कथा हो रही थी। बड़ी संख्या में ग्रामीण स्त्री-पुरुष (जिनमें अधिकांश तीर्थ-यात्री थे) श्रद्धापूर्वक कथा सुन रहे थे। वेदरूपी कल्पवृक्ष का पका हुआ—सारस्वरूप फल भागवत-शुक के मुख-स्पर्श के कारण अमृत से भी अधिक मधुर होकर शाश्वत जीवन प्रदान करने में समर्थ है। उसकी रसमयी कथा का आजीवन पान करने का निर्देश भक्तों ने दिया है। भागवत की कथा आज भी श्रोताओं को शोक, मोह और भय अर्थात् अतीत, वर्तमान एवं भविष्य के दुःखों का निवारण करनेवाली रसमयी प्रेमाभक्ति प्रदान कर रही है, यह अनुभव भागवत-भूमि-यात्रा की मूल्यवान् उपलब्धि है। मुख्य मन्दिर के साथ जुड़े हुए मन्दिरों में सत्यभामा जी, रुक्मिणी जी आदि के मन्दिर प्रमुख हैं जिनमें मध्यकालीन गुजराती स्थापत्य की झलक देखी जा सकती है।

कुछ भक्तों की मान्यता है कि पुराकाल में द्वारका से बेट द्वारका तक (करीब 20 किलोमीटर की दूरी) एक ही नगरी थी जो समुद्र के गर्भ में समा गयी। समुद्र-तल में उत्खनन के द्वारा प्राचीन नगरी का अवशेष भी डॉ. एस. आर. राव ने खोज निकाला है। कई शोध-कर्त्ताओं ने प्राचीन द्वारका का अनुसन्धान करते हुए दो-तीन अन्य स्थानों को 'मूल द्वारका' के नाम से अभिहित किया है। ये ऐतिहासिक ऊहापोह भी महत्त्वपूर्ण हैं किन्तु जब तक कोई सर्वमान्य निर्णय नहीं हो जाता तब तक वर्तमान द्वारका को ही साधारण जनता की श्रद्धा अर्पित होती रहेगी। वर्तमान द्वारकाधीश जी के मन्दिर के परिसर में भी उत्खनन के फलस्वरूप दो मन्दिरों के अवशेष मिले हैं, जिनसे यह तो प्रमाणित हो ही जाता है कि उस स्थल-विशेष पर द्वारकाधीश जी का मन्दिर बनाने की पुरानी परम्परा रही है। कहते हैं समुद्र में पूरी द्वारका तो डूब गयी थी किन्तु श्रीकृष्ण का भव्य भवन नहीं डूबा। श्रीकृष्ण-वंशज वज्रनाभ ने उसी भवन में द्वारकाधीश जी के मूल मन्दिर की प्रतिष्ठा की थी। वर्तमान मन्दिर सम्भवतः नवीं-दसवीं शताब्दी में बनाया गया है। भारतीय वास्तु-कला का अपूर्व निदर्शन यह मन्दिर सात मंजिला और शत-शत शिखरों से युक्त है। गोकानी

जी के सहयोग के कारण हम लोगों को विविध कोणों से इस मन्दिर के छाया-चित्र लेने की सुविधा मिल सकी थी।

द्वारकाधीश जी के मन्दिर के बाद द्वारका में सबसे प्रमुख मन्दिर है रुक्मिणी जी का, जिसके साथ आशुकोपी दुर्वासा के शाप की कथा जुड़ी हुई है। इस शाप के कारण रुक्मिणी जी को बारह वर्षों तक श्रीकृष्ण का वियोग-ताप झेलना पड़ा था। रुक्मिणी जी ने श्रीकृष्ण की मूर्ति गढ़ते हुए, क्षण-क्षण को प्रभु की स्मृति को समर्पित करते हुए वह विरह-काल काटा था। इससे दुर्वासा ने प्रसन्न होकर रुक्मिणी जी को यह वर दिया कि बिना रुक्मिणी-मन्दिर के दर्शन किये द्वारका-यात्रा सफल नहीं होगी। फलतः सभी यात्री इस मन्दिर के दर्शन करते हैं। पूरे प्रसंग का मर्म यही निकलता है कि प्रेम की कसौटी विरह ही है। विरह में प्रेम-निष्ठा के अक्षुण्ण रहने के कारण रुक्मिणी जी को अन्य कृष्ण-पत्नियों में यह प्राधान्य प्राप्त हो सका कि उनके दर्शन से द्वारका की यात्रा पूर्णता प्राप्त करती है।

पोरबन्दर के रास्ते में हर्षद माता या हरसिद्धि माता का विख्यात मन्दिर है। नया मन्दिर तो भक्तों ने नीचे ही बना लिया है किन्तु मूल मन्दिर पहाड़ी के ऊपर है, जिसके दर्शनार्थ तीन-साढ़े तीन सौ सीढ़ियाँ चढ़नी पड़ती हैं। धूप में इस आरोहण-सुख की लालसा केवल चार व्यक्तियों में जगी। राजा भैया, रमेश जी, ओ.पी. शर्मा और विष्णुकान्त शास्त्री 'जय जय अम्बे, जय जगदम्बे' कहते हुए अनायास ही सीढ़ियाँ पारकर शिखर पर जा पहुँचे। मन्दिर खण्डित था, मूल मूर्ति भी नहीं थी। इस विनाश के लिए जिम्मेदार कौन है, यह ज्ञात नहीं हो सका। भग्न मन्दिर की उदास रागिनी ने मन को पीड़ित अवश्य किया। ऊपर से चारों तरफ का परिदृश्य बहुत सुन्दर लग रहा था। दूर-दूर तक फैला समुद्र—किनारे पर मछुओं के कुछ झोंपड़े, कुछ नावें, दूसरी तरफ धरती का विस्तार ! ऊँचाई दृष्टि को कितनी व्यापकता देती है, चाहे वह भौगोलिक हो या वैचारिक!

पोरबन्दर में हम लोग गुजरात पर्यटन विभाग के 'होटल तोरण' में ठहरे। समुद्र-तट पर नया बना यह होटल बहुत अच्छा लगा। समुद्री वायु का प्रवाह इतना प्रीतिकर और स्फूर्तिप्रद था कि क्या बताऊँ!

यात्री-दल के स्वागतार्थ स्थानीय साहित्यकार एवं हिन्दी के प्राध्यापकगण प्रतीक्षा कर रहे थे। उनमें श्री नरोत्तम पलान, डॉ. देसाई आदि प्रमुख थे। उनके साथ अपराह्न में हम लोग शहर घूमने निकले। पहले सुदामा जी के मन्दिर के दर्शन किये। यहाँ की मान्यता यही है कि इस स्थान का पुराना नाम सुदामापुरी है और यहीं से सुदामा जी श्रीकृष्ण से मिलने द्वारका गये थे। मन्दिर प्रशस्त है, कुछ स्वच्छता और होती तो और अच्छा होता। सुदामा जी के मन्दिर के दर्शन करते समय मुझे ब्रजभाषा के कवि नरोत्तमदास का 'सुदामाचरित' बार-बार याद आया। धनी मित्र की सहायता लेने के औचित्य पर गरीब पति-पत्नी में विवाद, विवश होकर स्वाभिमानी सुदामा का श्रीकृष्ण

के पास जाना, उनका वैभव देखकर चकित रह जाना, श्रीकृष्ण द्वारा उच्छ्वसित भाव से सुदामा को अपनाना—आज भी बहुसंख्यक जनता के स्नेह-समर्थन के आधार पर 'सुदामाचरित' जीवित है, बिना किसी पाठ्यक्रम की आक्सीजन का सहारा लिये! भारत की गरीब जनता चाहती है कि आज भी ऐसे सहृदय धनी मित्र हों जो अपने बाल-सखाओं को अभावग्रस्त स्थिति में देखकर गले से लगाकर सच्चे मन से कह उठें, 'हाय, महादुख पायो सखा तुम आये इतै न कितै दिन खोये।' वास्तव जगत् में जो सम्भावना विरल होती जाती है, भाव-जगत् में उसका मूल्य उतना ही बढ़ता जाता है।

बन्धुवर नरोत्तम पलान बड़े उत्साह से हम लोगों को राजा सुरतान का काव्य-भवन दिखाने ले गये। उस कवि-हृदय राजा ने काव्य-रचना के लिए एक छोटा-सा खूबसूरत तिमंजला महल बनवाया था, जो निचले तल्ले में तो बारहदरी का आभास देता था। पुष्पित उद्यान के मध्य, फुहारों के बीच बैठकर काव्यशास्त्र-विनोद के द्वारा काल-यापन करनेवाले उस राजा के प्रति मन में सद्भाव ही जागा। बारहदरी के खम्भों पर राग-रागिनियों की मूर्तियाँ उत्कीर्ण थीं। मुझे राजशेखरकृत काव्यमीमांसा के दशम अध्याय में वर्णित कविचर्या और राजचर्या की याद आने लगी। राजशेखर ने कवि के भवन का वर्णन करते हुए लिखा है, "वह साफ-सुथरा, लिपा-पुता होना चाहिए। प्रत्येक ऋतु में कवि के बैठने के लिए पृथक्-पृथक् स्थान हों। गृह-वाटिका के अनेक वृक्षों के तले और लता-गृहों में भी सुन्दर आसन-स्थल हों। कृत्रिम क्रीड़ा-पर्वत, नहरें, वापी-पुष्करिणी आदि तो उसमें हों ही, नदी और समुद्र के कृत्रिम रूप भी हों; मयूरी, हिरण, हारिल, सारस, चकवा, हंस, चकोर, शुक, सारिका आदि पशु-पक्षी तो हों ही, गुफाएँ, धारा-यन्त्र (फुहारे), हिण्डोले, आदि भी हों।" राजा काव्य-परीक्षा के लिए कैसे सुसज्जित सभा-मण्डप का निर्माण कराये, इसका भी उन्होंने विस्तृत वर्णन किया है। राजा सुरतान के काव्यमीमांसा का अध्ययन किया था कि नहीं, यह तो नहीं जानता किन्तु उनके इस काव्य-भवन से राजशेखर की आंशिक पुष्टि अवश्य होती है। खेद यही है कि आज काव्य-भवन के चारों ओर का उद्यान लुप्तप्राय हो गया है। और एक छोटे व्यस्त व्यापारिक नगर में यह काव्य-भवन उपेक्षित-सा पड़ा है।

महात्मा गाँधी के पितृ-भवन को पूर्ववत् सुरक्षित रखा गया है। जिस कमरे में उनका जन्म हुआ था। उसको देखकर लगा कि महान् का आविर्भाव भी कितने सामान्य परिवेश में हुआ करता है! मनुष्य अपने विचारों, भावों, आचरणों से बड़ा होता है—केवल उपकरणों से नहीं। बापू के सम्मान में बना कीर्ति-भवन उनकी महत्ता का विनम्र द्योतक भर है।

पोरबन्दर में एक विशिष्ट अनुभव हुआ। बन्धुवर रमेश जी का चश्मा टूट गया तो हम लोग उसे बनवाने निकले। यह जानकर आश्चर्य हुआ कि मुरारी बापू की मानस-कथा सुनने के लिए व्यापारियों ने पूरा बाजार बन्द कर दिया है। सोचता रहा, तुलसी

बाबा ने राम-कथा का जो अमृत-प्रवाह बहाया है उसे कैसे-कैसे सन्तों की साधना से विस्तार प्राप्त हो रहा है। मुझे बताया गया कि पचास-साठ हजार गुजराती श्रोता मुरारी बापू के मुख से 'रामचरितमानस' की कथा सुनने के लिए अनायास एकत्र हो जाते हैं। भागवत-भूमि के संस्कार में कृष्ण और राम का अन्तर करना तो नितान्त अनुचित होगा। कृष्ण-भक्ति चैतन्य महाप्रभु यात्रा के समय जिस रक्षा-मन्त्र का जप करते थे उसमें राम और कृष्ण का अभेद ही परिलक्षित होता है—

राम राघव, राम राघव, राम राघव रक्ष माम्।
कृष्ण केशव, कृष्ण केशव, कृष्ण केशव पाहि माम्।।

माधवपुर-मंगरोल के हरे-भरे क्षेत्र से गुजरते समय द्वारका-क्षेत्र की उदास धूसर भूमि को पीड़ा से मुक्त होने का-सा अनुभव हुआ। माधवपुर में श्रीकृष्ण रुक्मिणी का विवाह हुआ था, ऐसी मान्यता है। माधवपुर में वल्लभ-सम्प्रदाय के दो प्रतिष्ठित मन्दिर हैं। जब हम लोग माधवराय-विक्रमराय के मन्दिरों में दर्शन करने गये तब वहाँ अष्टछाप के कीर्त्तन के पद गाये जा रहे थे। यह ठीक है कि श्रोता कम थे किन्तु अन्तरंगता में कमी नहीं थी। किन्तु अज्ञेय जी को इन सजे-सँवरे नये मन्दिरों के स्थान पर रुक्मिणी जी का पुराना—प्रायः घिस-सा गया—मन्दिर रुचा जिसे समुद्र की नमकीन हवा ने सैकड़ों वर्षों से चाट-चाटकर करीब-करीब सपाट निरलंकृत कर दिया है। उसके ढाँचे की भव्यता पर रीझे अज्ञेय जी अनेक कोणों से देर तक उसके छायाचित्र उतारते रहे।

चोरवाड़ समुद्र-तट पर स्थित जूनागढ़ के नवाब के महल को होटल बना दिया है गुजरात सरकार ने। उसी के पास होटल का नया भवन भी बना है। हम लोग उसी के प्रशस्त कक्षों में ठहरे। सुखद संयोग यह भी था कि हम लोग उस होटल के उद्घाटक अतिथि थे। गाँव वहाँ से 5-6 किलोमीटर दूर है, अतः भीड़-भाड़ का नामोनिशान नहीं था। इस सुरम्य एकान्त सागर-तट पर ऐसे भव्य होटल में ऐसी सुहृत्-मण्डली के साथ तीन दिनों के निवास की कल्पना से ही मन फड़क उठा। यहाँ दो मित्र और जुड़े—कविवर नरेश मेहता और जयपुर विश्वविद्यालय के इतिहास-विभाग के प्राध्यापक एवं सुगायक मुकुन्द लाठ। ये दोनों भोपाल के उत्सव में अंश-ग्रहण कर आ रहे थे। दोनों से मेरा पहले से ही सौहार्द था।

शाम के जलपान के बाद हम लोग समुद्र-तट पर भ्रमण करते हुए कुछ दूर बने एक शिव-मन्दिर तक चले गये। वहाँ समुद्र की ओर मुखकर हम लोग बैठे-बैठे संगीत-रस का पान करते रहे। राजा भैया सधे हुए कण्ठ से बनारस की खास चीज सुना रहे थे—

सैयाँ गैले हों बिदेसवाँ रामा
दगा दै के ना

आधी आधी रतिया पिछले पहरवा
बेला फूले ना।

लोकगीत में शास्त्रीय राग का पुट और भी जादू भर देता है। विरहिणी की कातरता राजा भैया के कण्ठ से ध्वनित होकर स्पष्ट इंगित दे रही थी कि आधी रात को फूलने-महकनेवाला बेला केवल फूल ही नहीं है, उसका अपना यौवन भी है। दगा देकर 'बिदेस भाग जानेवाला सैयाँ' क्या उसकी इस मर्म-वेदना को भी समझ सका था?

मुकुन्द लाठ ने सीधे ध्रुपद का ही आलाप भरा : 'आयो कुँवर कान्ह, मुरलीधर नाम।' बोल यही था। ऊपर से देखने पर लगता है कि यह तो एक सूखी-सी सूचना है कि मुरलीधर नामक कुँवर कान्ह आया। किन्तु मुकुन्द ने इसी को कितनी तरह से कितने भावों में गाया। लगा, अपनी मुरली से जड़-चेतन को मुग्ध कर लेनेवाले कुँवर कन्हैया आये हैं, उनके ऊपर बलि-बलि जाओ, उन्हें अपने मन-प्राण में बसा लो, खुशियाँ मनाओ, जीवन को सार्थक कर लो। जो शब्दातीत है, उसे राग की डोर में बाँधकर मूर्त करने की चेष्टा कर रहे थे मुकुन्द जी! दो गुणियों के पारस स्वर-स्पर्श ने मुझ जैसे संगीत-शून्य व्यक्ति के मन में भी संगीत-रस उत्पन्न कर दिया था।

उसी दिन नरेश मेहता का जन्म-दिन था। हम सबने उन्हें शुभकामनाएँ तो दीं ही, उनसे काफी देर तक कविताएँ भी सुनीं। 'अरण्या' और 'उत्सवा' की वानस्पतिक बोध की कविताएँ हिन्दी साहित्य में एक नया स्वाद, नयी गन्ध लेकर आयी है : 'आज का दिन एक वृक्ष की भाँति जिया और प्रथम बार वैष्णवी सम्पूर्णता लगी।' हम लोग वैष्णवी सम्पूर्णता का भले अनुभव न कर पाये हों, उसका यह हल्का-सा झोंका इन कविताओं के माध्यम से हम लोगों को भी छू ही गया। नरेश जी के साथ मैंने अपने मन में दुहराया 'ओ मेरे दाता, दी है फकीरी तो देना संकल्प भी।' 'तन्मे मनः शिवसंकल्पमस्तु!' मेरा वह मन कल्याणकारी संकल्पों से युक्त हो!

प्रातःकाल—समुद्र-तट, प्रकाश की किरणों का मेला, उज्ज्वल रंगों का त्योहार, हवा की अठखेलियाँ, नीलिमा की प्रशान्त व्याप्ति, मानसिक उल्लास की सात्त्विकता—मन विभोर हो गया। प्रायः मौन ही भ्रमण करता रहा, लगता रहा प्रकृति के नीरव व्याख्यान को सुनना-समझना भी बहुत बड़ी साधना है।

जूनागढ़ में श्री मनोज खण्डेरिया के घर जलपान कर हम लोग गिरनार जी गये। इसी पर्वत पर पाँच हजार सीढ़ियाँ चढ़कर श्रीकृष्ण की कुलदेवी अम्बा जी का सुप्रसिद्ध मन्दिर है। पिछली बार दर्शन के लिए आया था तो रात को नीचे ही ठहरा था। हम लोग भोरे, तड़के ही सीढ़ियाँ चढ़ने लगे थे तो दर्शन कर शाम तक लौट पाये थे। दत्तात्रेय जी की पादुका के दर्शनार्थ और डेढ़-दो हजार सीढ़ियाँ चढ़ने की शक्ति नहीं रह गयी थी। दूसरी रात भी यहीं बिताकर सुबह हम लोग जूनागढ़ गये थे। इस बार तो कुछ घण्टे ही हाथ में थे। 11 बजे पहुँचे थे और शाम को साहित्य-संगोष्ठी में जाना

था। अतः अम्बा जी के दर्शन का उत्साह किसी में नहीं जागा। शिवरात्रि के मेले के कारण बड़ी भीड़ थी। तलहटी में ही भगवान् भवनाथ शिव जी का मन्दिर है, इसी के कुण्ड में स्नान कर नागा संन्यासी शिवरात्रि की आधी रात को शोभायात्रा निकालते हैं। हम लोगों ने भोलेबाबा के दर्शन किये। रघुवीर जी की इच्छा थी कि माता के दर्शन भले न कर पायें किन्तु उनकी ड्योढ़ी पर आकर उनके प्रति श्रद्धा निवेदन करने के लिए कुछ सीढ़ियाँ तो हम लोग चढ़ें ही। मैंने उनकी भावना का स्वागत किया और हम लोग साथ-साथ करीब तीन सौ सीढ़ियाँ चढ़े। मुकुन्द और रमेश जी भी उत्साहपूर्वक पीछे-पीछे आये। किन्तु और लोग नीचे ही प्रतीक्षा करते रहे। अज्ञेय जी काफी सीढ़ियाँ चढ़कर मेले की और गिरनार की पर्वतीय शोभा की छवियाँ उतारते रहे। ये मेले पुराने और नये के अद्‌भुत संगम बनते जा रहे हैं जिनमें दोनों की विकृतियाँ ज्यादा उभर रही हैं, सुकृतियाँ कम। चाट की, मनिहारी की तरह-तरह की दुकानें, माइक पर फिल्मी गीत या फिल्मी धुनों पर नये भौंड़े भजन मुझे तो कष्ट ही पहुँचाते हैं। श्रद्धा को जाग्रत् करने के लिए नये साधनों का सुचारु उपयोग कैसे हो, इस पर मेले के आयोजकों को ध्यान देना चाहिए।

रात्रि के भोजन के बाद आज मैं अज्ञेय जी के साथ काफी देर तक टहलता रहा। मैंने उन्हें पन्त जी और भारती जी द्वारा बतायी नीमकरोली बाबा की असाधारण सिद्धियों की बात सुनायी। अज्ञेय जी ने इटली के एक सन्त से भेंट का अपना अनुभव सुनाया। फ्रान्स में दो सन्तों की ख्याति सुनकर उन्होंने दोनों के पते ले लिये थे। अध्यापन के लिए अमेरिका जाने पर उन्हें पता लगा कि एक तो अमेरिका में ही हैं, पर उनसे मिलने जाने का उत्साह नहीं हुआ। दूसरे इटली में कहीं घूम रहे थे, उनका ठीक पता ज्ञात नहीं था। बात आयी-गयी हो गयी थी। अज्ञेय जी इस प्रसंग को भूल ही गये थे। उन्होंने बताया कि, "प्रायः दो वर्ष बाद इटली में रेल पर यात्रा करते हुए अचानक मुझे प्रेरणा हुई कि अगले छोटे-से स्टेशन पर मुझे उतर जाना चाहिए। मैं उसका कोई कारण नहीं समझ पाया क्योंकि मेरा गन्तव्य वह नहीं था। पर प्रेरणा बलवती थी। अतः मैं अगले स्टेशन पर उतर ही गया। मुझे बड़ा आश्चर्य हुआ जब एक अपरिचित ईसाई संन्यासी ने मेरा स्वागत किया और कहा, 'मैं आपको लिवाने आया हूँ—मुझे मालूम था कि आप इस गाड़ी से आयेंगे।" मैं अवाक् रह गया जब यह पता चला कि ये वे ही सन्त हैं जिनका एक दूसरा ही पता मुझे दिया गया था। उन्हें कैसे पता चला कि मैं इसी गाड़ी से जा रहा हूँ, क्योंकर वह मुझे उतरने के लिए प्रेरित कर सके, कैसे उन्होंने मुझे पहचाना, यह सब मैं नहीं जानता। उनसे मिल कर, बातचीत कर मुझे बहुत अच्छा लगा, इतना ही कह सकता हूँ।" विज्ञान की शक्तियों और मानसिक शक्तियों में अनिवार्यतः विरोध है, ऐसा नहीं मानना चाहिए। मानसिक-आध्यात्मिक शक्तियों को सक्रिय कर पाना जिनके लिए सम्भव है, उनके लिए ये चमत्कार बहुत साधारण हैं।

मुझे लगा कि अपने कुछ ऐसे ही अनुभवों के कारण अज्ञेय जी आस्तिक बने होंगे। जो हो, इस विषय पर उनसे बातचीत कर मुझे बहुत अच्छा लगा। ये बातें ऐसे ही परिवेश में सम्भव होती हैं जिसमें एकान्त भी हो, शान्ति भी और सहज आत्मीयता भी। सागर की थिरकती लहरों के संगीत और गुदगुदाती हवा का भी इसमें बहुत योगदान होगा, ऐसा मेरा विश्वास है।

भागवत-भूमि का अर्थ यदि भक्तों की भूमि लिया जाये तो इस अर्थ में इस यात्रा का सबसे महत्त्वपूर्ण चरण नरसी मेहता के आवास के दर्शन करना ही था। नरसी मेहता का एक दिव्य साधना-स्थल गिरनार पर्वत से एक मील इधर 'राधा दामोदर कुण्ड' भी है, जहाँ वह प्रतिदिन स्नान करने जाया करते थे। गुजरात के ही नहीं पूरे भारत के महान् भक्त थे नरसी मेहता, जिनके भजन 'वैष्णव जन तो तेने कहिए जे पीर पराई जाणे रे' से बापू को सेवामूला राजनीति की दिव्य प्रेरणा मिली थी। जूनागढ़ में नरसी मेहता का स्थान जीता-जागता स्थान है। उनके स्थान के और उनकी मूर्ति के दर्शन कर पवित्रता का अनुभव हुआ। एक तरफ नरसी का ज्ञानात्मक अनुभव था—

अखिल ब्रह्माण्ड मा एक तूँ श्रीहरी।
जूजवे रूपे ते अनन्त भासे।।

(अर्थात् हे हरि, इस अखिल ब्रह्माण्ड में एकमात्र तू ही है, तू है जो नाना रूपों में अनन्त भास रहा है।)

पवन तूँ पानि तूँ भूमि तूँ भूधरा,
वृक्ष थे फलि रह्यो तूँ आकाशे।

दूसरी तरफ उनका सहज भावात्मक विश्वास था :

भक्त आधीन छे श्याम सुन्दर सदा
ते तारा कारज सिद्ध करशे।

अतः सर्व-साधारण जन को उनका उपदेश थाः

हरि-हरि रटण कर कठिन कलिकाल माँ दाम बेसे नहीं काम सरसे।

आज भी करोड़ों व्यक्तियों के जीवन का आधार यह हरि-नाम ही है। पूरे देश पर नरसी की, भक्तों की छाप अमिट है।

प्राची त्रिवेणी—समुद्र में मिलने के पहले हिरण्या, सरस्वती और कपिला नदियों का पुराणोक्त संगम! ऐसी मान्यता है कि व्याध ने श्रीकृष्ण के चरण में यहीं बाण मारा था, फिर उन्हें प्रभास-क्षेत्र ले आया गया जहाँ उन्होंने शरीर त्यागा। आज भी यहाँ के कुण्ड पर लोग श्राद्ध-तर्पण, पिण्डदान आदि करते हैं। उसके आस-पास दो-तीन मन्दिर भी हैं। स्थान सुरम्य है। एक शिव-मन्दिर में बैठकर मैंने मुकुन्द से 25-30 मिनट राम-ध्वनि का संगीत सुना, बहुत अच्छा लगा। प्रभु-कृपा से उसकी संगीत-साधना फूले-फले!

अज्ञेय जी ने समाचार-पत्र में कहीं पढ़ा था कि लोक-श्रद्धा के अनुसार जिस अश्वत्थ-वृक्ष के नीचे श्रीकृष्ण को बाण लगा था, वह आँधी के कारण उखड़ गया। तभी उन्होंने संकल्प किया कि वह वहाँ एक अश्वत्थ-वृक्ष रोपेंगे। इस पुण्य कार्य के लिए स्वामी अखण्डानन्द सरस्वती के 'आनन्द वृन्दावन' आश्रम से वह अश्वत्थ का पौधा साथ लाये थे। मुझे उनकी यह सात्त्विक भावना बहुत प्रीतिकर लगी। कुण्ड के पास ही हम लोगों ने एक उपयुक्त स्थान चुना और मन्त्र-पाठ के समारोह के साथ उन्होंने उसे रोपा। दल के सभी लोग उसकी सुरक्षा के लिए भी चिन्तित थे। पास की दुकान से पत्थर की पटियों से भरी एक छोटी गाड़ी लेकर हम लोगों ने उसका बेड़ा बनाया ताकि कोई पशु उसे क्षतिग्रस्त न कर सके। तेल और सिन्दूर मिलाकर त्रिशूल और स्वस्तिक के चिह्न पटियों पर बनाये गये। रघुवीर जी ने एक साधु-सदृश व्यक्ति से बात कर ली कि वह एक महीने तक उसे सींचता रहेगा। प्रभु की दो लीला-भूमियों के बीच सेतु-सा बना हुआ यह अश्वत्थ अवश्य चिरजीवी हो! 'अश्वत्थः सर्ववृक्षाणां' सब वृक्षों में मैं अश्वत्थ हूँ, कहकर प्रभु ने जिसे अधिमान दिया वह पवित्र वृक्ष अपनी इस निष्काम भूमिका के कारण लोक-चित्त में निष्कामता भरता रहे! यह धर्म-कार्य शिवरात्रि के दिन सम्पन्न हुआ, यह और भी गौरव की बात है।

भगवान् सोमनाथ के दर्शन महाशिवरात्रि के दिन हों, तो प्रभु-कृपा की परिपूर्णता ही माननी चाहिए। द्वादश ज्योतिर्लिंगों में प्रमुख प्रभु सोमनाथ का मन्दिर धर्म-साधना के साथ-साथ भारतीय स्वातन्त्र्य और स्वाभिमान का भी प्रतीक बन गया है। महमूद गजनवी ने इसे लूटकर और ध्वस्त कर विदेशी सत्ता के बर्बर आक्रान्ता-रूप की नृशंसता प्रमाणित की थी। बाद की शताब्दियों में भी यह मन्दिर बनता और टूटता रहा। स्वाधीनता के बाद जब कन्हैयालाल मुंशी और सरदार वल्लभभाई पटेल की योजना के अनुरूप इस मन्दिर का पुनर्निर्माण हुआ तब यह प्रमाणित हुआ कि शताब्दियों के संग्राम के बाद भारतीय चेतना अपनी अस्मिता को पुनः सगौरव विकसित करने के लिए स्वतन्त्र है।

दर्शन, प्रार्थना और परिक्रमा के बाद हम लोग एक मण्डप के तले बैठ गये। मुकुन्द और राजा भैया ने संगीत के द्वारा प्रभु की समाराधना की। कुछ और श्रद्धालु भी उनके स्वर से आकृष्ट होकर वहाँ आ गये। भागवत-भूमि-यात्रा का यह अत्यन्त उत्कर्षमय दिवस था। हजारों दर्शनार्थियों की श्रद्धा के साथ हम लोगों की श्रद्धा मिल कर प्रभु तक पहुँच रही थी और उनकी कृपा का अवतरण हमारे हृदयों को भगवद्धाम बना रहा था। 'सरसामस्मि सागरः' जलाशयों में मैं समुद्र हूँ—प्रभु की प्रत्यक्ष विभूति 'समुद्र की तरंगें' इस मन्दिर के गौरव की उपयुक्त पृष्ठ भूमि बन कर हम सबके अन्तःकरणों को भी तरंगित कर रही थीं। एक जगह एक संकेत-पट्ट लगा था कि इस

बिन्दु से दक्षिणी ध्रुव तक सागर-ही-सागर है, भूमि का कोई अंश इसके बीच में नहीं आता। उस बिन्दु पर खड़े होकर मैंने मानसिक रूप से धारणा की कि दक्षिण ध्रुव से आनेवाली वायु का स्पर्श पा रहा हूँ और प्रफुल्लित हो उठा। स्वामी अखण्डानन्द जी के अनुसार त्योहार और तीर्थ हमारे ऋषियों के कौशल हैं, हमारे हृदयों को पवित्र, शुद्ध बनाने के। यह तो सम्भव नहीं है कि हम संसारी लोग हर क्षण प्रभु से जुड़े रहें, हर कण में उन्हें प्रत्यक्ष करते रहें। त्योहार के रूप में ऋषियों ने काल को चिह्नित किया और तीर्थ के रूप में देश को। अच्छा सब समय न सही, शिवरात्रि, रामनवमी, जन्माष्टमी जैसी पुण्य तिथियों को थोड़ी देर तक प्रभु का स्मरण करो, पूजा के माध्यम से उनसे जुड़ो; अच्छा सब जगह न सही, सोमनाथ, द्वारका, मथुरा-वृन्दावन, अयोध्या, काशी, रामेश्वर आदि में तो प्रभु की विभूति का साक्षात्कार करो, भागवत-भूमि के रूप में उन स्थलों की महिमा स्वीकारो! उनकी ओर चलना शुरू तो करो, श्रद्धा बनी रही तो वह स्थिति भी आयेगी जब क्षण-क्षण में शिवरात्रि का और कंकर-कंकर में शंकर का आभास होने लगेगा। मालूम नहीं मेरे जीवन में ऐसे स्थिति कभी आयेगी कि नहीं, किन्तु उस शिवरात्रि के दिन सोमनाथ जी के दर्शन कर काल और देश दोनों को थोड़े-से समय के लिए मैंने प्रभुमय मान लिया।

अपराह्न को श्रीकृष्ण के देहोत्सर्ग की भूमि प्रभास-क्षेत्र के दर्शनार्थ हम लोग गये। वहाँ के सारे निर्माण हाल के ही लगते हैं, केवल चुपचाप बहनेवाली हिरण्या नदी ही प्राचीन है। उसके तट पर थोड़ी देर बैठकर सोचता रहा कि प्रभु भी देह धारण करते हैं तो किसी-न-किसी बहाने उन्हें भी देहोत्सर्ग करना पड़ता है। हम लोग मूढ़तावश अपने शरीर के प्रति इतने आसक्त रहते हैं कि भूल ही जाते हैं कि एक-न-एक दिन वह भी छूटेगा ही। हे प्रभु, तुम्हारे देहोत्सर्ग-क्षेत्र से यही प्रेरणा प्राप्त करूँ कि जिसे छोड़ना ही है उस शरीर के प्रति आसक्ति न हो, उससे समुचित काम लेते रहने के लिए उसकी ठीक-ठीक देख-भाल भर हो। फिर जब उसे छोड़ना पड़े तो सहज ही छोड़ दूँ, उसके लिए 'हाय-हाय' न करूँ।

चित्रा जी अस्वस्थ हो गयी थीं, अतः ओ.पी. शर्मा उन्हें लेकर दिल्ली चले गये। रात को प्रख्यात लेखक और अर्थशास्त्री गंगाधर गाडगिल हम लोगों की गोष्ठी से आ जुड़े। दूसरे दिन वैष्णवों की शिवरात्रि थी। चोरवाड़ से माण्डवी जाने के लिए सोमनाथ से होकर ही गुजरना पड़ता है। अतः हम लोगों ने अनायास ही प्रभु सोमनाथ के पुनः दर्शन कर लिये। वैष्णवों की मान्यता है कि भगवान् शिव ही सबसे बड़े वैष्णव हैं, वे 'वैष्णवानां यथा शम्भुः' कह करके अपने मत को प्रमाणित भी करना चाहते हैं। शैवों की दृष्टि में विष्णु ही सबसे बड़े शैव हैं जिन्होंने सहस्र कमलों से शिव की पूजा का संकल्प पूरा करने के लिए एक कमल की कमी पड़ जाने के कारण अपना एक नेत्र-कमल ही शिव जी को चढ़ा दिया था, जिससे रीझकर भोलेबाबा ने उन्हें सुदर्शन-चक्र

प्रदान किया। अपने-अपने इष्टदेव की स्तुति करते समय अन्य देवताओं के प्रति कही गयी उक्ति का अर्थ उनकी निन्दा करना नहीं है, प्रयोजन इष्टदेव जी की महिमा का गान करना भर है। इस सत्य को भुला देने के कारण ही साम्प्रदायिक विद्वेष भड़क उठता है। हम लोगों ने तो श्रद्धा के साथ पुनः भगवान् सोमनाथ के दर्शन किये और अपने-अपने भाग्य को सराहा।

रास्ते में मूल द्वारका के दर्शन भी किये। पण्डित-प्रवर हीरानन्द शास्त्री की मान्यता के अनुसार श्रीकृष्ण की द्वारका यहीं थी और यहीं समुद्र ने उसे ग्रस लिया। आज तो वहाँ एक पुराने मन्दिर और छिटपुट बस्ती के अलावा कुछ भी नहीं है। हाँ, समुद्र की स्थिति अवश्य लुभावनी है। दूर तक फैला हुआ बलुहा समुद्र-तट भ्रमण के लिए आमन्त्रण दे रहा था, किन्तु हम लोगों के पास अधिक समय नहीं था। मन्दिर में माथा टेक कर और मूल द्वारका को प्रणाम कर हम लोग आगे बढ़े।

अहमदपुर माण्डवी का होटल देखकर तो मैं देखता ही रह गया। गुजराती परम्परा का आधुनिकीकरण इस होटल का वैशिष्ट्य है। छोटी-छोटी कुटियाओं की तरह बने घरों में दो-दो व्यक्ति रह सकते हैं। गुजराती साज-सज्जा, छोटे-से बराण्डे में पड़ा हुआ झूला, बैठने के लिए चबूतरों पर बिछे गद्दे, गुजराती कवियों और प्रेमी युगलों के नामों पर रखे उन कुटियानुमा घरों के नाम यदि परम्परा का स्मरण दिलाते हैं तो संलग्न शौचागार, रोशनी की व्यवस्था, भोजनागार आदि बिलकुल आज के मिजाज के अनुरूप है। यह नये-पुराने का संगम मुझे ही नहीं सबों को अच्छा लगा।

यहाँ तीन दिन सुबह, दोपहर और शाम को विचार-गोष्ठियाँ हुईं 'संस्कृति, भाषा और मिथक' पर तथा 'भविष्य और साहित्य' पर। डॉ. विद्यानिवास मिश्र और पं. नरेन्द्र शर्मा भी आनेवाले थे, पर आ नहीं पाये। बातचीत अच्छी ही हुई किन्तु सुविचारित निबन्ध किसी ने लिखा नहीं था, अतः कई दिशाओं में फैल गयी, किसी किनारे तक नहीं पहुँची। मुझे राम और कृष्ण को मिथक कहना उचित प्रतीत नहीं होता क्योंकि वे इतिहास-पुरुष भी हैं। हाँ, उनके इर्द-गिर्द काफी मिथक रचे गये हैं। भारतीय दृष्टि से आधिभौतिक, आधिदैविक और आध्यात्मिक स्तरों का निरूपण करते हुए मैंने यह विचार व्यक्त किया कि मुख्यतः आधिदैविक स्तर को ही मिथकीय स्तर कहा जा सकता है। मिथकों की रचना संस्कृति करती है। और फिर उन्हीं मिथकों से संस्कृति पहचानी जाती है। इतिहास में घटना की प्रधानता होती है, पुराणों में प्रयोजन की। 'पुरा अपि नव एव' अथवा 'पुरा नवं करोति' अर्थात् जो पुराना होकर भी नया ही हो या जो पुराने को नया बना ले, वही पुराण है। सम्भावना को भी प्रमाण-कोटि में स्वीकार कर लेने के कारण इसमें अति प्राकृत तत्त्वों से परहेज नहीं किया जाता किन्तु लक्ष्य यही होता है कि मानवीय स्वभाव को उनके माध्यम से इस प्रकार उजागर किया जाये कि वह

कभी पुराना न पड़े। मैंने एक गोष्ठी में 'काव्य का वाचिक सम्प्रेषण' शीर्षक एक निबन्ध भी पढ़ा जिसे सहृदय मित्रों ने पसन्द किया। इन विचार-गोष्ठियों में अज्ञेय, गंगाधर गाडगिल, डॉ. मेहता, रमेशचन्द्र शाह, राजा भैया, मुकुन्द लाठ, रघुवीर चौधरी, चन्द्रकान्त टोपीवाला, विष्णुकान्त शास्त्री ने जमकर हिस्सा लिया। कई तरह के मत-मतान्तरों के बावजूद मनान्तर नहीं हुआ, विचार-गोष्ठी का यह बहुत ही प्रशंसनीय पक्ष था। इस पूरे विचार-विमर्श को टेप किया गया था, अतः मेरा विश्वास है कि वह सुसम्पादित रूप में कभी-न-कभी सामने आयेगा।

यहाँ सुबह समुद्र-तट पर भ्रमण का एक आकर्षण यह भी था कि सूर्योदय पुरी की तरह भले ही बिलकुल समुद्र के गर्भ से न होने पर भी समुद्र के निकट से होता दृष्टिगोचर होता था। सूरज का धीरे-धीरे उगना और फिर चमकते चले जाना, कैसा अनुरंजक होता है! उदीयमान सूर्य के दर्शन होते ही मेरे मुख से अनायास गायत्री-मन्त्र निकल पड़ता है, भू, भुवः और स्वः को प्रकाशित करनेवाले सविता देव के वरेण्य तेज का मैं ध्यान करता हूँ, वह मेरी बुद्धि को उद्‌बुद्ध करे! मुझे नहीं मालूम कि किसी अन्य धर्म में भी बुद्धि को इतना महत्त्व दिया गया है। हमारी श्रद्धा भी बुद्धिदीप्ति है, अन्ध नहीं।

एक दिन हम लोग समुद्र में नहाये भी किन्तु समुद्र इतना शान्त था कि लगा जैसे किसी बड़ी झील में नहा रहे हैं। उग्र समुद्री तरंगों से उलझने के लिए मेरी बाँहें तड़पकर रह गयीं। उसके लिए पुरी जाना होगा।

भोजन, जलपान और अवकाश के समय अन्तरंग बातचीत होती, कविताओं की आवृत्तियाँ होतीं। रात को संगीत-गोष्ठी जमती। एक दिन कथा में क्षेप्रक की तरह हम लोग निकटवर्ती दीव का भी भ्रमण कर आये थे। पुर्तगालियों के अत्याचारों के अवशेष देखकर वितृष्णा ही हुई। पूरा गुजरात 'सूखा' है और केन्द्रशासित दीव वारुणी-रससिक्त। अतः उसके प्रति आकर्षण का जो अतिरिक्त कारण था, उसके प्रति भी हम लोग उदासीन थे। दीव-भ्रमण में किले से समुद्र के दृश्य सुहाने लगे। बड़े कैथेड्रल की गरिमामयी संरचना भी प्रभावित करती है।

अज्ञेय जी से हुई एक अन्तरंग बातचीत की साझेदारी अपने पाठकों के साथ भी कर लेना चाहता हूँ। 'यह दीप, अकेला, स्नेह-भरा, है गर्व-भरा मदमाता' की कुछ पंक्तियाँ मुझे याद नहीं आ रही थीं। मैंने सोचा शायद अज्ञेय जी को याद हो यह कविता और मैं उनके पास जा पहुँचा। हम दोनों के संयुक्त प्रयास से वह कविता करीब-करीब पूरी याद आ गयी, सिर्फ तीसरे छन्द की एक पंक्ति का उद्धार हम लोग नहीं कर सके। इसी क्रम में यह पता चला कि यह कविता एक सीमा तक भगवती चरण वर्मा तथा कुछ अन्य मित्रों की कटूक्तियों से प्रभावित थी। वर्मा जी ने 'नयी कविता' की

मुखालफत करते हुए कहा था कि, "दस वर्षों के भीतर ही 'नयी कविता' साफ हो जायेगी, इसमें अहंवादियों के आस्फालन के सिवाय और है ही क्या ?" इसके सीधे उत्तर में एक कविता तो अज्ञेय जी ने लिखीं 'आपने दस वर्ष हमें और दिये। बड़ी आपने अनुकम्पा की।' और दूसरी यह कविता उभरी। अज्ञेय जी ने स्मरणशील मनःस्थिति में बताया कि, "उन दिनों मैं दिल्ली रेडियो में काम कर रहा था। शाम को रेडियो पर कवि-सम्मेलन था। ऐसे अवसर पर मैं पहले पढ़ी कविता नहीं सुनाता था, नयी ही सुनाता था। सुबह एक रेस्तराँ में (जिसमें मैं अक्सर चाय, काफी आदि लेता था), एक ही बैठक में मैंने यह कविता लिख डाली। शाम के कवि-सम्मेलन में यह बहुत प्रशंसित हुई। भगवती बाबू भी उस कवि-सम्मेलन में थे। 'नयी कविता' की इतनी सफलता से उन्हें कष्ट ही हुआ था।"

स्पष्ट है कि इस कविता की अन्तिम पंक्तियों—'कुत्सा, अपमान, अवज्ञा के धुँधुआते कड़वे तम में' आदि का एक बहुत ठोस सन्दर्भ था। बड़ी कविताएँ जीवन की अनुभूतियों से अनुप्रेरित तो होती हैं, किन्तु अपने परिणत रूप में वे इतनी बदल जाती हैं या यों कहिये कि उनमें इतनी और बातें जुड़ जाती हैं कि प्रेरक अनुभूतियों से एक करके उन्हें देखना अन्याय-सा लगता है। अब इसी कविता में विकसित समर्थ अहं के जिस उत्सर्ग का संकेत है, वह समष्टि की मर्यादा को कितना चमका देता है! अहं समष्टि-हित में समर्पित होकर समष्टि को मूल्यवान् बनाता है। अन्ततोगत्वा समष्टि की उत्कृष्टता उसकी इकाइयों की उत्कृष्टता पर ही निर्भर करती है। अतः स्वस्थ अहं के विकास को कुण्ठित करना प्रकारान्तर से समष्टि के विकास को कुण्ठित करना है। स्नेह-भरा, गर्व-भरा, मदमाता दीप पंक्ति को समर्पित होकर सामूहिक प्रकाश को समृद्धि प्रदान करे, यही काम्य स्थिति है।

माण्डवी के समुद्र से विदा लेते समय मन भर आया। सुबह जल्दी उठकर अकेले ही उससे बातें कर आया। समुद्र के तटवर्ती निर्जन विस्तार में अकेला मैं! समुन्दर को पी लेने की प्यास आँखों में बढ़ने लगी। फिर यह सुषमा, यह संगीत, यह ममत्व न जाने कब मिलेगा! कहने को मैं अकेला घूम रहा था, किन्तु कितने भाव, कितने विचार उमड़-घुमड़ कर मुझे उल्लसित कर रहे थे। यह एकाकीपन नहीं, एकान्त था जिसमें अपनी ही अन्तः स्थिति को अंशतः पहचान पाने की सुविधा मिल रही थी। समुद्र भगवान की विभूति है, उसके ऊपर-नीचे की अपार नीलिमा में मुझे कभी एक झलक प्रभु राम की मिल जाये! निराला की पंक्तियाँ याद आने लगीं, 'नीलजलधि-तल, नीलगगन-तल, नीलकमल-दल, नीलनयन द्वय ! नील-कराभय।' समुद्र की गोद में कुलेलें करने का मुझे बहुत सुख मिला है और अब भी उसके लिए मन में भरपूर आग्रह है। उसके तट ने, उसकी हवा ने, उसके संगीत ने बहुत बार मुझे नवजीवन दिया है।

मैं पूरी कृतज्ञता के साथ सागर को प्रणाम करके लौटा और अज्ञेय के शब्दों में उससे यह प्रार्थना भी कर आया :

मेरी दीठ को और मेरे हिये को
मेरी वासना को और मेरे मन को
मेरे कर्म को और मेरे धर्म को
मेरे चाहे को और मेरे जिये को
मुझको और मुझको और मुझको
कहीं मुझसे जोड़ दो
यों मत छोड़ दो मुझे सागर,
यों मत छोड़ दो!

तुलसी श्याम का हरा-भरा सँकरा पहाड़ी रास्ता। दोनों तरफ की खिलती हुई पलाश-वनराजि अपने सौन्दर्य से हम लोगों को परितृप्त कर रही थी। पहाड़ी लम्बी अधिक थी, ऊँची कम। आनन्दपूर्वक हम लोग अपने गन्तव्य पर पहुँच गये। तुलसी श्याम में भगवान् लक्ष्मीनारायण का सुन्दर मन्दिर है, गर्म जल का कुण्ड है। भगवान् की प्रतिमा के समक्ष मैंने शंकराचार्य की प्रार्थना-षट्पदी का पाठ किया, 'अविनयमपनय विष्णो दमय मनः शमय विषयमृगतृष्णाम्।' बाद में अज्ञेय जी ने कहा कि, यह स्तुति बहुत अच्छी है लिखकर मुझे दे दीजिये, कभी मैं भी इसका पाठ करूँगा।' मुझे बहुत अच्छा लगा।

हड़प्पा मोहनजोदड़ो की सभ्यता का समकालीन लोथल अपने गर्भ में पाँच हजार वर्ष पुराना पूरा नगर छिपाये हुआ था। पुरातत्त्ववेत्ताओं ने खुदाई कर उसका बहुत कुछ खोज निकाला है—जलयानों को भीतर लाने और उनकी मरम्मत करने के स्थान, सड़कें, नालियाँ, सरोवर, पक्के मकानों की बस्तियाँ, सोना, लोहा ढालने के कारखाने आदि। घिरती शाम ने बहुत अधिक देखने नहीं दिया, संग्रहालय तो बन्द हो ही गया था, फिर भी ढैया छू लेने का सुख तो मिला ही। 'दिया मन को दिलासा पुनः आऊँगा, भले ही बरस दिन अनगिन युगों के बाद!'

बारह दिनों बाद हम लोग फिर अहमदाबाद में थे। लगातार यात्रा के बाद भी तरोताजा पहले से कहीं अधिक समृद्ध! मनुष्य जब तक नया सीखता रहता है, अच्छे को सराहता रहता है, तभी तक जीवन्त रहता है, नहीं तो अपने को दुहराते रहने के सिवाय उसके पास बचता ही क्या है! यह यात्रा क्या थी, सुखद अवकाश और साहचर्यजन्य ज्ञान-संचय का अद्भुत मणिकाञ्चन-संयोग था। मैं निरन्तर अपने से श्रेष्ठ व्यक्तियों से सीखता रहा। स्थापत्य-कला और शास्त्रीय संगीत में मेरा चंचुप्रवेश इसी यात्रा में सम्भव हुआ। मन्दिरों, प्रकृति के उन्मुक्त क्षेत्रों ने मन में सात्त्विकता भरी। सभी

सहयात्रियों से मैंने कुछ-न-कुछ पाया ही; किन्तु इस समय विशेष उल्लेख अज्ञेय जी और डॉक्टर मेहता का करना चाहूँगा।

अज्ञेय जी की शालीनता का कोई जवाब नहीं है। पूरे आयोजन के केन्द्र में होते हुए भी उन्होंने कभी अपने को किसी पर नहीं लादा, अपने लिये कोई विशेष सुविधा नहीं चाही। उम्र में, ज्ञान में, प्रतिष्ठा में वह हममें-से अधिकांश लोगों से ऊँचे, बहुत ऊँचे थे, किन्तु सबको सम्मान देकर व्यवहार करना उनके लिए सहज सिद्ध है। अपनी बात को मनवाने का आग्रह भी उनमें नहीं लगा। हाँ, अपनी बात वह रखते दृढ़तापूर्वक थे और बहुत बार उनकी बहुत-सी बातें मान लेने योग्य होने के कारण मान ली जाती थीं। लेकिन जिन बातों को कोई नहीं मानना चाहता था उन्हें मनवाने का प्रयास वह नहीं करते थे। सामनेवाले को छूट थी कि वह अपना स्वतन्त्र मत रखते हुए भी साझी भूमिका पर सहयोग दे सकता था। दूसरे की सुविधा का ध्यान रखने के कारण वह स्वयं कष्ट भी भोग लेते थे। अपनी इच्छा के थोड़ा विरुद्ध भी (यदि वह सिद्धान्तों के विरुद्ध न हो तो) वह मित्रों के आग्रह से कुछ कर या सह लेते थे किन्तु उनसे जबर्दस्ती कुछ कराना सम्भव नहीं था। एक बार निर्णयकर लेने पर वह सहज में उसे बदलते नहीं थे, दूसरा चाहे तो उसके लिए विकल्प-व्यवस्था करने के लिए राजी हो जाते थे। 74 वर्ष की अवस्था में भी वह पूर्ण सजग थे। हृदय-रोग से पीड़ित होकर भी इतने स्वस्थ थे कि इतनी लम्बी यात्रा में सबके साथ, समान श्रम करते रहे। अम्बा जी की सौ सीढ़ियाँ भी चढ़ गये।

डॉ. जड़ाऊलाल मेहता ज्ञानवृद्ध, वयोवृद्ध दार्शनिक थे। कट्टर ब्राह्मण-संस्कारों में, काशी में गरीबी में पले डॉ. मेहता भारतीय और पाश्चात्य चिन्तन के समन्वित सुफल थे, आज की दुनिया की विचारधाराओं से सुपरिचित किन्तु अपनी परिपाटी के प्रति भी एक बड़ी सीमा तक आस्थावान्! उन्होंने मुझे बताया कि मथुरा में अध्यापन करते समय वह स्वामी करपात्री जी के प्रवचन सुनने के लिए लगातार एक पखवारे तक अपनी साइकिल से वृन्दावन की रमणरेती जाते रहे। वह हाइडेगर के ऊपर शोध-प्रबन्ध प्रस्तुत कर अन्तरराष्ट्रीय ख्याति प्राप्त कर चुके थे, हार्वर्ड विश्वविद्यालय में दर्शन के आचार्य रह चुके थे। वह इस बात के कायल हो गये थे कि भारतीय चिन्तन को भी वैज्ञानिक आधार अपनाना चाहिए, आज की दुनिया में केवल अमूर्त और आप्त प्रमाणों के सहारे काम नहीं चल सकता; फिर भी उनकी दृढ़ आस्था थी कि भारतीय दर्शन में ऐसा बहुत कुछ है जो आज से दार्शनिकों का भी मार्ग-दर्शन कर सकता है। दर्शन के अध्ययन-क्रम में विदेश की यात्रा केवल भूमि की ही नहीं, विचारों की भी करके वह घर लौट आये थे और अब हिन्दी के माध्यम से अपने दार्शनिक ज्ञान को समाज के सम्मुख लाने का उपक्रम कर रहे थे। वह 'वाक्यपदीय' के बड़े प्रशंसक थे और भर्तृहरि के कई श्लोकों को सम्मान और समर्थन के साथ उद्धृत करते रहे। जन्म और निधन से रहित

अक्षर शब्द तत्त्व को ब्रह्म और अर्थ-रूप में उसके विवर्तन को जगत् की प्रक्रिया बताते हुए उन्होंने सहमति व्यक्त करते हुए कहा था कि अक्षर शब्द तत्त्व का विचार ही मुक्ति सोपान की पहली सीढ़ी है, मोक्षकामियों के लिए सहज राजमार्ग है—

इदमाद्यं पदस्थानं मुक्तिसोपानपर्वणाम्।
इयं सा मोक्षमाणानां अजिह्मा राजपद्धतिः।।

वह श्री अनिर्वाण द्वारा निरूपति वेदों के अर्थ के प्रति भी श्रद्धालु थे। काश! हम उनके विस्तृत ज्ञान का सुफल हिन्दी के माध्यम से उपलब्ध कर पाते।

यात्रा का समापन-दिवस भी राजा भैया की कृपा से यात्रामय ही रहा। एक तरह से जिद्द करके वह हममें-से कुछ लोगों को अदालाज की बाव, सरखेज की समाधियाँ और साराभाई परिवार द्वारा संरक्षित केलिको का अद्‌भुत संग्रहालय दिखाने ले गये। ये सब असाधारण अनुभव रहे; किन्तु इनकी विस्तृत चर्चा करने का अभी अवसर नहीं है। शाम को गुजराती साहित्य परिषद् की ओर से अज्ञेय जी का तथा हम लोगों का भी स्वागत हुआ। अज्ञेय जी का बहुत सन्तुलित, बहुत मार्मिक व्याख्यान हुआ। मैंने गुजरात के प्रति आन्तरिक कृतज्ञता व्यक्त करते हुए बच्चन की सुप्रसिद्ध 'विदा' कविता सुनायी : 'हो चुका है चार दिन मेरा-तुम्हारा हेम-हंसनि! और इतना भी यहाँ पर कम नहीं है!'

एक यात्रा का अन्त दूसरी यात्रा का आरम्भ ही तो होता है जीवन के अटूट क्रम में। इस यात्रा की तलाश 'भागवत-भूमि' की हो सकती है, उस यात्रा की 'लोकभूमि' की! इन ऊँची-नीची भूमियों से गुजरते हुए हम जिसे पाते हैं, वह उसके पहले अनदेखा अपना ही एक रूप होता है। हम अपने को भी टुकड़ों में ही पाते हैं और समग्रता के लिए छटपटाते रहते हैं। यह छटपटाहट यात्रा को थमने नहीं देती। इक़बाल की बात (जो वस्तुतः वेदान्त की ही बात है) मुझे सच लगती है :

ढूँढता फिरता हूँ मैं इक़बाल अपने आपको
आप ही गोया मुसाफिर, आप ही मंजिल हूँ मैं।

पीढ़ियों से बिछुड़े भाइयों के बीच चन्द रोज

'स्वस्ति न इन्द्रो वृद्धश्रवाः स्वस्ति नः पूषा विश्ववेदाः'...मैं अवाक् सुन रहा था, देख रहा था—सूरीनाम की धरती पर धोती-कुर्ता पहने पं. सूर्यप्रसाद बीरे वैदिक मन्त्रों के पाठ द्वारा मेरे प्रति शुभकामना प्रकट कर रहे थे, माला पहनाकर मेरा स्वागत कर रहे थे। उनके साथ थे इंजीनियर जानकीप्रसाद सिंह, प्रो. सदानन्द सिंह तथा और भी दस-बारह बन्धु। अपने देश से हजारों मील दूर पारामारिबो के हवाई अड्डे पर रात के साढ़े-बारह बजे इतने लोग इतने प्रेम से मेरा स्वागत करने पहुँचेंगे, इसकी मुझे धारणा भी नहीं थी। 1 फरवरी से 4 फरवरी, 1979 तक सूरीनाम हिन्दी परिषद् के तत्त्वावधान में आयोजित 'अन्तरराष्ट्रीय हिन्दी सम्मेलन' एवं 'सूरपंचशती महोत्सव' में भाग लेने के लिए भारत सरकार की 'भारतीय सांस्कृतिक सम्बन्ध परिषद्' ने मुझे अपने प्रतिनिधि के रूप में वहाँ भेजा था। स्वाभाविक रूप से यह स्वागत-सत्कार व्यक्ति का नहीं, भारतीय प्रतिनिधि का हो रहा था।

स्वागत, कस्टम आदि से छुट्टी पाकर बीस मील का रास्ता तय कर जब मैं अपने होटल तोरारिका पहुँचा तो पौने दो बज रहे थे। बड़े ही संकोच के साथ प्रो. सदानन्द सिंह ने मुझसे कहा—"सर, आप साठ घण्टों की निरन्तर यात्रा करके यहाँ पहुँचे हैं किन्तु कल बसन्त पंचमी है और पहली बार सरस्वती पूजा हो रही है। हम लोगों की इच्छा है, आप ही भगवती की प्रथम पूजा करें। आपको कष्ट तो होगा लेकिन फिर भी यदि साढ़े-छह बजे चल सकें...।" "लेकिन क्या, मैं जरूर चलूँगा, तुम कल सबेरे साढ़े-छह बजे आ जाना।" प्रो. सदानन्द सिंह मेरे विद्यार्थी रहे हैं। वे भारतीय हैं और उन दिनों सूरीनाम में हिन्दी के प्राध्यापक थे। सूरीनाम हिन्दी परिषद् के इस आयोजन के संयोजक भी वे ही थे। बंगाल में वर्षों रहने के कारण प्रतिमा बनाकर भगवती सरस्वती की पूजा करने की उनकी ललक मेरी समझ में आ सकती थी। चूँकि दूसरे दिन प्रातः 9 बजे अन्तरराष्ट्रीय हिन्दी सम्मेलन का उद्घाटन होनेवाला था, अतः सरस्वती पूजा उसके पहले ही की जा सकती थी। सदानन्द को प्रधान उद्योक्ता होने के कारण वहाँ जाना ही था और मैं तो रामकाज करने के लिए ही सूरीनाम आया था, विश्राम उसमें बाधक कैसे बन सकता था!

दूसरे दिन सुबह प्रो. सदानन्द सिंह मुझे जिस स्थान पर ले गये उसे देखकर मैं रोमांचित हो उठा। वह भगवान् श्रीराम का भव्य मन्दिर था। मैं भूल गया कि मैं सूरीनाम में हूँ। लगा, जैसे चित्रकूट के पास ही अपने इष्टदेव श्री सीताराम जी के किसी मन्दिर में खड़ा हूँ। मेरे मुँह से अविरल स्तुति निकलने लगी। मन्दिर के अधिष्ठाता सौम्य दर्शन देवशरण जी रामानन्दी तिलक लगाये, रेशमी वस्त्र पहने, मेरे सामने विनीत मुद्रा में खड़े थे। भावना का प्रथम तूफान शान्त होने पर मैंने देखा मन्दिर काफी साफ-सुथरा, रँगा-पुता और प्रशस्त है। प्रभु की वेदिका के समक्ष लम्बा-सा कक्ष है, जिसमें भक्तों के बैठने के लिए ढासनेदार बेंचें हैं, वेदिका के एक किनारे व्यासपीठ है। इसका अर्थ था कि वहाँ नियमित कथा, प्रवचन, कीर्त्तन आदि होता रहता था। मन्दिर के चारों ओर खुली जगह थी, जिसमें एक तरफ मण्डप बनाकर भगवती सरस्वती की मृण्मयी प्रतिमा स्थापित की गयी थी।

बंगाल के सिद्धहस्त कलाकारों द्वारा निर्मित कलात्मक प्रतिमाओं के दर्शनों की अभ्यस्त आँखों के लिए वह प्रतिमा साधारण ही थी किन्तु उसके पीछे जो असाधारण भक्ति भावना थी, उसे पहचानने में मुझसे कोई गलती नहीं हुई। मैंने आन्तरिकता के साथ भगवती का पूजन किया और वर माँगा, "माँ! मेरी वाणी को शक्ति दो कि मैं इस देश में भारत का समुचित प्रतिनिधित्व कर सकूँ।"

1 फरवरी, 1979 को सूरीनाम सांस्कृति केन्द्र, पारामारिबो में सम्मेलन का शुभारम्भ हुआ। सभागार खचाखच भरा हुआ था। पश्चिमी गोलार्द्ध में पहली बार अन्तरराष्ट्रीय हिन्दी सम्मेलन का आयोजन हो रहा था। यह सच है कि सम्मेलन में मुख्यतः सूरीनाम, गयाना और ट्रिनिडाड के प्रतिनिधि ही भाग ले रहे थे किन्तु इसी से इस पहल का महत्त्व कम नहीं हो जाता। ठीक सवा-नौ बजे कार्यक्रम शुरू हुआ। पं. रामविलास शुक्ल जी ने वैदिक ऋचाओं के पाठ द्वारा मंगलाचरण किया एवं श्रीमती थानी ने 'वीणावादिनि वर दे' के सुमधुर गान द्वारा वसन्त पंचमी, सरस्वती पूजा एवं निराला जयन्ती का समन्वित आभास तो दिया ही, इस सारस्वत-सम्मेलन की सफलता के लिए भगवती के मंगल आशीष की कामना भी व्यक्त की। सम्मेलन का विधिवत् उद्‌घाटन सूरीनाम के तत्कालीन राष्ट्रपति महामहिम डॉ. जॉन फेरिये ने सूरदास एवं निराला जी के वृहत् चित्रों के अनावरण द्वारा किया। उनके अतिरिक्त सूरीनाम के तत्कालीन प्रधानमन्त्री श्री हैंक अ. ई. आरोन, तत्कालीन शिक्षा मन्त्री भा. डा. रोनाल्ड फिन्त्सियान तथा सूरीनाम विश्वविद्यालय के तत्कालीन कुलपति डॉ. हैनएसल जैसे कृष्णांग सूरीनामी नेताओं तथा श्री जगन्नाथ लक्ष्मण जू, डॉ. र. नन्नन पाण्डेय, डॉ. ज्ञान हंसदेव अधीन, श्री अहमद अली, श्री बरख्युल्ला सदृश तेजस्वी भारतवंशी सूरीनामी नेताओं, सूरीनाम-स्थित तत्कालीन भारतीय राजदूत परमश्रेष्ठ श्री राजेन्द्रनाथ गुप्त, इस सम्मेलन के संयोजक प्रो. सदानन्द सिंह तथा और भी अनेकों विशिष्ट

व्यक्तियों की उपस्थिति एवं वक्तृता ने इस आयोजन की गरिमा की वृद्धि की। प्रायः संभी वक्ताओं ने हिन्दी को विश्व की महान् भाषा के रूप में अभिनन्दितकर यह आशा प्रकट की कि हिन्दी के माध्यम से विश्व में भ्रातृत्व और सौहार्द का विकास होगा। भारतीय प्रतिनिधि के रूप में मैंने भारत की जनता और सरकार की तरफ से सूरीनाम की जनता और सरकार को इतने महत्त्वपूर्ण सम्मेलन के आयोजन के लिए हार्दिक बधाइयाँ दीं एवं हिन्दी भाषा और साहित्य के माध्यम से सूरीनाम और भारत के सांस्कृतिक सम्बन्धों के सतत विकास की प्रतिश्रुति भी दी। सम्मेलन में पधारे हुए गयाना और ट्रिनिडाड के प्रतिनिधियों का विशेष रूप से अभिनन्दन करते हुए मैंने यह आशा प्रकट की कि अपने-अपने राष्ट्र के प्रति पूर्ण निष्ठावान् रहते हुए भी हिन्दी के माध्यम से सूरीनाम, गयाना, ट्रिनिडाड और जमैका एक-दूसरे के अधिक निकट आकर विश्व-बन्धुत्व की भावना को और सुदृढ़ कर सकते हैं।

उद्घाटन के अनन्तर समागत प्रतिनिधियों का पारस्परिक परिचय हुआ। हिन्दी के स्नेह-सूत्र में गुँथकर अलग-अलग देशों से आये हुए ये प्रतिनिधि सहज ही एक बिरादरी के अंग बन गये।

सूरीनाम—लगता है जैसे सूर्यनाम का बदला हुआ रूप हो लेकिन वास्तव में यह यहाँ के मूल निवासियों की भाषा का शब्द है और इसका मतलब है चट्टानी नदियाँ। इस देश की एक बड़ी नदी का नाम भी सूरीनाम है। सम्भवतः उसी के नाम पर पूरे देश का नाम सूरीनाम पड़ गया। दक्षिणी अमेरिका के उत्तर भाग में अवस्थित यह डच लोगों का उपनिवेश था और पहले इसे डच गयाना कहा जाता था। 25 नवम्बर, 1975 को यह देश पूर्णतः स्वतन्त्र हुआ था। गिरमिटया (शर्त बन्द) मजदूरों की हैसियत से भारतीयों को यहाँ खेतों पर काम करने के लिए आज से लगभग 120 वर्ष पूर्व पहली बार लाया गया था। पहली दो पीढ़ियों पर अकथ्य अत्याचार हुए और उनसे पशुओं की तरह व्यवहार किया गया। धीरे-धीरे एक ओर भारतीय संगठित होते गये, दूसरी ओर शासकों के व्यवहार में भी सुधार होता गया। शर्तबन्दी का समय पूरा कर लौटने की छूट थी किन्तु भारत लौटनेवालों की कुल संख्या 11,512 ही रही। भारत से आये दो-तिहाई से अधिक मजदूरों ने यहीं बसना स्वीकारकर लिया। ब्रिटिश गयाना और फ्रैंच गयाना से भी ढाई हजार के करीब भारतीय मजदूर यहाँ आ बसे थे। कृषि और व्यापार में क्रमशः भारतीयों का वर्चस्व बढ़ता चला गया। जैसे-जैसे वे शिक्षित होते गये वैसे-वैसे वे डॉक्टर, इंजीनियर, वकील, बैरिस्टर, अध्यापक, प्रशासक भी बनते गये। आज स्थिति यह है कि भारतवंशी सूरीनाम में पर्याप्त समृद्ध और प्रभावशाली हो चुके हैं और सामाजिक जीवन का कोई क्षेत्र ऐसा नहीं है, जिसमें उनका गौरवपूर्ण स्थान न हो। सूरीनामी भारतवंशियों में पारस्परिक सद्भावना है और धार्मिक झगड़े यहाँ नहीं होते। सूरीनाम की आबादी में 40 प्रतिशत भारतवंशी हैं, शेष अन्य

देशों एवं जातियों के हैं। स्पष्ट है कि अनेक देशों, संस्कृतियों और धर्मों के लोग इस देश में मिल-जुलकर रह रहे हैं। यहाँ की राजभाषा डच है। भारतवंशी मुख्यतः भोजपुरी-अवधी-मिश्रित हिन्दी बोलते हैं, जिसे कुछ विद्वान् सरनामी हिन्दी कहना पसन्द करते हैं। होली यहाँ के राष्ट्रीय त्योहारों में एक है और उस दिन देश-भर में छुट्‌टी रहती है।

यहीं थोड़ी-सी सामान्य चर्चा गयाना और ट्रिनिडाड की भी कर ली जाये ताकि सम्मेलन की कार्य-गोष्ठियों में हुए विचार-विमर्श की पृष्ठभूमि साफ रहे। गयाना और ट्रिनिडाड दोनों इंग्लैण्ड के उपनिवेश रहे हैं। सूरीनाम की ही तरह इन दोनों देशों में भी खेती कराने के लिए भारत और अफ्रीका से शर्तबन्द मजदूर लाये गये थे। दोनों देशों ने अपनी स्वतन्त्रता के लिए आन्दोलन किये। 26 मार्च, 1966 को गयाना पूर्णतः स्वतन्त्र हुआ। इसकी आबादी में 52 प्रतिशत से अधिक भारतवंशी हैं। इसकी राजधानी जार्जटाउन है। यहाँ की राजभाषा अंग्रेजी है। ट्रिनिडाड में 42 प्रतिशत भारतवंशी हैं और शेष अन्य जातियों के लोग हैं। ट्रिनिडाड की अर्थ-नीति का मूल आधार तेल है। विश्व-बाजार में तेल की आशातीत मूल्य-वृद्धि होने के कारण ट्रिनिडाड की आर्थिक स्थिति बहुत सुदृढ़ हो गयी है। इसकी राजधानी है पोर्ट आफ स्पेन।

गयाना और ट्रिनिडाड दोनों देशों के भारतवंशियों की भाषा भोजपुरी-अवधी-मिश्रित हिन्दी है। किन्तु अब अंग्रेजी शिक्षा के अनिवार्य हो जाने के कारण नयी पीढ़ी के भारतवंशी बोलचाल की भाषा के रूप में हिन्दी की जगह अंग्रेजी का ही प्रयोग करते हैं।

सम्प्रति सूरीनाम, गयाना और ट्रिनिडाड तीनों देशों में हिन्दी की पढ़ाई-लिखाई मुख्यतः गैर-सरकारी धार्मिक-सांस्कृतिक संस्थाओं द्वारा ही होती है, जिनमें सनातन धर्म सभा, आर्य समाज, गाँधी प्रतिष्ठान, हिन्दी प्रचार सभा जैसी संस्थाएँ प्रमुख हैं।

दो और तीन फरवरी को सम्मेलन की चार कार्य-गोष्ठियाँ हुईं जिनमें प्रतिनिधियों ने हिन्दी प्रचार-प्रसार और शिक्षण के सम्बन्ध में खुलकर अपने-अपने विचार प्रकट किये। यह बात पहले ही स्पष्ट कर दी गयी कि इस अन्तरराष्ट्रीय हिन्दी सम्मेलन का अपना विशिष्ट प्रयोजन, लक्ष्य और स्वरूप है। यह सम्मेलन मुख्यतः सूरीनाम, गयाना और ट्रिनिडाड को दृष्टि में रखकर आयोजित किया गया है। इन देशों में भारतवंशियों की मातृभाषा हिन्दी थी और है किन्तु ऐतिहासिक, राजनीतिक, सामाजिक एव आर्थिक परिस्थितियों के कारण हिन्दी का विकास इन देशों में निरुद्ध-सा रहा और अब तो उसके अस्तित्व पर ही संकट है। भारतवंशी इन देशों में शर्तबन्द मजदूर की तरह आये थे, अतः उनकी ही तरह उनकी भाषा हिन्दी की स्थिति भी अवहेलित रही। जब परिवर्तित परिस्थितियों में भारतवंशियों की आर्थिक-सामाजिक उन्नति होने लगी तब राजनीतिक, शैक्षिक, व्यापारिक क्षेत्रों में उन्हें मुख्यतः अंग्रेजी और डच का सहारा लेकर

आगे बढ़ना पड़ा क्योंकि वे ही इन देशों की राजभाषाएँ थीं। हिन्दी का प्रयोग धार्मिक-सामाजिक क्षेत्र में होता रहा, किन्तु उसे उच्चवर्गीय मर्यादा प्राप्त नहीं हो सकी। राज-काज, शिक्षा, उद्योग, व्यापार, राजनीति आदि में अपने बच्चों को आगे बढ़ाने की लालसा के कारण भारतवंशियों ने उन्हें अंग्रेजी या डच के माध्यम से प्रतिक्षित किया। इससे यदि पिता-पुत्र में नहीं तो निश्चित रूप से दादा-पोते में भाषागत व्यवधान बढ़ने लगा। गयाना, ट्रिनिडाड, जमैका में इसकी परिणति यह हुई कि हिन्दी बोलचाल की भाषा ही नहीं रह गयी—नयी पीढ़ियों के बीच। सूरीनाम में हिन्दी बोलचाल की भाषा के रूप में अभी तक जीवित है किन्तु समृद्ध उच्चवर्गीय भारतवंशियों के बच्चे अब हिन्दी से बिछुड़ते चले जा रहे हैं।

इससे यह साफ हो जाता है कि इस सम्मलेन का विवेच्य विषय यूरोप, अमेरिका आदि के विश्वविद्यालयों में हिन्दी पढ़ाने या उसमें शोध-कार्य करने की समस्याओं के अन्तरराष्ट्रीय मुद्दों से बहुत भिन्न था। इसका प्रयोजन था अपनों को अर्थात् मूलतः हिन्दीभाषियों को बेगाना बनने से रोकना, इसका लक्ष्य था उन उपायों को खोज निकालना जिनके द्वारा इन देशों में हिन्दी को समुचित मर्यादा प्राप्त हो, उसके अध्ययन-अध्यापन तथा प्रयोग का पथ प्रशस्त हो। इसका स्वरूप निर्धारित करनेवाले इन्हीं देशों के हिन्दी-प्रेमी और विद्वान् थे, जिनको सहयोग भर दे रहे थे कुछ भारतीय विद्वान्।

बातचीत को अधिक ठोस और व्यावहारिक रूप देने के लिए ट्रिनिडाड के सत्यनारायण महाराज ने पहली ही गोष्ठी में यह मौलिक प्रश्न उठाया कि, "आखिर हम लोग या हमारे बच्चे हिन्दी पढ़ें ही क्यों? हिन्दी से हमारी रोटी चल नहीं सकती, उसके लिए हमें अपनी-अपनी राजभाषा पढ़नी ही पड़ेगी, जानकारी हासिल करने और मनोभावों को प्रकट करने का काम भी हम उनसे बखूबी ले सकते हैं। सच तो यह है कि आधुनिक जगत् की आवश्यकताओं की पूर्ति की पद्धति की जानकारी हमें हिन्दी से कहीं ज्यादा और कहीं प्रामाणिक रूप में इन्हीं राजभाषाओं से मिल सकती है। धर्म के लिए भी संस्कृति और अंग्रेजी से हमारा काम बखूबी चल सकता है। फिर हम हिन्दी क्यों पढ़े-पढ़ायें? इसका हमें कोई ठोस उत्तर मिलना चाहिए। यह मैं कट्टर हिन्दी-समर्थक की हैसियत से ही पूछ रहा हूँ क्योंकि हमारी नयी पीढ़ी हमसे यह सवाल बराबर करती है।"

कई प्रतिनिधियों ने भारतीय धर्म और संस्कृति की जानकारी और रक्षा के लिए हिन्दी पढ़ने पर बल दिया। मैंने इस समस्या का कुछ विस्तृत विश्लेषण करते हुए इस बात पर जोर दिया कि जीविका हम दूसरी भाषा के सहारे कमा सकते हैं, दुनिया की जानकारी भी हासिल कर सकते हैं, सामान्यतः अपने भाव-विचार भी प्रकट कर सकते हैं किन्तु अपनी विशिष्ट सामाजिक पहचान बनाये रखने के लिए, अपनी जड़ों से जुड़े

रहने के लिए, अपने पुरखों की भाषा, अपनी भाषा—हिन्दी—जानना और अपने सामाजिक-सांस्कृतिक क्षेत्र में उसका जीवन्त व्यवहार करना हमारे लिये अनिवार्य है अन्यथा हम इस मानव-सागर में खो जायेंगे।

एक दूसरा महत्त्वपूर्ण सवाल था सूरीनाम के डॉ. ज्ञान हंसदेव अधीन का कि हम कौन-सी हिन्दी पढ़े-पढ़ायें? उनका कहना था कि हम लोग भोजपुरी और अवधी का मिश्रित रूप बोलते हैं, जिसे हम सरनामी हिन्दी कह सकते हैं। अतः क्या यह उचित नहीं होगा कि हम अपने बच्चों को पहले सरनामी हिन्दी लिखना-पढ़ना सिखायें, उसमें गीत, कविता आदि की रचना करें और फिर मानक हिन्दी की शिक्षा उन्हें दें? इस समस्या से गयाना-ट्रिनिडाडवाले अप्रभावित थे। चूँकि वहाँ अब बोलचाल की भाषा के रूप में हिन्दी की कोई भी बोली प्रयुक्त नहीं होती थी, अतः वे अपने बच्चों को सीधे मानक हिन्दी सिखाने के पक्ष में थे ताकि वे भारत तथा अन्य देशों में होनेवाले हिन्दी के विकास से सीधे जुड़ सकें। सूरीनाम के प्रतिनिधियों में भी कुछ विद्वान् दृढ़तापूर्वक मानक हिन्दी में अध्ययन-अध्यापन का समर्थन कर रहे थे, कुछ सरनामी हिन्दी की स्वीकृति पर बल दे रहे थे। मैंने भारत का उदाहरण देते हुए कहा कि जिस तरह हम लोग भोजपुरी, अवधी, ब्रजभाषा आदि में गीत, कविता, कहानी आदि रचते हुए भी मानक हिन्दी का अध्ययन अध्यापन विद्यालयों आदि में करते हैं, उसी प्रकार यहाँ भी सरनामी हिन्दी में साहित्य-रचना को पूर्ण प्रोत्साहन देते हुए भी विद्यालयों में मानक हिन्दी की ही पढ़ाई की व्यवस्था करनी चाहिए। सरनामी हिन्दी और मानक हिन्दी में किसी भी प्रकार के द्वन्द्व की स्थिति नहीं आनी चाहिए क्योंकि दोनों एक-दूसरे की पोषक हैं।

तीसरा प्रधान विवेच्य विषय था कि हिन्दी कैसे पढ़ाई जाये, उसका प्रचार कैसे हो? सम्प्रति इन देशों के पाठ्यक्रम में हिन्दी की पढ़ाई की कोई विधिवत् व्यवस्था नहीं है। ज्यादातर हिन्दी की पढ़ाई सनातन धर्म सभा, आर्य समाज या गाँधी संस्थान आदि के सेवाभावी प्रयासों तक सीमित है। अब भारतीय सांस्कृतिक सम्बन्ध परिषद् द्वारा भेजे गये कुछ हिन्दी प्राध्यापक भी भारतीय सांस्कृतिक केन्द्रों या अन्य संस्थाओं में हिन्दी पढ़ाते हैं। श्री सत्यनारायण महाराज का प्रस्ताव था कि सूरीनाम, गयाना, ट्रिनिडाड और जमैका की आवश्यकताओं को दृष्टिगत रखकर इन देशों में हिन्दी के प्रसार-प्रचार, प्रशिक्षण आदि के कार्य को सुचारु रूप से संचालित करने के लिए एक केन्द्रीय संस्था बनायी जाये। सामान्य सहमति के आधार पर अन्तरराष्ट्रीय हिन्दी परिषद् नामक केन्द्रीय संस्था के गठन का निर्णय किया गया एवं इसे क्रियान्वित करने के लिए उक्त चारों देशों के नौ व्यक्तियों की एक तदर्थ समिति बना दी गयी। एक महत्त्वपूर्ण प्रस्ताव के द्वारा यह भी माँग की गयी कि संयुक्त राष्ट्र संघ की भाषा के रूप में हिन्दी को मान्यता दी जाये। इन चारों कार्य-गोष्ठियों का वातावरण बहुत प्राणवन्त एवं उत्साहवर्द्धक था।

सम्मेलन के समापन-उत्सव के रूप में आयोजित था 'सूर पंचशती समारोह'। सूरदास के पदों के गान के अतिरिक्त सूरदास के जीवन पर आधारित लघु नाटिका भी प्रस्तुत की गयी। डॉ. ज्ञान हंसदेव अधीन ने सूरदास को श्रद्धांजलि अर्पित करते हुए कहा कि, "हमारे पुरखे भारत के कुल तीन पुस्तकें अपने साथ लाये थे—तुलसीदास-कृत 'हनुमान चालीसा' और 'रामचरितमानस' तथा सूरदास-कृत 'दान-लीला' के पद। तुलसी और सूर हमारे घोर दुर्दिनों में हमारी प्रेरणा के स्रोत और संस्कृति के रक्षक थे। अतः कैसे सम्भव था कि जब सारी दुनिया में 'सूर पंचशती' मनायी जा रही है तब हम सूरीनामवासी उनकी पावन स्मृति में श्रद्धा-सुमन अर्पित नहीं करते!"

मैंने सूरदास की भक्ति के विविध पक्षों की व्याख्या करते हुए बताया कि श्रीकृष्ण की रसमयी लीला के गान के द्वारा उन्होंने शाश्वत आनन्द का संचार मानव-हृदय में किया एवं उसे शोक, मोह और भय से अर्थात् अतीत, वर्तमान और भविष्य के दुःखों से मुक्ति प्रदान की। आज भी सूर के पद अमृत-रसपिपासुओं की तृप्ति करने में असर्थ हैं। प्रो. सदानन्द सिंह के धन्यवाद-ज्ञापन द्वारा सम्मेलन की कार्यवाही समाप्त हुई।

किन्तु क्या सूरीनाम में सिर्फ अन्तरराष्ट्रीय हिन्दी सम्मेलन की गोष्ठियों-सभाओं तक मैं सीमित रहा? नहीं, नही, उसके अतिरिक्त भी बहुत कुछ मैंने किया या यों कहिये मुझे करना पड़ा। एक तो मेरा स्वभाव ही मुझे घरघुस्सू बनकर रहने नहीं देता, दूसरे सरनामी हिन्दुस्तानी भाई भारत से आये विद्वान् को अपने घर, अपनी संस्थाओं में ले जाने के लिए व्याकुल हो उठे थे। उनका प्रेम देखकर मैं चकित रह गया। यह प्रेम ही मनुष्य को जीने की—केवल साँस लेने की नहीं—क्रिया, भावना और विचार के स्तरों पर गहरी सम्बद्धता के साथ जीने की प्रेरणा देता है। मैं छह दिन सूरीनाम में रहा पर अपने होटल में सिर्फ बेड-टी ही ले पाता था। आठ-सवा आठ बजे सवेरे निकलकर साढ़े बारह-एक बजे रात को ही लौट पाता था। दोनों समय की चाय, दोनों समय का भोजन बाहर—कभी किसी मित्र के घर, कभी किसी मित्र के घर।

सूरीनाम का भारतवंशी हिन्दू समाज मोटे तौर पर सनातनधर्मी और आर्यसमाजी इन दो खेमों में विभक्त हैं, फिर इन खेमों के भीतर भी तीन-तीन, चार-चार खेमें हैं। यह सौभाग्य था कि मुझे दोनों खेमों का स्नेह-समादर प्राप्त हुआ। यहाँ का भारतवंशी समाज अपने ब्रहिरंग में तो अत्याधुनिक है किन्तु अन्तरंग में पर्याप्त संरक्षणशील। पण्डितों को छोड़कर यहाँ के पुरुषों की सामान्य वेशभूषा पश्चिमी है। अधिकांश पण्डित भी पश्चिमी वेशभूषा धारण करते हैं, किन्तु धार्मिक कृत्य के समय धोधी-कुर्ता पहन लेते हैं। महिलाएँ भी अधिकतर पश्चिमी पोशाक पहनती हैं। मन्दिर जाते समय वे चुन्नी ओढ़ लेती हैं। विवाह आदि सामाजिक उत्सवों पर या रामनवमी, जन्माष्टमी जैसे धार्मिक त्योहारों के समय साड़ी पहनना ज्यादा अच्छा माना जाता है। घरों की

साज-सज्जा, भोजन-व्यवस्था बिलकुल आधुनिक है और यहाँ की समृद्धि की सूचिका है। भोज्य सामग्री 90 प्रतिशत भारतीय है। बड़े संयुक्त परिवारों की जगह छोटे-छोटे परिवारों की संख्या बढ़ रही है किन्तु सामाजिकता का रक्षा-कवच अभी है, अजनबीपन और कटे हुए एकाकीपन की शिकायत करनेवाले लोग मुझे नहीं मिले। जाति-पाँति का बन्धन बिलकुल टूट चुका है और रोटी-बेटी का सम्बन्ध पूरे भारतीय समाज में उन्मुक्त रूप से होता है। लड़के-लड़कियों का भेद भी कम होता जा रहा है और सह-शिक्षा के कारण उनमें प्रेम-विवाह की संख्या बढ़ती जा रही है। सम्मेलन की विविध गोष्ठियों में महिलाएँ भी भाग लेती रहीं। महिलाएँ पढ़ाने के काम में काफी आगे हैं, अन्य क्षेत्रों में भी अग्रसर हो रही हैं। विवाह की मूल पद्धति—सनातनी और आर्यसमाजी दोनों प्रकार की—भारत के अनुरूप ही है।

सूरीनाम में ही नहीं, गयाना और ट्रिनिडाड में भी भारतवंशियों में धर्म के प्रति जबर्दस्त श्रद्धा है। यहाँ के मन्दिर केवल उपासना-केन्द्र ही नहीं, सामाजिक गतिविधि के केन्द्र भी हैं। मन्दिरों की संख्या काफी है और उनमें पूजन-भजन के अतिरिक्त कीर्त्तन-प्रवचन भी होते रहते हैं। मुझे भी पारामारिबो के बिष्णु मन्दिर, लक्ष्मीनारायण मन्दिर तथा सीताराम मन्दिर में प्रवचन करने के लिए आमन्त्रित किया गया था। विवाह आदि भी मन्दिरों में होते रहते हैं।

आधुनिक भारत के प्रति सरनामी हिन्दुस्तानियों में कितना ममत्व है, इसे वहाँ किसी भी भारतवंशी से बातचीत कर अनुभव किया जा सकता है। भारत के अभ्युत्थान में उन्हें आत्म-गौरव का बोध होता है। पारामारिबो के एक प्रमुख चौराहे पर अभय मुद्रा में स्थित महात्मा गाँधी की प्रतिमा इस श्रद्धासिक्त सम्पर्क का एक निदर्शन है। एक और ताजा निदर्शन है सूरीनाम हिन्दी परिषद् के तत्त्वावधान में 1978 में स्थापित 'जयप्रकाश हिन्दी संस्थान'। लोकनायक जयप्रकाश ने भारत में लोकतन्त्र की पुनः स्थापना के लिए जो ऐतिहासिक संघर्ष किया था, सरनामी जनता ने इस संस्थान द्वारा उसे अपना रचनात्मक अभिनन्दन अर्पित किया है।

31 जनवरी, 1979 की रात को जब पारामारिबो के हवाई अड्डे पर उतरा था तब स्नेह-भाजन प्रो. सदानन्द सिंह को छोड़कर और सबके लिए अनजान था। सात फरवरी की सुबह जब वहाँ से विदा ले रहा था, अपने स्नेही मित्रों की मधुर स्मृतियों का अक्षय कोप अपने साथ ले जा रहा था और अपने हृदय का एक अंश वहीं छोड़े जा रहा था। सर्वश्री जानकी प्रसाद, सूर्यप्रसाद बीरे और सदानन्द सिंह की शुभकामनाओं को अभी मन में सँजो ही रहा था कि मेरा वायुयान गयाना की राजधानी जार्जटाउन के हवाई अड्डे पर जा उतरा। स्वागतार्थ आये हुए थे गयाना-स्थित भारतीय सांस्कृतिक केन्द्र के तत्कालीन निदेशक श्री सुधाकर राजे। सूरीनाम में पाँच दिन हम साथ-साथ रहे थे, उनका प्रबल आग्रह था कि लौटते समय दो दिनों के लिए गयाना भी रुकूँ।

मैं भी इस अंचल के भारतवंशियों से अधिकाधिक मिलना-भेंटना चाहता था, अतः मैंने उनका प्रस्ताव स्वीकार कर लिया था।

जयपुर को यदि गुलाबी शहर कहा जा सकता है तो जार्जटाउन को सफेद शहर कहना उचित होगा। योजना के अनुसार बसाया गया यह साफ-सुथरा शहर अधिकतर सफेद रंग के दुतल्ले मकानोंवाला है। शहर के मुख्य व्यापारिक केन्द्र में अवश्य ही कई तल्लोंवाली इमारतें भी हैं। ज्यादातर मकान काठ के बने हैं। जार्जटाउन में भारतीय सांस्कृतिक केन्द्र पूरी तरह कार्यरत हैं। नृत्य, तबला, सितार की कक्षाओं, पुस्तकालय-वाचनालय, सूचना-केन्द्र आदि के अतिरिक्त इसमें प्रति मास भारत के किसी पहलू पर एक व्याख्यान का भी आयोजन किया जाता है। गयाना विश्वविद्यालय के हिन्दी प्राध्यापक डॉ. रोहरा भी शाम को मुझसे मिलने वहाँ आ गये थे। उनके अनुरोध पर दूसरे दिन उनके विभाग में मैंने एक व्याख्यान देना स्वीकार कर लिया।

शाम को हम लोग सागर-प्राचीर (सी वाल) पर घूमने गये। पारामारिबो सूरीनाम नदी पर बसा है और समुन्द्र वहाँ से कुछ दूर है किन्तु जार्जटाउन बिलकुल अटलाण्टिक महासागर के तट पर अवस्थित है। समुद्र के आकस्मिक वेग से नगर की रक्षा करने के लिए आठ फीट ऊँची और मीलों लम्बी दीवार बनायी गयी है, उसे हीं सागर-प्राचीर (सी वाल) कहते हैं। नगर के एक प्रमुख स्थान पर उसी दीवार की ऊँचाई को प्रशस्त भ्रमण-स्थान बना दिया गया है। अटलाण्टिक महासागर का मुक्त विस्तार, समुद्री वायु का अनवरत, तेज किन्तु शीतल प्रवाह। चित्त प्रसन्न हो गया!

आठ फरवरी की अपराह्ण-वेला में गयाना विश्वविद्यालय में हिन्दी-विभाग के तीसेक विद्यार्थी तथा तीन प्राध्यापक (जिनमें दो अन्य विषयों के थे) एक हाल में मेरी और सुधाकर जी की प्रतीक्षा कर रहे थे। अपरिचय का कुहासा तो मुस्कान की एक किरण से फट जाता है। खुशी से चमकते उनके चेहरों ने मुझे भी प्रफुल्ल कर दिया। कक्षा में छात्र-छात्राओं की संख्या प्रायः समान ही थी। संचालन एक लड़की कर रही थी। उसने हिन्दी में मेरा स्वागत किया, दो गीत हुए, एक छात्र ने 'रामचरितमानस' के एक अंश का पाठ किया और फिर डॉ. रोहरा ने मुझे अंग्रेजी में भारतीय संस्कृति की विशेषता पर भाषण देने के लिए आमन्त्रित किया। गयाना में भारतवंशी भी अंग्रेजी ही बोलते हैं। हिन्दी के प्रति उनके मन में प्रेम और सम्मान तो बहुत है किन्तु उसे बोलने का संस्कार न होने के कारण अंग्रेजी के माध्यम से ही उन्हें हिन्दी सिखानी पड़ती है। मैंने संक्षेप में यही बताया कि अपने मूलभूत रूप में भारतीय संस्कृति सार्वदेशिक और सार्वकालिक संस्कृति है। इसीलिए उसे मानव-धर्म पर आश्रित मानव-संस्कृति कह सकते हैं। धृति, क्षमा, दम, अस्तेय, शौच, इन्द्रिय-निग्रह, धी (बुद्धि), विद्या, सत्य और अक्रोध ही उसके वास्तविक लक्षण हैं। अतः हम लोग गयाना में रहकर भी भारतीय संस्कृति का विकास कर सकते हैं। फिर

कुछ प्रश्नोत्तर हुए, थोड़ा-सा हिन्दी साहित्य के बारे में हिन्दी में बोला, हिन्दी की कुछ कविताएँ भी मैंने सुनायीं। सवा-डेढ़ घण्टा कैसे निकल गया, पता ही नहीं चला।

सूरीनाम में ही सम्मेलन की कार्य-गोष्ठियों में सत्यनारायण महाराज के दबंग, दो टूक, स्पष्ट किन्तु रचनात्मक वक्तव्यों को सुन-सुन कर मैं कायल हो गया था कि यह व्यक्ति मुँह का कड़वा हो सकता है पर दिल का बहुत साफ है और भारतीय संस्कृति तथा हिन्दी के प्रति इसकी निष्ठा सोलह आना खरी है। जाने क्यों, वे भी मेरे प्रति आकृष्ट हो गये थे और उन्होंने मुझसे वचन ले लिया था कि जार्जटाउन से मैं दो दिनों के लिए ट्रिनिडाड की राजधानी पोर्ट आफ स्पेन में जरूर आऊँगा। श्री सुधाकर राजे को फोनकर उन्होंने दिलजमई कर ली थी कि मैं ९ फरवरी को प्रातः ९ बजे वहाँ पहुँच रहा हूँ।

हवाई अड्डे पर भेंट होते ही उन्होंने शरारत-भरी मुस्कराहट के साथ सवाल का गोला दागा—आप कब तक बिना आराम किये मेरे साथ दौरा कर सकते हैं? मैंने बेझिझक जवाब दिया—रात के बारह बजे तक। वे बोले, तब मेरी आपकी निभ जायेगी। उनके साथ उनकी पत्नी थीं, शान्ति भाभी, उनके दो मित्र थे सपत्नीक। वे अपने साथ मिनीबसनुमा गाड़ी लाये थे। हम सब उसी पर बैठे और यात्रा शुरु हुई।

सत्यनारायण महाराज ट्रिनिडाड की सनातन धर्म महासभा के प्रधान सचिव थे। वह महासभा 47 विद्यालयों, एक महाविद्यालय तथा 250 मन्दिरों का संचालन करती है। नौ बजे से डेढ़ बजे तक हम लोगों ने पाँच विद्यालयों, एक महाविद्यालय एवं एक मन्दिर का निरीक्षण किया। सभी के भवन साफ-सुथरे थे और उनका रख-रखाव अच्छा था। विद्यार्थियों की वेशभूषा भी अच्छी थी। इन विद्यालयों के नब्बे प्रतिशत विद्यार्थी भारतवंशी हैं। यहाँ की पढ़ाई-लिखाई का माध्यम अंग्रेजी है। हिन्दी अतिरिक्त भाषा के रूप में पढ़ाई जाती है। सनातन धर्म की चेतना की गहरी छाप इन विद्यालयों पर बहुत स्पष्ट है। अभिवादन 'सीताराम' के उच्चारण के द्वारा किया जाता है। हम लोग जिस कक्षा में जाते उसके विद्यार्थी खड़े होकर 'सीताराम' कह कर हम लोगों का अभिवादन करते। इन विद्यालयों में कहीं भगवती सरस्वती, कहीं भगवती लक्ष्मी, कहीं श्रीराम पंचायतन, कहीं भगवान् शिव के सुन्दर चित्र लगे हुए थे। प्रत्येक विद्यालय के विद्यार्थियों ने हम लोगों को भजन गाकर सुनाये। ये भजन खड़ीबोली में थे और अधिकतर भजन भारत से ही वहाँ गये थे। विद्यार्थियों का हिन्दी-उच्चारण प्रशंसनीय था किन्तु इन भजनों को उन्होंने रोमन लिपि में अपनी कपियों में लिख रखा था। फिर भी मुझे बहुत अच्छा लगता था उन विद्यार्थियों के मुँह से इन भजनों को सुनना। इनके माध्यम से वे हिन्दी के जीवित सम्पर्क में तो आ रहे थे।

मुझे प्रत्येक विद्यालय में बोलना पड़ा और वह भी अंग्रेजी में। मैं पाँच-सात मिनट ही बोलता, मन लगाकर विद्या पढ़ने और देश-सेवा करने पर जोर देता और अनुरोध

करता कि वे हिन्दी जरूर सीखें, हिन्दी के माध्यम से वे अपने पुरखों के देश भारत से जुड़े रह सकते हैं।

सत्यनारायण महाराज मुझे जिस महाविद्यालय में ले गये उसका नाम था लक्ष्मी महाविद्यालय और वह महिलाओं के लिए था। वहाँ मैं कुछ अधिक बोला। रानी लक्ष्मीबाई की कहानी छात्राओं को सुनाकर मैंने कहा कि उन्हें भी रानी लक्ष्मीबाई की तरह साहसी और देशभक्त बनना चाहिए। छात्राओं ने मुझे कई गीत सुनाये। मैंने उन्हें दो कविताएँ सुनायीं। निराला की 'जागो फिर एक बार' तथा सुभ्रद्रा कुमारी चौहान की 'खूब लड़ी मर्दानी वह तो झाँसी वाली रानी थी'। छात्राओं और प्राध्यापिकाओं ने इन कविताओं को काफी पसन्द किया।

दो बजे हम लोग भोजन करने बैठे। सत्यनारायण महाराज ने कहा, "यहाँ से निकट ही है मराकस समुद्र-तट, जो बहुत अच्छी सैरगाह भी है। क्या आपको समुद्र-स्नान से प्रेम है?" मैं तो उछल पड़ा, मैंने कहा, "अगर आपने शाम का और कोई कार्यक्रम न बनाया हो तो मुझे समुद्र-स्नान करके बहुत प्रसन्नता होगी।" सत्य महाराज ने अपने स्वभाव के अनुसार जोरदार तैयारी की। खाने के लिए क्या-क्या ले चलना चाहिए, उसकी एक लम्बी सूची बनायी। सचमुच बिना आराम किये हम लोग मराकस समुद्र-तट के लिए निकल पड़े।

इसमें कोई सन्देह नहीं कि ट्रिनिडाड में सूरीनाम और गयाना दोनों से कहीं अधिक समृद्धि है। शानदार बड़ी-छोटी गाड़ियों की अन्तहीन कतारें दौड़ती ही रहती हैं। एक छोटी-सी पहाड़ी पर बसा हुआ पोर्ट आफ स्पेन शहर बहुत सूबसूरत लगता है, खासकर रात को। एक विशेष स्थान से आप पूरे नगर को सागर की पृष्ठभूमि के साथ देख सकते हैं। प्राकृतिक सौन्दर्य को मनुष्य के श्रम ने और सँवार दिया है।

मराकस की पहाड़ी घने हरे जंगल से ढकी हुई है। उसके बीच से गुजरती है चढ़ती, उतरती, बलखाती बढ़िया सड़क। 'घने प्रेम-तरु तले, बैठ छाँह लो भवआतप से तापित और जले' प्रसाद की यह पंक्ति मुझे वहाँ की वानस्पतिक शोभा देखकर बार-बार याद आती किन्तु तो भी बिना रुके हम लोग उस कड़ी धूप में बढ़ते ही चले गये। मराकस समुद्र-तट का जादू यह है कि समुद्र पहाड़ी के बीच घुस आया है। पहाड़ और समुद्र मुझे दोनों प्रिय हैं और यहाँ दोनों का संगम था, अतः यह तट मुझे दुगना प्रिय लगा। छोटी-सी हरी-भरी पहाड़ी, खूबसूरत छोटा-सा समुद्र-तट, (छोटा-सा क्योंकि समुद्र पहाड़ी के भीतर घुसा हुआ है) तीन तरफ पहाड़ियाँ, सामने समुद्र अपेक्षाकृत रूप से सुरक्षित और उस पर तुर्रा यह कि तट बलुहा है, चट्टानी नहीं, अन्यथा स्नान करना सम्भव ही नहीं होता। मराकस में सिर्फ एक स्थान पर ही लहरें आ-आकर टूटती हैं लेकिन वे काफी ऊँची वेगपूर्ण और आनन्ददायी होती हैं, बम्बई

के जुहू-तट की तरह मरियल नहीं। 'जले विष्णुः स्थले विष्णुः विष्णुः सपर्वतमस्तके'— का मंगलाचरण करता हुआ सत्य महाराज के साथ मैं समुद्र में उतरा।

सत्य महाराज जी अच्छे तैराक हैं, मैं भी पुरी में तीन-तीन घण्टे तक समुद्र-स्नान करता रहा हूँ। हम लोग हँसते-खेलते मग्न तरंगों के वारों को झेलते हुए आगे बढ़ते गये और उनके पार हो गये। कैसा आनन्द आता है पूर्ण तरंगों के झूले पर झूलते रहने में! हम लोग डेढ़ घण्टे तक नहाते रहे, पर लगातार नहीं। समुद्र-स्नान का नियम ही है कि 15-20 मिनट नहाने के बाद 5-7 मिनट आराम कर लेना चाहिए ताकि साँस न फूल जाये। हम लोग बाहर आते और शान्ति भाभी कभी गर्मागर्म चाय पिलातीं, कभी हिमशीतल कोकाकोला, कभी काजू, चाकलेट, काबुली चने खिलातीं और कभी आइसक्रीम। मराकस का यह समुद्र-स्नान चिरस्मरणीय रहेगा।

सत्य महाराज का कार्यक्रम अभी बाकी था। मन्दिरों के दर्शन के स्थान पर समुद्र-स्नान जुड़ गया था। अतः उसके बाद हम लोग पोर्ट आफ स्पेन के सबसे बड़े और भव्य लक्ष्मीनारायण मन्दिर के दर्शनार्थ गये। वहाँ से हम लोग पोर्ट आफ स्पेन का एक चक्कर काटकर करीब 25 मील दूर के एक गाँव में श्रीमद्भागवत की कथा सुनने गये। यहाँ के गाँव शहर के लघु रूप ही हैं। अच्छी सड़कें, अच्छे छोटे-छोटे पक्के मकान, बिलजी-बत्ती, मोटरें, सजी हुई दुकानें। कथा-स्थल झण्डियों से सजाया गया था। द्वार पर मंगलघट भी थे और कदली-स्तम्भ भी। पण्डित जी के लिए ऊँचे व्यासपीठ था और श्रोता कुर्सियों पर बैठे थे। पण्डित जी श्लोक तो संस्कृत में बोल रहे थे पर मतलब अंग्रेजी में समझा रहे थे। हम लोगों के जाने के कुछ ही देर बाद उस दिन की कथा पूर्ण हुई। सत्य महाराज ने मुझे श्रीमद्भागवत पर अंग्रेजी में बोलने के लिए आमन्त्रित किया। स्वामी अखण्डानन्द जी सरस्वती और स्वामी करपात्री जी महाराज के श्रीमुख से श्रीमद्भागवत के कई प्रसंग सुनने का सौभाग्य मुझे मिल चुका है। उन्हीं के आधार पर भागवत-कथित भक्ति का संक्षिप्त निरूपण मैंने कर दिया। ग्यारह बजे रात को हम लोग घर पहुँचे।

अगले दिन शाम को सनातन धर्म महासभा के नये कार्यालय के कक्ष में मेरे सम्मान में शानदार पार्टी हुई, पहले कुछ गीत हुए, फिर 'विनय पत्रिका' के पदों का गान हुआ, 'मानस' का पाठ हुआ। सत्य महाराज ने मेरा परिचय दिया, उमा महाराज ने मेरे प्रति शुभकामना व्यक्त करते हुए मुझे सनातन धर्म पर बोलने के लिए आमन्त्रित किया। करीब सौ-सवा सौ श्रोता थे जिनमें से अधिकांश विद्यालयों महाविद्यालयों के अध्यापक थे, अध्यापिकाएँ भी अच्छी संख्या में आयी थीं, कुछ सनातन धर्म के पण्डित थे, कुछ महासभा के कार्यकर्त्ता थे। मैंने अपने व्याख्यान में कहा कि, "सनातन का अर्थ पुरातन या अपरिवर्तनवादी नहीं है, सनातन तो वही है जो चिर पुरातन होता हुआ चिर नवीन हो जैसा कि सरस्वती जी की वन्दना में कहा गया है—नित्येऽनित्ये निमित्ते

मुनि गणनमिते नूतने वै पुराणे। अतः युग की आवश्यकताओं के अनुसार अपने धर्म का पुनर्नवीकरण करते रहना हमारी परम्परा रही है। आप सबके ऊपर एक बहुत जिम्मेदारी आ गयी है आधुनिकता और परम्परा का समन्वय करने की। पश्चिमी गोलार्द्ध में विकसित देशों के निकट सम्पर्क में रहकर एक बड़ी सीमा तक आधुनिक होना आपकी नियति है, फिर भी अपनी संस्कृति के मूल तत्त्वों को सुरक्षित रखना और उनके प्रति गौरवबोध करना आपका साहसपूर्ण निर्णय है। इस प्रक्रिया से गुजरते समय आप राम-कृष्ण परमहंस, विवेकानन्द, रमण महर्षि, अरविन्द घोष, महात्मा गाँधी, महामना मदन मोहन मालवीय जैसे महापुरुषों से प्रेरणा ग्रहण करें।''

11 फरवरी, 1979 को हवाई अड्डे पर विदा देने पन्द्रह-बीस मित्र पधारे, जिनमें छह-सात तो युगल थे। न जाने कितनी तस्वीरें उतरीं। बहुत भरे हृदय के साथ बहुत मीठी और आत्मीय स्मृतियाँ लेकर मैं पोर्ट आफ स्पेन से भारत के लिए विदा हुआ।

●●●